Kilian Leypold
Der Tiger unter der Stadt

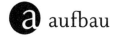
aufbau

Kilian Leypold

Der Tiger
unter der Stadt

Roman

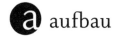 aufbau

ISBN 978-3-351-04125-0

Aufbau ist eine Marke
der Aufbau Verlag GmbH & Co. KG

1. Auflage 2010
© Aufbau Verlag GmbH & Co. KG, Berlin 2010
Text: © Kilian Leypold
www.auserlesen-ausgezeichnet.de
Lektorat Stefanie Schnürer
Einbandgestaltung Kathrin Schüler, Hamburg
unter Verwendung einer Illustration
von Vitali Konstantinov
Druck und Bindung CPI – Clausen & Bosse, Leck
Printed in Germany

www.aufbau-verlag.de

Dem jungen Kalle und der alten Fanni

Prolog

Dichtes Schneegestöber. Es ist kalt.

Aus den weißen Wirbeln löst sich langsam eine Gestalt. Klein und gedrungen, in Leder und Pelz gehüllt, stemmt sie sich gegen den Wind, setzt immer wieder einen Fuß vor den anderen. Die Füße stecken in Schneeschuhen aus hölzernen Rahmen und geflochtenen Lederriemen. Aber nicht nur der frische Schnee macht das Gehen mühsam. Der Oberkörper der Gestalt ist in eine Art ledernes Geschirr gebunden, mit dem sie einen hoch bepackten Schlitten zieht. Jetzt bleibt sie stehen, hebt den Kopf, man erkennt ein verwittertes Gesicht.

»AMBA!«, ruft die Gestalt mit dunkler, kehliger Stimme.

Und noch einmal: »AMBA!«

In dem weißen Nichts erscheint ein großer Körper und ist mit zwei, drei gewaltigen Sätzen bei dem Menschen.

»Bleib hier«, flüstert die Gestalt. »Damit ich deine Spuren verwischen kann.«

Nase und Lippe

Jonas' Gesicht war fahl und starr. Sobald Vera zwischen den Häuserblocks verschwunden war, ließ er seinen Rucksack von der Schulter gleiten und kniete sich neben den Kanaldeckel. Die Teerdecke war tiefschwarz, so neu war die Straße, die hinter der Hochhaussiedlung zu einer riesigen Baugrube führte. Durch den Stoff der Hose spürte Jonas die Wärme, die der Teer abstrahlte. Es war ein heißer Tag gewesen. Viel zu heiß für die Jahreszeit. Vom nahe gelegenen Klärwerk wehte eine Bö fauligen Gestank herüber.

Im letzten Licht der untergehenden Sonne leuchteten Jonas' Haare wie dunkler Honig. Sie waren weder braun noch blond, irgendwas dazwischen. Für seine zwölf Jahre war Jonas nicht besonders groß, den gedrungenen Körper verbarg die weite Kleidung. Das Auffälligste an ihm war die Nase. Als ob sie sich vorgenommen hätte, ein Korkenzieher zu werden – so verdreht saß sie in seinem Gesicht.

Jonas zog eine Eisenstange aus dem Rucksack. Eine kleine Brechstange. Ein kurzer Blick über die Schulter, dann setzte er die Stange an und stemmte den Kanaldeckel mit knallrotem Kopf in die Höhe. Rot vor Anstrengung und Wut.

›Kleiner Scheißer‹ hatte ihn Vera mal wieder genannt. Sie war drei Jahre älter als Jonas, und wenn jemand fett war, dann Vera mit ihrem breiten Kreuz und der Catcherfigur. Für ihr Alter war sie viel zu schwer und groß. Sie hatte ihm gedroht. Mit nichts Bestimmtem, aber das war fast noch schlimmer. Jonas stellte sich dann zum Beispiel vor, dass sie nachts, während er schlief, an sein Bett kommen und ihn fesseln würde, um dann seine Finger- und Zehennägel zu lackieren. In diesem scheußlichen Grün, mit dem ihre Finger wie die Krallen einer Echse aussahen.

Dabei wusste Vera genau, dass heute Freitag war; da musste er erst um acht zu Hause sein. In zwei Stunden also.

»Wenn ich dich nachher wieder in der Dunkelheit suchen muss«, hatte sie gezischt, »dann muss ich dich bestrafen, aus pädagogischen Gründen.« Pädagogische Gründe! Das sagte sie immer, wenn es besonders fies wurde. »Aber du hast Glück. Heute hab ich keinen Bock auf Pädagogik, sondern was Besseres vor.«

›Na hoffentlich‹, dachte Jonas. ›Blöde Dreckskuh.‹ Daheim würde sie bestimmt wieder Lügen erzählen. So wie neulich. Da hatte sie erzählt, Jonas wäre noch nicht da, weil er gerade kleine Kinder durchprügele. Dabei war sie es, die beim geringsten Anlass zuschlug.

Trotzdem war Jonas' Vater immer nett zu ihr. Weil sie es ja so schwer hatte und sich erst an seine neue Frau, Jonas' Mutter, und ihren neuen Bruder gewöhnen musste.

Von wegen Bruder. Halbbruder, wenn überhaupt!

Mehr als zwei Jahre war Vera jetzt schon bei ihnen. Vorher hatte sie bei ihrer Mutter gelebt, und dort hätte sie auch bleiben können, wenn es nach Jonas gegangen wäre. Sie war fies und unheimlich. Einmal war er am Badezimmer vorbeigekommen und hatte gehört, wie sie mit sich selbst gesprochen hatte. »Ich brauch DICH nicht und du brauchst MICH nicht. Deshalb bin ich, wo ich bin, und du, wo du bist.« Immer wieder hatte sie das gesagt.

Inzwischen hatte er den Kanaldeckel zur Seite gewuchtet. Aus dem Rucksack nahm er eine Taschenlampe, klemmte sie zwischen die Zähne, setzte sich den Rucksack wieder auf und stieg in den Schacht.

Eine schmale Mondsichel hing im tiefen Blau der Dämmerung über einem schwarzen Loch in der Teerdecke. Ein Loch, das soeben einen Jungen samt Rucksack verschluckt hatte.

Die Röhre war aus kahlem Beton, der noch keine Spuren von Verwitterung zeigte, dazu war der Schacht, genau wie die Straße, zu neu. In den Beton waren eiserne Krampen eingelassen. Das Eisen war so kalt, dass Jonas auf einmal Angst hatte, seine Finger würden so steif werden, dass er sich nicht mehr halten könnte. Bis auf den kleinen Lichtfleck der Taschenlampe direkt vor ihm auf der Wand war es stockfinster. Aus den Mundwinkeln floss ihm der Speichel, weil er mit der Lampe im Mund nicht schlucken konnte. Endlich erreichte er den Grund des Schachtes. Er nahm die Lampe aus dem Mund und sah sich um.

Ein Sims verlief wie ein schmaler Bürgersteig auf halber Höhe einer waagrechten Betonröhre, die links und rechts in der Dunkelheit verschwand. Die Röhre war leer und trocken und so breit wie eine schmale Straße. Jonas ging das Sims entlang nach rechts: immer dem Gestank nach.

Die Schwärze um ihn herum war undurchdringlich, und selbst die kleinsten Geräusche, das Quietschen seiner Sohlen, das leise Keuchen seines Atems, wurden verstärkt und hallten durch die Dunkelheit. Es kam ihm vor, als schleiche er in einer kleinen Blase aus Licht durch einen riesigen Betondarm.

Wenn er stehen blieb, hörte er ein fernes Glucksen oder Schmatzen. Gleich musste die Röhre in den großen unterirdischen Kanal münden, durch den alles, was in der Siedlung heruntergespült wurde, in Richtung Klärwerk floss. Irgendwo hier sollte es sein. Jonas ging schneller.

»Halt, Kanalpolizei!«, rief da eine schrille Stimme.

Jonas fuhr herum und wurde von einer Taschenlampe geblendet.

»Stehen bleiben oder wir feuern mit unserer Laser-Gülle-Kanone!«

Jetzt erkannte Jonas die Stimme.

»Mensch, Lippe«, keuchte er. »Erschreck mich doch nicht so.«

»Du erschreckst mich, Mann, kommst hier einfach die Röhre runtergeschlichen, ohne Benutzer-ID, ohne PIN-Code. Woher soll ich wissen, dass du es bist?«

»Wer denn sonst?«, fauchte Jonas. Schließlich war

es Lippes Idee gewesen, sich hier unten zu treffen. Überhaupt hatte Lippe ständig Ideen, eine nach der anderen und eine verrückter als die andere.

»Hör doch mal auf, mir dauernd ins Gesicht zu leuchten«, sagte Jonas und hob selbst die Taschenlampe.

Lippe kauerte vor einer Nische, direkt bevor die leere Röhre in den großen Kanal mündete. Er war genauso alt, aber größer als Jonas, dürr wie ein Besenstiel, mit einer hellen, fast durchsichtigen Haut und dunklen krausen Locken. Sein richtiger Name war Philipp, aber wegen seiner riesigen Unterlippe wurde er Lippe genannt. Zu recht, fand Jonas, denn diese Lippe war mindestens so auffällig wie seine eigene krumme Nase. Aber nicht deshalb waren sie Freunde. Sie mochten sich einfach.

»Na, Nase?«, Lippe grinste schon wieder. »Was sagst du, ist doch ein prima Versteck.«

»Zu schlechte Luft für Nasen«, sagte Jonas und grinste ebenfalls.

»Siehst du, das hab ich mir gedacht«, sagte Lippe und zog aus seinem Rucksack zwei grüne Mundschutzmasken, wie sie Ärzte verwenden, wenn sie operieren. »Das hilft zwar nicht gegen den Gestank, schützt uns aber vor tödlichen Keimen, die hier überall herumschwirren können.« Lippes Vater arbeitete in einem Krankenhaus.

Als sie die Dinger drübergezogen hatten, war von Nasen und Lippen nichts mehr zu sehen. Nur die Augen glänzten noch im Schein der Lampen. Lippe hatte sogar eine Stirnlampe, die er sich wie einen Helm aus Gummistricken auf den Kopf setzen konnte.

»Und jetzt?«, fragte Jonas. Seine Stimme klang dumpf durch die Maske.

Lippe kniff die Augen zusammen und sah ihn scharf an.

»Jetzt gehen wir fischen«, sagte er und stieß mit dem Fuß gegen ein Paket neben seinem Rucksack. »Du kannst dir nicht vorstellen, was alles ins Klo fällt. Perücken, Brillen, Eheringe, Geldbeutel, vielleicht sogar ein wasserdichtes Handy, das noch funktioniert …«

Jonas konnte sich noch ganz andere Dinge vorstellen, die ins Klo fielen, aber er sagte nichts.

Anders als Lippe behielt er seine Meinung öfter für sich. ›Bringt ja eh nichts‹, dachte er. Sein Schweigen brachte natürlich auch nichts, aber zumindest verschwendete er keine Energie.

Diskussionen langweilten ihn.

Gestreifte Beute

Kurz darauf standen sie an dem großen Kanal. Wieder auf einem der schmalen Simse, nur dass diesmal direkt neben dem Sims eine trübe Brühe floss. Die Farbe war in den dünnen Lichtstrahlen ihrer Lampen nicht genau auszumachen: dunkelgrünlich bis schwarzbräunlich.

Ekelhafter als die Farbe war der Geruch: süß und stechend. Schlimmer als alle schlimmen Gerüche, die Jonas kannte, Stinkbomben und faulige Kartoffeln eingeschlossen. Ein Brechreiz würgte ihn. Er sah zu Lippe hinüber, aber außer einem leichten Keuchen war dem nichts anzumerken. Jonas versuchte, nur durch den Mund zu atmen.

»Komm, da vorn ist eine Brücke«, sagte Lippe. »Hab ich beim Herkommen gesehen.« Dicht an die Kanalwand gepresst, wandten sie sich nach rechts und gingen der Fließrichtung des Abwassers entgegen.

Die Brücke war ein schmaler Eisensteg dicht über der Kloake. Gerade breit genug für eine Person. Zum Glück gab es links und rechts ein Geländer. Lippes geheimnisvolles Bündel war eine Hängematte, die seine Eltern aus Mexiko mitgebracht hatten und die seitdem im Keller Staub ansetzte.

»Extrem engmaschig geknüpft – perfekt geeignet

zum Fischen im Trüben«, verkündete Lippe und sprang auf den Eisensteg.

Jonas folgte ihm lustlos, während er darauf achtete, immer schön durch den Mund zu atmen.

Sie packten die Hängematte aus. Jeder nahm ein Ende, den Rest warfen sie über das Geländer. Mit leisem Schmatzen verschwand das Netz in der trüben Soße.

Jonas spürte das Gewicht der Hängematte und nach einiger Zeit, wie kühl es hier war. Nur von der Flüssigkeit unter ihm stieg Wärme auf. Still standen sie in der Dunkelheit, der Strahl von Lippes Stirnlampe tanzte als gelber Fleck auf dem Abwasser.

Da, ein Geräusch. Ein Schnauben oder Prusten, seltsam verstärkt und verzerrt durch den Hall.

»Pssssscht! Nase, da war was«, zischte Lippe mehr aus Schreck als zur Warnung, denn natürlich hatte auch Jonas das Geräusch gehört.

Mit kreisenden Kopfbewegungen suchte Lippe das Wasser ab.

Jonas glaubte einen Strudel im Wasser zu erkennen, er wollte etwas sagen, da erbebte der Steg.

Etwas schob sich unter ihnen durch. Etwas Großes.

Gleich darauf spürten sie einen Zug auf der Hängematte in ihren Händen.

»Wir haben etwas gefangen«, schrie Lippe. »Einen richtig fetten Batzen!« Das konnte man sagen. Das Ding war riesig. Lippe hatte große Mühe, die Hängematte festzuhalten, und auch Jonas brauchte beide Hände – und wie!

»Wir sollten loslassen.« Typisch Lippe! Wenn es ernst wurde, gingen ihm die Ideen aus.

»Spinnst du, jetzt haben wir was, jetzt schauen wir auch, was es ist«, keuchte Jonas.

»Aber es ist viel zu schwer, das kriegen wir nie raus!«

»Dann ziehen wir es eben erst mal an den Rand.« Stolpernd und keuchend bugsierten die beiden Jungen ihren Fang an den Rand des Kanals und banden die Hängematte um eine der Geländerstangen. Endlich hatten sie die Hände frei und konnten die Lampen auf ihre Beute richten.

Viel war nicht zu erkennen. Was da aus dem Wasser ragte, sah aus wie ein riesiger verschmierter Schädel mit spitzen Ohren; um das eine Ohr war eine Bahn Klopapier gewickelt. Jonas glaubte auch, so etwas wie eine Nase zu erkennen. Oder eher eine Schnauze?

»Das ist 'ne Katze«, flüsterte Lippe.

»Mann, Lippe, so große Katzen gibt es nicht«, zischte Jonas und suchte weiter nach Hinweisen auf dem braunen Klumpen.

In diesem Moment öffnete sich hinter der Schnauze ein schmaler Schlitz und ein gelbes Auge starrte die beiden an. Gleichzeitig entdeckte Jonas, dass das Fell der Ohren dunkle Streifen hatte.

Die Zeit schien langsamer zu werden und stillzustehen. Sie begann erst wieder zu fließen, als sie glaubten, was sie sahen.

Einen Tiger. Im Abwasserkanal ihrer Siedlung war ihnen ein lebender Tiger ins Netz gegangen.

Jonas' Gesicht glühte, gleichzeitig war ihm eiskalt.

Lippe kauerte bewegungslos neben ihm, nur seine Unterlippe zitterte. »Wir müssen weg hier, sofort!«

»Mensch Lippe, das, äh … das Tier da ersäuft, wenn wir es nicht rausziehen.«

»Gute Idee, dann bekommt es auch gleich was zu fressen!«

»Ist doch schon halb tot«, sagte Jonas, »sonst wäre es von selbst aus dem Kanal geklettert.«

»Vielleicht ist es ja auf der Jagd«, meinte Lippe. »Da drin gibt es bestimmt fette Kanalratten.«

»Blödsinn! Lass dir endlich mal was einfallen, wenn's wirklich wichtig ist!«

»Geht nicht. In meinem Kopf wirbelt alles durcheinander. Das da ist ein Tiger und der hat Hunger, weil Tiger immer Hunger haben.«

»Wir könnten doch wenigstens mal versuchen, ob wir ihn rausziehen können«, sagte Jonas.

»Ich will ihn aber nicht rausziehen.«

»Jetzt komm schon!« Jonas packte mit beiden Händen die Hängematte und zog und zerrte, was das Zeug hielt. Ein klitzekleines Stück hob sich der Schädel des Tigers, bevor Jonas loslassen musste, um nicht kopfüber in den Kanal zu stürzen. »Es geht nicht, viel zu schwer«, keuchte er.

»Hätte ich dir gleich sagen können. Aber ich weiß jetzt, wie's geht. Pack noch mal mit an, wir müssen zurück. Dahin, wo wir uns getroffen haben.«

Sie griffen sich wieder jeder ein Ende der Hängematte und schleppten den Tiger an der Kanalwand
entlang. Das war immer noch eine Schufterei, aber es
ging, weil sie den Tiger mit der Fließrichtung zogen.

Endlich kamen sie an die Abzweigung zu der Röhre,
durch die Jonas vorhin gekommen war. Sie war leer,
weil sie wahrscheinlich nur zu der riesigen Baugrube
führte. Damit aber aus dem Hauptkanal nichts hin-
einschwappte, gab es eine Art Schleuse, eine eiserne
Platte, die den Zufluss versperrte. Das Wichtigste an
Lippes Plan war diese Schleuse. Als er auf seinen
Freund Nase gewartet hatte, war ihm in seiner Nische
ein kleines eisernes Lenkrad aufgefallen.

TOR 18
Mechanische Nothandhabung

stand daneben auf einem Blechschild.

»Du bleibst hier und hältst einfach nur fest«, keuchte Lippe, als sie direkt vor der Schleuse angekommen
waren. »Ich dreh an dem Rad, das Tor geht auf und
das Biest wird in die leere Röhre gesaugt. Ich dreh
wieder zu und wir hauen ab, so schnell es geht. Alles
klar?«

»Und wenn ich's nicht halten kann?«

»Geht ganz schnell«, sagte Lippe und verschwand in
der Nische, in der er Jonas aufgelauert hatte.

Jonas blieb allein in der Dunkelheit zurück.

Krampfhaft umklammerte er die beiden Enden der Hängematte. Er konnte fast nicht mehr. Seine Arme schmerzten. Der Gestank traf ihn auf einmal wie ein Schlag. Während sich ein flaues Gefühl in ihm breitmachte, malte er sich aus, was da gerade so unendlich schwer an seinen Armen hing, und ihm wurde noch mulmiger. Was, wenn der Tiger jetzt im Stockfinsteren mit einer Tatze nach ihm schlug? Wenn er neben ihm in die Scheiße plumpsen würde? Zähne würden ihn packen, noch bevor er in dem bestialischen Gestank das Bewusstsein verlor ... Da, ein Prusten ... noch mal ... und dann ein Laut, den Jonas nicht erwartet hätte: ein Stöhnen. Der Tiger stöhnte!

»Schneller, Lippe! Ich glaube, er säuft ab!«

Im selben Moment hörte Jonas ein Quietschen und Knarzen, kurz darauf ein saugendes Geräusch, als würde jemand unglaublich laut Kakao schlürfen. Etwas zog an den Seilen in seinen Händen, Jonas versuchte sie festzuhalten, seine Oberarme zitterten, von Weitem hörte er Lippe schreien, verstand aber kein einziges Wort. Jonas verlor das Gleichgewicht, er stolperte, ließ die Hängematte los und konnte sich gerade noch auf dem Sims halten. Er sank auf den Boden. Die Dunkelheit um ihn war ein einziges Rauschen, Gurgeln und Platschen.

Erst als Lippe um die Ecke bog und Licht auf Jonas fiel, bemerkte er, dass es wieder sehr still geworden war.

»Er ist drin«, sagte Lippe. »Wir können abhauen.«

Jonas sagte gar nichts. Er rappelte sich auf, zog aus seiner hinteren Hosentasche die Lampe und tastete sich auf dem Sims zurück in die leere Röhre. Vollkommene Finsternis, kein Laut war zu hören.

»Was machst du da?«, hörte er Lippe hinter sich. »Bist du wahnsinnig, der frisst dich!«

»Ich will nur sehen, ob er sich verletzt hat«, sagte Jonas und schaltete die Lampe an.

»Idiot, Idiot, Idiot«, zischte es hinter ihm.

Ohne sich umzudrehen, wusste Jonas, dass sich Lippe mit beiden Händen in die Haare gefasst hatte und daran riss. ›Haare raufen‹ nannte man das, hatte Lippe einmal erklärt. Früher hatten das die Leute öfter getan, wenn sie verzweifelt waren. Aber inzwischen war es aus der Mode gekommen, oder die Leute waren weniger verzweifelt als früher, dachte Jonas. Weil es mehr Cola, mehr Autos und weniger Kinder gab.

Nach ein paar Schritten auf dem Sims richtete Jonas den Strahl seiner Taschenlampe auf den Grund der Röhre. In einer großen Lache brauner Brühe lag der Tiger. Er erinnerte Jonas an Fernsehbilder von Vögeln, die nach Tankerunglücken die Strände pflasterten: verklebt mit zäher schwarzer Pampe.

Der Tiger war ungefähr so lang wie ein Auto und vollkommen schlaff; er sah eher tot als lebendig aus. Trotzdem ging Jonas' Atem schnell und flach. Vorsichtig pirschte er sich an den riesigen Leib heran. Den Schwanz konnte er gut erkennen, der Kopf war schon wieder vom Dunkel der Röhre verschluckt.

›Nur mal sehen, ob er noch lebt‹, dachte Jonas, ging auf dem Sims in die Knie und ließ den Strahl seiner Lampe über den Tiger wandern. Abgesehen von der ungeheuren Größe bot sich ihm ein erbärmlicher Anblick: Wie durch den Kakao gezogen sah der Tiger aus, ein Kakao aus Spülwasser, Essensresten, Kot und Urin. In dem triefenden Fell hingen unzählige Papierfetzen von Klopapier, Taschentüchern und Küchenkrepp. Was eben so alles durch die Kloschüsseln und Spülbecken geschwemmt wird.

Schließlich ließ er den Lichtfleck seiner Lampe zum weit entfernten Kopf des Tigers gleiten – und erstarrte. Zwei gelbe Augen fixierten ihn. Direkt vor Jonas begann der Schwanz des Tigers leicht zu zucken, gleichzeitig wurden die riesigen Pranken unter den Leib gezogen. Langsam schob der Tiger sein Hinterteil in die Höhe. Schließlich stand er. Seine Rückenlinie war ungefähr auf der Höhe von Jonas' Turnschuhen.

Auf einmal schlugen Jonas stinkende braune Tropfen mitten ins Gesicht. Der Tiger schüttelte sich.

»Saubär!«, heulte jemand hinter Jonas. Lippe.

Auch der Tiger hatte bei dem Wort ›Saubär‹ den Kopf gewandt. In der Dunkelheit blitzten seine Zähne. Ein dunkles Grollen, gemischt mit einem hohen Krächzen, drang aus seiner Kehle. Fast klang es, als würde sich der Tiger räuspern. Er schluckte und schüttelte den Kopf, als wollte er etwas ausspucken, das ganz tief in seiner Kehle saß. ›Jetzt kotzt er‹, dachte Jonas.

Doch es kam etwas anderes aus seinem Rachen.

»Ich bin wohl eher ein Tiger als ein Bär.«

Jonas packte Lippes Arm, und Lippe packte Jonas.

Die Stimme war hoch und brüchig, fast weinerlich, wurde aber immer wieder gebrochen von tiefen Knurr- und Grolllauten: »Ich heiße Kunigunde Ohm.«

Es folgte eine Art meckerndes Grollen. Ein schauderhaftes Geräusch. Der Tiger lachte.

Mit gesträubten Haaren und offenen Mündern standen Jonas und Lippe an die Tunnelwand gepresst. Das gab es doch nicht. Das konnte es doch einfach nicht geben! Das gab es genauso wenig wie sprechende Fliegen, Hunde, Mäuse oder Katzen. Tiere können nicht sprechen! Nie.

Der Tiger saß da und starrte die beiden Kinder an.

›Wir müssen etwas sagen‹, dachte Jonas. ›Egal was, zum Beispiel: *Angenehm, mein Name ist Jonas, und das ist mein Freund Philipp.* Oder: *Erfreut, Sie kennenzulernen.* Oder wenigstens: *Sie können ja sprechen.*‹

Nur nicht nichts sagen!

Aber es hatte ihnen die Sprache verschlagen …

»JONAS!«, gellte es in diesem Moment dumpf durch die Kanalisation aus der Richtung, aus der Jonas gekommen war. »Wenn du nicht sofort rauskommst, ruf ich die Bullen!«

»Scheiße, meine Schwester!«, flüsterte Jonas.

Zum ersten Mal war er ihr dankbar. Sie hatte die Stille gebrochen.

»Ich muss sofort heim.«

»Aber der Tiger«, flüsterte Lippe. »Du musst an dem Tiger vorbei. Wie willst du das anstellen?«

»Keine Ahnung.«

»JONAS! Komm da raus!«, hallte es wieder durch die Röhre. »Ich hab's eilig.«

Der Tiger saß unbeweglich da und beobachtete die beiden Jungen.

»Ich muss gehen. Unbedingt«, drängte Jonas.

»Ich komm mit«, sagte Lippe. »Ich frag ihn einfach, ob er uns vorbeilässt, ganz höflich.«

Jonas nickte.

»Verehrte Großkatze«, stammelte Lippe. »Äh, dürfen wir vorbei?«

Ein rauer, heiserer Laut war die Antwort, fast ein Schluchzen, dann wandte sich der Tiger ab und ließ sich auf den Röhrenboden plumpsen.

Die Jungen stolperten los.

Als der Kopf des Tigers direkt unter ihm war, murmelte Jonas: »Vielen Dank, Frau Ohm.«

Braut der Finsternis

Jonas stemmte sich aus dem Schacht nach oben. Die frische Luft machte ihn ganz benommen. Er sank auf den Teer, Lippe fiel neben ihn. Am liebsten hätte Jonas nie mehr ausgeatmet, nur noch eingeatmet, so frisch und süß schmeckte jeder Atemzug. Leider wurden sie nicht nur von der lauen Nacht empfangen – zwei seltsame Gulliwächter in funkelnden Rüstungen standen, einer links, einer rechts, neben dem Schacht: Veras Glitzerstiefel. Aus den Augenwinkeln nahm Jonas wahr, wie Vera ihr Handy in die Manteltasche gleiten ließ. Mit eigenartig verzogenem Gesicht stand sie über ihnen. Ärger und Triumph glänzten in ihren Augen.

»Wegen dir kleinem Scheißer komm ich jetzt zu spät!«

Jonas wollte schreien: »Vera, vergiss alles, was du vorhast! Da unten ist ein lebendiger Tiger. Ein Tiger, der spricht! Hilf uns!« Aber Veras Stimme klang so giftig, dass Jonas nur leise stöhnte. Dem Tiger waren sie entronnen, nur um einer Viper in die Fänge zu geraten.

Vera hatte sich dunkle Ringe um die Augen geschminkt. Wahrscheinlich dunkelgrün. Trotz der dicken Schicht Schminke sah Jonas deutlich ihre vielen Pickel. Jeder warf einen kleinen Schatten im schrägen Mondlicht.

»Eigentlich ist jetzt eine kleine Strafaktion fällig«, zischte Vera. »Du weißt ja, aus pädagogischen Gründen. Du hast Glück, dass ich's eilig hab und mir jetzt nicht die Hände an euch beiden Scheißhaufen schmutzig machen will.« Sie stieß ein belustigtes Grunzen aus. »Obwohl – so ein Hauch Kanalisation wäre heute vielleicht sogar ganz passend ...«

Jonas war noch immer so durcheinander, dass Veras Beleidigungen nur wie ein fernes Säuseln in seine Gedanken drangen; er sah an ihr vorbei in den Himmel. Richtig schwarz war er nicht, er hatte einen orangefarbenen Schimmer von der nächtlichen Siedlungsbeleuchtung ... Was der Tiger wohl als Nächstes tun würde? Er hatte sicher Hunger ...

Da traf ihn ein heftiger Stoß gegen die Schulter. »Hör zu, wenn deine große Schwester mit dir redet!« Vera hatte ihn getreten.

Wut kroch in Jonas hoch. Da legte sich ein Arm um seine Schulter. »Die alte Pickelfratze, Tortenbacke«, flüsterte Lippe. Jonas musste grinsen.

Von oben ertönte Gelächter. »Süß. Zwei Stinkbomben fliegen aufeinander. Gleich knallt's. Los, steht auf!«

Sie trotteten schweigend nebeneinanderher, bis Lippe zwischen zwei Hochhausblocks in der Dunkelheit verschwand. Er wendete noch einmal kurz den Kopf, schürzte seine prächtigen Lippen und legte den Finger darauf: Mund halten, nichts verraten.

Wie gern hätte Jonas jetzt noch mit ihm geredet. Über das Unglaubliche, das dort unten war, der Tiger, der ...

»Beweg dich, Muttersöhnchen.«

Vera stieß ihn vor sich her. Wie ein Schleier schwang ihr weiter schwarzer Mantel um ihren Körper. ›Eine Braut der Finsternis‹, dachte Jonas, ›auf der Suche nach einem finsteren Bräutigam.‹

Nur, welcher Irre würde sich in Vera verlieben?

Langsam schlossen sich die automatischen Schiebetüren des Aufzugs. Durch den immer enger werdenden Spalt sah Jonas, wie Vera auf einen der vierzig Klingelknöpfe drückte und etwas in die Sprechanlage sagte – jetzt wussten seine Eltern, dass er unterwegs war. Keine Chance, sich noch einmal zu verdrücken, um irgendwo die stinkenden Klamotten loszuwerden.

Wackelnd setzte sich der Aufzug in Bewegung. Jonas starrte auf den dunkelbraunen Lack der Aufzugtür. Direkt vor seiner Nase hatte jemand ein Herz in den Lack gekratzt, ohne Namen. Er stellte sich vor, dass dort ›Jonas‹ stünde. Das Herz glitt zur Seite und verschwand.

Sechster Stock. Er war da.

Die Flurbeleuchtung in dem düsteren Korridor ging schon seit Wochen nicht mehr. Am Ende des Korridors fiel durch eine leicht geöffnete Wohnungstür ein Lichtstreifen auf die Fließen. Das war Jonas’ Wohnung. Dicht an der Wand schlich er auf das Licht zu und lauschte. In der Küche lief der Fernseher. Wie immer um diese Zeit. Sonst war nichts zu hören. Vor der Tür schlüpfte Jonas aus den dreckverschmierten

Turnschuhen. Auch aus den Kleidern musste er so schnell wie möglich raus, bevor seine Eltern den Gestank bemerkten.

Vorsichtig schob er sich in die Wohnung, noch vorsichtiger schloss er die Tür. Es gab ein leises, klackendes Geräusch …

»Jonas, komm her!«, donnerte der Vater aus der Küche.

Die Badezimmertür wurde aufgerissen und die Mutter trat mit aufgebauschten Haaren in den Flur. Sie musste gerade dabei sein, sich zu föhnen. Sofort rümpfte sie die Nase und verzog angewidert das Gesicht. »Wie du riechst. Du verschwindest sofort im Bad und wäschst dich!«

»Zuerst kommt er in die Küche!«, brüllte der Vater.

»Das hat Zeit!«

»Hat es nicht!«

Die Stimmen seiner Eltern schwangen in Jonas' Kopf hin und her wie der Schwengel einer Glocke, mal schlug er an die eine Schläfe, mal an die andere. Was war hier überhaupt los? Warum stritten die beiden? Wieso hatte ihn die Mutter im Gang abgepasst? Und was wollte sein Vater? Hatte er am Ende bemerkt, dass in seinem Werkzeugkasten die kleine Brechstange fehlte? Wie ein Stein hing plötzlich der Rucksack mit der Stange an Jonas' Schultern.

»Du schickst ihn mir jetzt sofort rein!«, rief der Vater gerade.

»Sobald ich mit ihm fertig bin«, rief die Mutter zurück.

Jonas tat so, als ob ihn das Geschrei nichts anginge, und schlenderte langsam auf sein Zimmer zu.

Als er die Tür hinter sich zuzog, stritten seine Eltern immer noch.

Er ließ den Rucksack auf den Boden gleiten und sah sich um. Viele Möglichkeiten, die Brechstange zu verstecken, gab es nicht. Sein Zimmer war winzig. Ein Bett, ein kleiner Tisch mit Stuhl und eine Kommode. Auf dem Boden zwischen den Möbeln lagen Comics, CDs und Klamotten. An der Wand hing ein Poster des größten Boxers aller Zeiten: Muhammed Ali. Triumphierend reckt er darauf die Fäuste in den Nachthimmel, mitten in einem Gewitterregen in Afrika, nachdem er in einem unglaublichen Kampf George Foreman besiegt hatte.

›Fight on‹, dachte Jonas, nur nicht aufgeben, schmiss die Stange ins Bett und deckte sie sorgfältig zu. Schlaf gut, Prinz Eisenherz.

Wie kam er nur auf so einen Blödsinn? In seinem Kopf ging alles drunter und drüber. Was wussten seine Eltern und woher …

Krachend flog die Tür auf und ein leerer Müllbeutel segelte ins Zimmer. Die Mutter stand in der Tür, ihr Gesicht war puterrot. Ihr draller Körper auf den langen Beinen erinnerte Jonas an eine Biene. Eine wunderschöne Biene, die allerdings im Moment mit ausgefahrenem Stachel vor ihm stand.

»Zieh dich aus und schmeiß alles sofort da rein! Du stinkst schlimmer als ein Misthaufen.«

Jonas blieb nichts anderes übrig, weil seine Mutter

mit zugehaltener Nase im Zimmer stehen blieb. Als Letztes wanderte der Rucksack in den Beutel, nachdem er den Inhalt auf den Boden geschüttet hatte. Splitternackt schob ihn seine Mutter ins Bad.

»Wenn du fertig bist, will dich dein Vater in der Küche sehen«, sagte sie und verschwand mit dem Sack.

»Was machst du damit?«, rief Jonas ihr nach, bekam aber keine Antwort.

Er duschte lange und heiß. Das Wasser wusch nicht nur den Gestank aus seinen Haaren und Poren, es schwemmte auch die Anspannung und den Schreck, erwischt worden zu sein, davon. Jonas schloss die Augen und hielt sein Gesicht in den Wasserstrahl. Zum ersten Mal seit Stunden fühlte er sich wieder wohl. Was für ein Abend. Was für ein Abenteuer! Er konnte es immer noch nicht glauben.

Brandgefährlich

Jonas wickelte sich in den roten Bademantel seiner Mutter. Der Mantel war viel zu lang und weit, hatte aber eine Kapuze, die Jonas über den Kopf zog. Jetzt war er ein Boxer. Gleich würde er aus seiner Kabine die Stufen zum Ring hinuntersteigen, begleitet vom dumpfen, hämmernden Song des Herausforderers. Auf seinen roten Seidenmantel war sein Kampfname gestickt: *Bloody Nose.*

Jonas mochte Boxen, seit er mit seinem Vater einmal nachts im Fernsehen einen großen Kampf hatte sehen dürfen. Die muskulösen Oberkörper, die Gesichter hinter den erhobenen Fäusten, das Tänzeln, Lauern, aus dem dann irgendwann ein Schlag abgefeuert wurde, blitzschnell, aber noch schneller duckte sich der Gegner und im Wegducken … Jonas konnte sich solche Kämpfe bis zur letzten Runde vorstellen, aber er selbst boxte nur gegen seine Matratze, sein Spiegelbild oder seinen eigenen Schatten. Also nicht richtig, nicht im Verein. Er schämte sich für den Speck auf seinen Hüften. Aber im Bademantel seiner Mutter sah das ja niemand. Er zog die Kapuze noch etwas tiefer. Sein Gesicht und vor allem seine Augen lagen jetzt im Schatten. Gut so. Was sollte er seinem Vater sagen? Die Wahrheit? Die halbe Wahrheit? Oder nichts? Der Tiger schien in seinem Kopf auf der Lauer zu liegen und nur darauf zu warten, hervorzuspringen.

Jonas trat in den Flur. Die Tür zur Küche war nur angelehnt. Langsam schob sich Jonas durch den Türspalt.

Sein Vater saß müde und graubärtig am Tisch. Den Kopf in die Hände gestützt, starrte er auf den Fernseher, der auf dem Kühlschrank stand. Auf dem Bildschirm war eine Frau zu sehen, die gerade einem Riesenkerl ihre Pistole unter die Nase hielt.

»Du hättest draufgehen können«, sagte der Vater plötzlich. »Ein falscher Tritt da unten und du bist weg vom Fenster.«

»Wir haben schon aufgepasst«, murmelte Jonas. Wusste der Vater, wo er gewesen war?

»Einen Dreck habt ihr!«

Der Vater starrte Jonas direkt ins Gesicht. Sonst mochte Jonas die Augen seines Vaters – ruhige, etwas traurige Augen –, jetzt aber glänzten sie vor Zorn. Und Sorge. Jonas schaute auf den Boden. Sollte er es jetzt erzählen? ›Wir waren in der Kanalisation und haben mit einer Hängematte gefischt und dann …‹

»Wir wollten mal schauen, wie es da ist«, sagte er ausweichend.

»Gefährlich, du Idiot. Brandgefährlich!« Das war ein Lieblingswort seines Vaters; früher war er Feuerwehrmann gewesen, bis ihm bei einem Einsatz vor drei Jahren ein brennender Balken aufs Bein gefallen war. Ein Jahr später tauchte auch noch Vera auf, angeblich weil sein Vater jetzt mehr Zeit hatte, sich um

32

seine Tochter zu kümmern. Dabei arbeitete er noch immer bei der Feuerwehr, saß jetzt aber in der Pförtnerloge am Eingang.

»Wer da unten reinfällt, kommt nicht wieder raus.« Jonas schwieg und riskierte einen Blick zum Bildschirm: Die Frau rannte eine Straße entlang, der Schlägertyp hinter ihr her. Gleich würde er sie eingeholt haben, da wurde plötzlich alles schwarz. Jonas' Vater hatte die Fernbedienung gedrückt.

»Die Kloake ist so zäh und schwer«, fuhr er fort, »dass du nicht schwimmen kannst. Und dann erstickst du. An fremder Scheiße.«

Es gab keinen Zweifel. Der Vater wusste genau, wo er gewesen war. Jonas' leerer Magen krampfte sich zusammen. »Papa, ich hab Hunger ...«

Die Hand seines Vaters krachte mit solcher Wucht auf den Tisch, dass die Bierflasche vor ihm einen Sprung machte und scheppernd umfiel. »Du hörst jetzt zu, verdammt noch mal! Ich war auch mal da unten. Man hatte uns gerufen, weil ein jämmerliches Geschrei aus den Gullydeckeln kam. Zu viert sind wir eingestiegen, hörst du, zu viert! Nicht zu zweit.«

Das wusste er also auch.

»Denn wenn von zwei Männern einem was passiert, bringt ihn der andere nicht raus, viel zu schwer, so ein Mensch. Ist dir das klar? Und wenn er Hilfe holt, muss er den anderen allein da unten lassen. Kannst du dir vorstellen, wie beschissen das ist?«

Jonas nickte unter seiner Kapuze, war sich aber nicht sicher, ob sein Vater es sah.

»Es war glitschig und eng. Und ein Gestank, dass wir unsere Sauerstoffmasken einsetzen mussten. Dann hörten wir es. Es klang erbärmlich, wie ein Hilfeschrei. Aber der Hall dort unten hielt uns immer wieder zum Narren. Endlich hatten wir den Schreihals: eine Katze. Eine kleine süße Katze, die irgendwie in die Kanalisation geraten war. Und wir kamen gerade noch rechtzeitig. Sie saß in einer Nische, umzingelt von mehreren Kanalratten.«

Die Augen von Jonas' Vater leuchteten, ihm gefiel die Erinnerung.

»Ich wusste, jetzt wird's brandgefährlich. Mit dem grellen Licht unserer Lampen verscheuchten wir zwar die Ratten, aber als Franz die Katze gerade gepackt hatte, rannte ihm noch mal eines der Biester über die Hand.«

»Wie groß war sie?«, fragte Jonas.

Sein Vater hob langsam den Arm, sodass die Taucheruhr, die ihm seine Kollegen nach dem Unfall geschenkt hatten, scheppernd nach unten rutschte.

»So lang wie mein Unterarm. Ohne Schwanz.«

Jonas riss die Augen auf. »Ohne Schwanz?«

»Ja, riesige Viecher. Franz erschrak genauso. Er verlor das Gleichgewicht und fiel in die braune Soße, samt Katze. Aber er konnte nicht schwimmen, so zäh war das Zeug und so schlecht war ihm. Er wäre uns ersoffen, wenn er nicht im letzten Moment die Leine seiner Rettungsweste gezogen hätte. Das Ding blies sich auf und Franz und die Katze blieben oben. Dann haben wir sie rausgefischt.«

Vielleicht war jetzt der richtige Moment.

»Wir haben auch eine Katze gefunden«, sagte Jonas. »Eine ziemlich große …«

»Lüg nicht!« Der Vater wuchtete sich hinter dem Küchentisch hervor. Sein linkes Bein war dünn und krumm, auch ein ganzes Stück kürzer als das rechte. Der Balken hatte es richtig zerschmettert. Seitdem lebte der Vater im Sitzen; entweder hockte er in der Pförtnerloge oder in der Küche. Schwankend und humpelnd kam er auf Jonas zu und blieb so dicht vor ihm stehen, dass Jonas den Schweiß, das Bier und den Rauch roch. Früher hatte er anders gerochen, dachte Jonas, aber früher war überhaupt alles anders gewesen.

»Du kannst froh sein, dass dich deine Schwester da rausgeholt hat.«

Jetzt dämmerte es Jonas. Vera, dieses Miststück!

So ähnlich musste sich Muhammed Ali damals in Afrika gefühlt haben, als er in den Seilen hing und Formans Schläge nur so auf ihn einprasselten … *Fäuste hoch, Bloody Nose! Wehr dich!*

»Rausgeholt?« Fast schrie Jonas. »Verpfiffen hat sie uns. Der ist es doch scheißegal, ob mir was passiert. Sie hat uns nur gesucht, um uns zu verpetzen!«

»Du hast heute Mist gebaut.« Der Vater schleppte sich zurück zur Küchenbank. »Nicht deine Schwester. Und schon gar nicht irgendeine Katze!«

»Doch! Eine Riesenkatze! Ein Tiger!« Jonas' Stimme klang schrill.

»Ab ins Bett!« Der Kopf seines Vaters war feuerrot. »Mir reicht's! Und wenn dir der Magen knurrt, dann sei froh, dass du ihn noch hörst!«

Jonas kämpfte mit den Tränen, da legten sich von hinten sanft zwei Arme um ihn. Am Geruch erkannte Jonas seine Mutter.

»Hört auf«, sagte sie leise.

»Was ist mit meinen Sachen?«, fragte Jonas, um nicht loszuheulen.

»Die hab ich weggeschmissen. Das hat gestunken, Jonas, das kannst du dir überhaupt nicht vorstellen. Am allerschlimmsten die Schuhe.«

»Du hast meine Turnschuhe weggeschmissen …«

Gerade weil sie so alt und speckig waren und schon halb in Fetzen hingen, liebte Jonas diese Schuhe über alles. Nur zum Schlafen oder Schwimmen zog er sie aus. Und seine Mutter wusste das.

»Es tut mir leid, ich weiß, wie du an den Schuhen hängst, aber das geht nicht. So kannst du mit deinen Sachen nicht umgehen.«

Der Blick, mit dem sie Jonas ansah, war vorwurfsvoll, gleichzeitig voller Mitleid. Das war zu viel.

»Ihr wollt mich nur bestrafen!« Jonas wand sich aus den Armen seiner Mutter und rannte aus der Küche.

Während er sich im Flur die Tränen aus den Augenwinkeln wischte, wurde ein Schlüssel ins Schloss der Wohnungstür gerammt, die Tür flog auf und Vera stampfte in die Wohnung.

Ihre Stimmung war noch schlechter geworden –

soweit das überhaupt möglich war. »Ach, das Muttersöhnchen«, zischte sie, als sie an Jonas vorbeikam.
»War deine Mama nicht lieb zu dir?«

»Blöde Petze!« Mehr brachte Jonas nicht heraus, so
sehr schnürte die Wut ihm die Kehle zu.

Vera blieb stehen, ihre klobige schwarze Gestalt
schien den ganzen Flur auszufüllen. »Besorgte
Schwester würde ich das nennen«, flüsterte sie. »Und
was hab ich davon, dass ich dich aus der Scheiße ge-
holt habe? Ich muss jetzt schon zu Hause sein, weil
ich auf Mamas fetten Liebling nicht gut genug aufgepasst habe. Ist das gerecht?« Sie beugte sich zu Jonas
und verzog das Gesicht zu einer Grimasse. »Ist es
nicht. Und deshalb hast du was gut bei mir. Freu
dich.«

Jonas schwieg und starrte sie hasserfüllt an.

»UND DAS NÄCHSTE MAL GEH ICH NICHT
MEHR AN DAS SCHEISSHANDY!« Das schrie Vera in
Richtung Küche, wo inzwischen wieder der Fernseher
lief. Dann verschwand sie mit wütendem Schnaufen
und wehender Kutte in ihrem Zimmer.

Auch Jonas ging in sein Zimmer und warf sich aufs
Bett. Bilder wirbelten wild durch seinen Kopf: Vera
mit dem Handy über dem Gully, Lippe mit aufgerissenen Augen, seine geliebten Schuhe in einem Müllsack und immer wieder der Tiger, seine Augen, die
Stimme …

Jonas' Kopf kippte zur Seite. Im Mondlicht warf
seine verdrehte Nase einen Schatten, der an einen
Boxer erinnerte, der sich zum Schlag spannte.

Am geborstenen Stein

Jonas träumt.

Er rutscht eine Stange hinunter; nur ist sie nicht aus Metall wie die Stangen in der Feuerwehrwache seines Vaters, sondern aus einem gelblichen Material und leicht gebogen. Je tiefer Jonas rutscht, desto dünner wird die Stange. Sie erinnert Jonas an etwas, er weiß nur nicht, an was. Jetzt sieht er, dass die Stange unter ihm zu einer nadelfeinen Spitze zusammenläuft. Jonas krallt sich fest. Er weiß jetzt, an was er sich klammert: an einen Zahn. Den gebogenen Fangzahn eines Raubtieres. Das Maul, in dem dieser Zahn steckt, muss riesig sein. Jonas' Hände werden feucht, er rutscht weiter ab. Bald wird er fallen. Weit unter sich kann er ein kleines Boot erkennen, das über eine bräunliche Flüssigkeit gleitet. Jonas wundert sich, dass das Boot nicht abgetrieben wird, obwohl die Strömung sehr stark ist. In dem Boot stehen drei Menschen, die zu ihm hochsehen und zwischen sich einen riesigen Müllsack aufhalten. Auf einmal kann er die Gesichter erkennen – es sind seine Eltern und Vera. »Spring schon!«, rufen sie. Jonas weiß, dass er auf keinen Fall in dem Müllsack landen darf. Er weiß nicht, warum, nur, dass es auf keinen Fall passieren darf. Mit aller Kraft krallt er sich an den Zahn, aber es hilft nichts, er rutscht Haaresbreite um Haaresbreite nach unten, gleich wird er fallen. In seiner Verzweiflung presst Jonas das Gesicht gegen den Zahn. Er ist glatt, hart und kalt …

Jonas wachte auf. Gegen sein Gesicht drückte immer noch etwas Hartes, Kaltes … Die Brechstange! Keuchend setzte er sich auf. Sonnenstrahlen wärmten seinen Nacken und langsam lösten sich die Traumbilder auf. Dafür wurde sein Hunger immer stärker. Gerade wollte er aufstehen, da entdeckte er neben seinem Bett einen Teller mit einem Stück Himbeerkuchen und einer kalten Bratwurst mit einem Klacks Senf. Dazu ein Glas Milch. Und ein Zettel:

Die Wurst ist von Papa, der Kuchen von mir. Lass es dir schmecken!
Bin einkaufen.

Mama

Jonas trank als Erstes die Milch. Fast in einem Zug das ganze Glas. Und jetzt? Die Bratwurst oder der Himbeerkuchen oder beides gleichzeitig? So hätte Lippe es wahrscheinlich gemacht. Jonas hielt sich lieber an folgende Regel: Das Beste zuerst. Also aß er den Himbeerkuchen vor der Bratwurst mit Senf. Der Streit mit seinen Eltern kam ihm wieder in den Sinn, aber je mehr er aß, desto schwächer wurde seine Wut. Jonas lehnte sich zurück und schloss die Augen. Nach einer Weile meinte er, ein Gurgeln und Schmatzen zu hören und es stank – er war wieder in der Kanalisation und dort war auch … DER TIGER.

Jonas riss die Augen auf. Über seinen nackten Zehen tanzte der Staub im Sonnenlicht. Es konnte nicht sein! Ein sprechender Tiger, der jetzt, jetzt im Moment irgendwo da unten war, unter den Straßen und Häusern in ihrer Siedlung. War es am Ende wirklich nur eine Ausrede, wie sein Vater behauptet hatte? Aber Jonas wusste alles noch ganz genau. Die gelben Augen, das verschmierte Fell, die zuckende Schwanzspitze, das Stöhnen, das Grollen, die ersten Worte … Zum Glück war Lippe dabei gewesen. Wenn er sich an dasselbe erinnerte, dann musste es wahr sein.

Alles war still, als Jonas kurz darauf durch die Wohnung schlich. Der Vater war in der Feuerwache, die Mutter beim Einkaufen. Vera schlief wahrscheinlich noch. Mit angehaltenem Atem drückte er sich an ihrer Zimmertür vorbei. Ein schwarzes Stück Stoff war an die Tür geheftet, auf das Vera ein rotes V genäht hatte. Jonas und Lippe hatten das Zimmer *Vipernnest* getauft, und wenn sie Vera ärgern wollten, zischten sie wie Schlangen und flüsterten sich zu: »Achtung, da kommt Ihre Majestät gekrochen, die Königin der Giftschlangen.«

Jonas überlegte kurz, ob er Vera für die Petzerei eine Knoblauchzehe ins Schlüsselloch quetschen sollte. Sie konnte den Geruch nicht ausstehen. Genau wie ein Vampir, sagte Lippe immer. Lippe! Er musste ihn anrufen. Sie mussten sich so schnell wie möglich treffen, am geborstenen Stein, am besten gleich.

Der geborstene Stein war eine Tischtennisplatte, wie sie überall in der Siedlung zwischen den Hochhäusern standen. Das Besondere an dieser Platte war der fingerbreite Riss, der die Steinfläche spaltete. Die Oberfläche war dunkelgrau, fast schwarz, weil nie auf ihr gespielt wurde. Jenseits der Platte erhoben sich zwei mächtige siebzehnstöckige Wohnklötze wie Wehrtürme einer Burg. Riesig, uneinnehmbar. Zur anderen Seite fiel das Gelände ab. Von hier aus hatte man einen guten Blick auf die ferne Stadt, die sich unter einer Dunstglocke bis zum Horizont erstreckte.

Es war ungefähr zwölf Uhr, als Jonas den geborstenen Stein erreichte. Die Sonne brannte vom Himmel, nicht der leiseste Lufthauch war zu spüren. Von Lippe keine Spur. Jonas setzte sich auf die Platte, genau auf den Riss, und ließ die Beine baumeln. In der Ferne hörte er ein Moped.

»Wenn Sie jetzt einen fahren lassen, töten Sie unschuldige Kinder«, drang eine Stimme durch den Riss. Lippe! Jonas ließ sich auf den Boden gleiten. Sein Freund lehnte an einem der beiden Betonfüße der Platte.

»Warum sagst du nicht, dass du schon da bist?«, fragte Jonas.

Lippe schwieg. Wie zerrupfte Wolle standen die schwarzen Haare um sein schmales Gesicht ab. Jonas kroch unter die Platte und lehnte sich Lippe gegenüber an den anderen Betonfuß.

Beide starrten sie auf den schmalen Streifen Sonnenlicht zwischen ihnen. Jonas hatte Angst. Angst, dass er sich alles, was gestern passiert war, nur einbildete, oder, noch schlimmer, dass alles stimmte.

»Was hast du denn für Schuhe an«, fragte Lippe in die Stille. »Da würde ich mir ja lieber die Füße abhacken als da reinzusteigen.«

»Blödmann!« Jonas war wütend. Was sollte er machen? Er besaß nur noch zwei Paar Schuhe. Winterstiefel und die Schuhe, die er jetzt trug, tragen musste – seine Mutter hatte darauf bestanden. Sie waren aus dunkelblauem Wildleder, hatten Fransen an der Seite und vorne auf der Kappe einen roten Lederfleck in Form eines Herzens. Er sah Lippe finster an. »Meine Winterstiefel durfte ich nicht anziehen, und meine Turnschuhe liegen im Müll. Während ich in der Dusche war, hat meine Mutter alles weggeschmissen, was ich gestern anhatte.«

»Die radikalste Reinigungsstufe«, meinte Lippe, »eine schlimme Sache. Da hilft nur eines, Nase: du musst ihnen zuvorkommen. Ich bin gestern zuerst runter in die Waschküche und hab alles in die Waschmaschine gestopft, auch die Schuhe – nur die Unterhose hab ich angelassen. Dann hab ich das ganze Zeug bei sechzig Grad gewaschen, ohne Waschmittel, weil das bei uns oben in der Wohnung ist. Und ich hatte die ganze Zeit Angst, dass jemand reinkommt …«

»Und? Ist jemand gekommen?«

»So eine verhutzelte Alte mit ihrem Wäschekorb wollte reinkommen. Da war ich gerade mal wieder dabei, hin und her zu hüpfen, um mich warmzuhalten. Die Alte hat die Augen aufgerissen, irgendwas gekrächzt und weg war sie. Aber das Schlimmste war die Kälte, vor allem, als ich mir die Haare gewaschen hab, mit kaltem Wasser, was anderes gibt's nämlich nicht in der Waschküche. Und als ich dann meine Klamotten wieder anhatte, hab ich gedacht, ich kann mich nicht mehr bewegen, so nass und steif war das Zeug.«

»Und deine Eltern?«, fragte Jonas, der sich vorstellte, wie der triefende Lippe vor der Wohnungstür stand und sich eine kleine Lache unter ihm bildete, während er aufsperrte.

»Denen hab ich erzählt, dass ich beim Spielen in eine alte Badewanne mit Regenwasser gefallen bin. Meine Mutter war außer sich, hat rumgezetert: ›Junge, kannst du denn nicht aufpassen! Junge, du holst dir noch den Tod!‹, und so weiter. Mein Vater hat nur gesagt, dass er sich wundert, wie viel Wasser noch in der Wanne war, obwohl es schon so lange nicht mehr geregnet hat. Und dann hat er gegrinst, als ob er genau wüsste, was ich angestellt hatte – aber gesagt hat er nichts. Dann musste ich heiß duschen und mit einer Tasse Tee mit Marmelade ins Bett.« Lippes Familie stammte aus Russland und dort trank man den Tee mit Marmelade.

Lippe war mit seinem Bericht am Ende und schnippte kleine Steine aus dem Schatten ins Sonnenlicht. Jonas saß einfach nur da und starrte auf die Ritzen der Pflastersteine zwischen seinen Füßen. Den Tiger hatten sie noch mit keinem Wort erwähnt. Eine Taube landete ein Stück entfernt und pickte am Boden herum. Lippe schoss einen Stein in ihre Richtung.

»Du hast ihn doch auch gesehen?«, fragte er plötzlich.

»Ja«, sagte Jonas.

»Ich hab gedacht, ich muss sterben«, sagte Lippe leise.

»Ich auch.« In seinem Kopf hörte Jonas wieder das Stöhnen des Tigers in der Finsternis. »Und du hast ihn auch gehört?«, fragte er zögernd.

»Ja, er hat …«, Lippe zögerte, »… gesprochen!« Pause. »Mensch, Nase, ein sprechender Tiger – das gibt's nicht. Das kann es doch nicht geben!« Er starrte Jonas an.

Jonas fiel ein Stein vom Herzen. Sie hatten dieselbe verrückte Geschichte erlebt und dadurch war sie nur noch halb so verrückt.

»Irgendwas war komisch an diesem Tiger«, sagte Jonas.

»Stimmt.« Lippe verzog das Gesicht zu einem schiefen Grinsen. »Die Aussprache war nicht ganz sauber, irgendwie verknurrt.«

»Ich meine nicht das Sprechen. Er hat uns nicht angegriffen.«

»Weißt du, was ich glaube?« Lippes Augenbrauen zitterten, ein Zeichen, dass dahinter eine Idee entstand. »Der Tiger ist das Ergebnis eines Genversuchs. Ihm wurden menschliche Sprachgene eingepflanzt. Und weil solche Versuche verboten sind, wollten ihn die Wissenschaftler in der Kanalisation ertränken.« Lippe hatte sich in Fahrt geredet, sein ganzer Körper zuckte, fast hätte er sich den Kopf an der Tischtennisplatte gestoßen.

Jonas sah ihn misstrauisch an. »Aber wieso sagt er dann: ›Ich heiße Kunigunde Ohm.‹ So heißt kein Tiger.«

»Der Tiger nicht!«, rief Lippe. »So heißt die Frau, von der die Sprachgene stammen.«

»Weißt du«, sagte Jonas, »mir kam er gar nicht vor wie ein richtiger Tiger. So benimmt sich kein Tiger.«

»Woher willst du das wissen?«

»Weiß nicht, nur so ein Gefühl.«

Lippe schwieg.

»Hast du dir eigentlich schon mal überlegt«, fragte Jonas nach einer Weile, »wohin die Röhre führt, in der wir ihn haben liegen lassen?«

»Wahrscheinlich in die große Baugrube hinter der Siedlung.«

Lippe sah Jonas an, Jonas sah Lippe an – dann schüttelte Lippe unmerklich den Kopf, während sein Mund lautlos zwei Worte formte: OHNE MICH!

Nackt bis aufs Fell

Rohre waren zu Pyramiden aufgeschichtet, Betonteile und rostige Gitter stapelten sich, dazwischen standen Bagger und Raupenfahrzeuge. Wie schlafende Eisensaurier streckten sie ihre Schaufeln und Kranarme in die Luft. Auf dem Boden lagen Balken und Holzbohlen, dazwischen Schubkarren, Eimer, Schaufeln ... Ein ungeheures Durcheinander.

Und überall konnte der Tiger stecken.

»Wenn er hier ist«, flüsterte Lippe, »dann kann er uns jetzt schon hören, so verdammt still ist es.«

»Dann sei ruhig«, zischte Jonas.

Aber Lippe konnte nicht anders, er musste reden: »Tiger haben ein so scharfes Gehör, die hören sogar den Herzschlag einer Maus, und *zack*!«, er zog die gekrümmten Finger durch die Luft, »hat er dich!«

»Dann pass auf, was du sagst, er versteht dich nämlich«, flüsterte Jonas. Sein Herz hämmerte wie wild.

»Was machen wir eigentlich, wenn wir ihn treffen?«

»Reden«, sagte Jonas. »Und jetzt halt die Klappe.«

»Und wenn er keine Lust hat, zu reden, sondern Hunger?«

Jonas starrte Lippe wütend an und hob vom Boden ein paar große Schottersteine auf. »Dann soll er Steine fressen«, zischte er.

Lippe bückte sich ebenfalls. Mit den Steinen in den Händen schlichen sie durch die Baugrube.

Obwohl Jonas und Lippe noch immer die Sonne auf den Scheitel brannte, war es am Grund der Baugrube kühl. Und still. Die Geräusche der Siedlung – Kindergeschrei, Hundegebell, Motorengebrumm – drangen kaum herunter.

Auch Lippe war jetzt still. Die beiden Jungen schoben sich um einen Turm aus Containern herum. Dahinter, im Schatten, stand ein blaues WC-Häuschen aus Plastik. Daneben breitete sich eine große Pfütze aus. Vorsichtig gingen sie am Rand der Pfütze entlang.

»Da!« Jonas blieb stehen und deutete nach unten. Im feuchten Boden war der Abdruck einer Pfote zu erkennen, groß wie eine Bratpfanne.

»Er hatte Durst«, flüsterte Jonas.

»Hunger hat er bestimmt immer noch«, murmelte Lippe.

Jonas suchte den nächsten Abdruck. Die Richtung der Spur war eindeutig. Sie führte direkt auf die mit Brettern verschalte Grubenwand zu. Vorn war kein Eingang zu sehen, aber seitlich entdeckten Jonas und Lippe eine Öffnung, vor der eine schwere dunkelgrüne Plastikplane hing. Jonas schluckte, holte Luft und hob die Plane zur Seite. Hinter ihm stöhnte Lippe auf, folgte ihm aber. Mit einem leisen Knall fiel die Plane hinter den beiden wieder vor die Öffnung. Dunkelgrüne Düsternis umschloss sie.

Jonas erkannte eine hohe runde Öffnung aus Beton. Eine Abwasserröhre. Es musste so sein, wie sie vermutet hatten: Die Röhre, in der sie den Tiger zurückgelassen hatten, verband die Baugrube mit dem Hauptarm der Kanalisation.

Lippes Finger krallten sich plötzlich in Jonas' Oberarm, und er sah, was Lippe sah. In der Dunkelheit der Röhre lag ein schwarzer Haufen, in dem zwei grünliche Punkte glommen.

»Lasst mich in Frieden, ihr bösen Buben.« Die Worte waren kaum zu verstehen, mehr gefaucht als gesprochen. »Ich sehe doch die Steine in euren Händen. Mörderpack!« Die Stimme klang brüchig, fast schrill, immer wieder unterbrochen von tiefen Knurr- und Grolllauten. Jonas und Lippe ließen die Steine fallen.

»Eure Steine braucht es nicht. Das hier wird mein Grab, das ist so sicher wie das Amen in der Kirche. Grausame Kinder. Lasst mich in Frieden. Ein altes Weib stirbt so oder so einmal …« Das Fauchen wurde leiser.

»Aber Sie sind ein Tiger, ein riesiger Tiger!« Das war Lippe.

Es folgte eine Stille, in der alle auf etwas zu warten schienen. Die Augen in der Röhre pendelten langsam hin und her. Ein eigentümliches Schnaufen war zu hören, und dann brüllte der Tiger. So laut und fürchterlich, dass Jonas schwarz vor Augen wurde. Aus dem Gebrüll glaubte er, ein »NEIN!« herauszuhören.

Als seine Benommenheit wich, spürte Jonas, wie Lippe neben ihm zitterte. Genau wie er selbst. Er musste jetzt etwas sagen, sonst würde er sich nie mehr trauen.

»Können wir Ihnen irgendwie helfen?«, stotterte er.

Wieder dehnte sich die Stille aus, bis sie in Jonas' Ohren zu pochen begann.

»Ich hab meinen Lebtag noch nicht so gestunken.« Die kratzende Stimme klang weinerlich. »Und ich möchte sauber sterben.«

»Klar«, sagte Lippe, »das verstehen wir gut, besser als gut, am allerbesten von allen ...« Er zog Jonas auf die Plane zu.

»Wir holen Wasser«, sagte Jonas noch schnell, bevor er im Freien verschwand.

»Nase, der spinnt total!«, platzte es aus Lippe heraus, nachdem sie ein paar Schritte schweigend nebeneinanderher getrottet waren. »Ich sag dir, der hat einen Dachschaden, der Tiger. Hält sich selbst für ein altes Weib! Der Dachschaden ist wahrscheinlich auch schuld daran, dass er sprechen kann. Da ist irgendwie irgendwas falsch geschaltet in diesem Tigerhirn ...«

Jonas hörte kaum hin. In der Stimme des Tigers war etwas sehr, sehr Trauriges gewesen. Und Jonas verstand den Wunsch nach einem Bad – der Tiger musste sich fühlen wie ein getrockneter Kuhfladen.

»Wir müssen ihn duschen«, meinte Jonas.

»Das ist idiotisch!«, sagte Lippe, wusste dann aber genau, wie sie es machen mussten.

Bei den Baugeräten fanden sie eine Schubkarre,

einen Eimer und einen Straßenbesen mit langen roten Borsten.

»Wir werden ihn striegeln wie ein Pferd«, sagte Lippe und erbleichte, als ihm klar wurde, wie nahe sie dem Tiger kommen würden.

In der Nähe der Container entdeckten sie einen Wasserhahn. Sie ließen die Schubkarre volllaufen und schoben alles zu dem Röhreneingang. Jetzt, da ihm die Angst nicht mehr alle Sinne betäubte, traf Jonas der Gestank hinter der grünen Plane wie ein Schlag. Es war wirklich Zeit, dass der Tiger gewaschen wurde!

»Wir müssen uns vorher ausziehen«, flüsterte Jonas. »Sonst stinken unsere Klamotten wieder genauso wie gestern. Das kann ich auf keinen Fall riskieren.«

Die Jungen warfen ihre Kleider ab. Splitternackt und bebend vor Aufregung und Kälte standen sie vor dem schwarzen Röhrenschlund, aus dem es ihnen kalt und feucht entgegenschlug.

»Wir haben Wasser!«, rief Jonas in die Röhre. Er war stolz, dass seine Stimme kaum noch zitterte.

»Ich kann nicht herauskommen«, kam es dumpf zurück. »Ich habe ja nicht einmal ein Hemd auf dem Leib.«

»Wir auch nicht«, rief Jonas.

»Guter Gott«, krächzte es aus der Dunkelheit. »Sodom und Gomorrha.«

Jonas zuckte mit den Schultern. »Jonas und Philipp heißen wir, und wir kommen jetzt zu Ihnen.«

Langsam rückten sie vor. Jonas kämpfte mit der wassergefüllten Schubkarre, Lippe hielt den Besen wie eine Lanze. Nach etwa fünf Metern tauchte in der Dunkelheit der Umriss des Tigerschädels auf. Lippe konnte einen kleinen Schrei nicht unterdrücken.

»Sehe ich so schlimm aus?«, knurrte der Tiger.

»Bestimmt nicht«, sagte Jonas und schöpfte den Eimer voll Wasser. »Aber es ist ja sowieso stockdunkel. Wir waschen Sie jetzt, Frau Ohm.«

»Auf keinen Fall den Kopf zuerst«, fauchte es aus der Dunkelheit. »Erst die Füße, dann die Beine, zum Schluss den Kopf, wegen der nassen Haare. So mach ich das seit über siebzig Jahren.«

Der Tiger drehte sich in der Röhre. Dabei streifte sein Fell Jonas' Oberarm. ›Wie ein hart gewordener Pinsel‹, dachte Jonas, während sich sein Arm mit einer Gänsehaut überzog. Allein die Nähe der großen Raubkatze war beängstigend, aber nackt ohne jeden Schutz war es noch schlimmer! Jonas wurde auf einmal klar, wie dünn seine Haut war, dünner als Papier. Eine leichte Berührung mit einem spitzen Gegenstand, zum Beispiel einer Kralle, und sie würde reißen. Aber Jonas hatte nicht nur Angst. Er verstand jetzt auch die Scham des Tigers und war froh um die Dunkelheit, in die nur spärliches Licht aus dem dunkelgrünen Vorraum sickerte.

Eimer um Eimer goss Jonas über den Tiger, und Lippe schrubbte, was das Zeug hielt. Die Brühe, die aus dem Tigerfell lief, stank genauso bestialisch wie der Abwasserkanal, durch den sie gestern geschlichen waren. Sie arbeiteten schweigend. Nur der Tiger wimmerte ab und zu: »Ist das scheußlich.«

Als Jonas den Kopf waschen wollte, krächzte er: »Vorsichtig, ganz vorsichtig, dass mir nichts in die Augen rinnt.«

Das war aber nicht zu verhindern. »Lieber Herrgott, hilf mir, die ersäufen mich«, keuchte der Tiger, als das Wasser über seinen Kopf lief.

Zum Schluss gossen sich Jonas und Lippe ebenfalls einen Eimer Wasser über den Kopf. Schlotternd standen sie danach in der Röhre.

»Wir müssen raus hier, in die Sonne.« Lippes Zähne schlugen aufeinander. Jonas konnte nur nicken. Sie liefen zu ihren Kleidern, rieben sich mit ihren T-Shirts trocken und zogen sich an.

»Mir ist bitterkalt.« Dumpf und erbärmlich kam die Tigerstimme aus der Röhre. »Und dieses Fell hängt wie ein nasser Sack auf meinen Knochen ... Nehmt mich mit ... Bitte.«

Das Grauen hinterm Zaun

Jonas ging voran. Der Tiger folgte und Lippe bildete das Schlusslicht. Steif stakste der Tiger von Deckung zu Deckung, mit hängendem Kopf, den er ab und zu hochriss, als ob ihn etwas erschreckt hätte. Er glich mehr einem müden und scheuen Pferd als einem Raubtier.

Endlich fanden sie einen versteckten und sonnigen Platz für den Tiger: die breite Schaufel eines Baggers. Das Innere der Schaufel war vom Rand der Grube aus nicht einzusehen. Umständlich ließ sich der Tiger in der Schaufel nieder. Er wirkte völlig erschöpft.

Die beiden Jungen lehnten sich der Baggerschaufel gegenüber an einen Holzstapel. Die Hitze drang allmählich durch ihre feuchte Kleidung, und das tat gut. Vollkommen still lag der Tiger vor ihnen. Nur der Atem hob und senkte den riesigen Körper. Zum ersten Mal konnten sie ihn in Ruhe betrachten.

Der Kopf lag auf den beiden vorderen Pranken. Das Fell dampfte in der Sonne und die schwarze Zeichnung hob sich immer deutlicher ab. Wie dünne schwarze Flammen züngelten die Streifen in dem gelbbräunlichen Fell, das zum Bauch hin weiß wurde. Auch hinter den Backen hatte der Tiger so lange und dichte weiße Haarbüschel, dass sein Kopf ganz breit wirkte. Die kleinen runden Ohren unterstrichen diesen Eindruck. Die gelben Augen waren im Moment geschlossen und Jonas war froh darüber. Den kalten Blick ertrug er nur schwer. An der Unterseite der Pfoten erkannte Jonas dicke rosige Ballen. Der Schwanz war lang und buschig. An seiner Spitze hing noch ein Papierfetzen aus der Kanalisation. Dieser Tiger war größer und schöner als alle Zootiger, die Jonas bisher gesehen hatte. Ein richtiges Prachtexemplar.

Lippe wurde unruhig. »Sag was«, flüsterte er Jonas zu.

»Was denn?«

Lippe zuckte die Schultern. Jonas dachte nach. Bloß nicht übers Essen reden, das war klar. »Wir wohnen gleich hier in der Hochhaussiedlung, ähm … Und wo wohnen Sie?«

Missmutig öffnete der Tiger die Augen. »Ich wohne in Richtung Klärwerk. In der Keunerstraße.«

Jonas und Lippe sahen sich an. Lippe verdrehte die Augen und zuckte mit dem Kopf; ›Lass uns verschwinden!‹, hieß das. Aber Jonas wollte es jetzt wissen. »Aber in der Keunerstraße gibt es keinen Zoo und auch kein Tierheim. Da wohnen nur Menschen.«

»Ich bin ein Mensch«, fauchte der Tiger. »Ich heiße Kunigunde Ohm, bin achtundsiebzig Jahre alt und wohne in der Keunerstraße.« Er wurde lauter. »Ich war eine der ersten Mieterinnen da. Mit diesem Fleischberg hab ich nichts zu schaffen. Diese Pratzen sind doch schrecklich. Ich habe Hände, keine Krallen. So was kann es nicht geben, das versteht doch kein Mensch … Das ist doch FÜRCHTERLICH.«

Der Tiger warf den Kopf hin und her und wälzte sich, als ob er starkes Bauchweh hätte. Endlich rollte er herum und stützte sich auf die Vorderpfoten. Ratlos sahen sie einander an: der Tiger die Jungen, die Jungen den Tiger.

Nach einer Weile begann er wieder zu sprechen, erst stockend, dann immer flüssiger: »Vor zwei oder drei Tagen ... Ach, alles ist so durcheinander, ich kann mich gar nicht mehr gut erinnern ... aber es kann ja noch nicht so lange her sein, also vielleicht auch erst gestern oder vorgestern ... Das Wetter war schön. Der Ischias war nicht so schlimm, Blutdruck hab ich gar nicht erst gemessen, da geht es mir gleich besser ohne dieses dumme Gerät. Die Tabletten hatte ich alle geschluckt, meinen Blasentee getrunken, und ein Nickerchen hatte ich auch schon hinter mir ... Ein Tag, ach, einfach wunderbar. Heute trauste dich noch mal was, hab ich mir gedacht. Komm, Teichmännle, hab ich gesagt, wir gehen noch mal raus und betrachten den Sonnenuntergang. Es war so warm, dass ich sogar den Sommerschal hab hängen lassen. Es muss mir wirklich gut gegangen sein. Sonst plagt mich doch bei jedem Wetter der Hals. Zu gut wird es mir gegangen sein. Das ist es! Jedenfalls sind Herr Teichmann und ich die Keunerstraße runter und durch die Baalstraße hinter zum Klärwerk. Herr Teichmann und ich mögen die Wiese hinter dem Klärwerk so gern. Da wachsen schöne Blumen, ein ganzes Blütenmeer in allen Farben. Wenn mich nicht der Ischias immer so plagen würde und ich mich besser bücken könnte, ach dann …? Das Abendrot war jedenfalls prächtig, und wir gingen wie immer den kleinen Weg am Zaun entlang. Jedes Mal staune ich, was für komische Büsche und Bäume da hinter dem Zaun wachsen und immer wieder neue, ein richtiger Dschungel. Und so ein Dickicht, dass man aber auch gar nichts erkennen kann. Die haben eben eine Menge Mist zu verbergen, sag ich dann immer zu Herrn Teichmann. Wir waren schon halb um das Klärwerk herum, da hat Herr Teichmann mit einem Mal angefangen, ganz erbärmlich zu jammern, obwohl er sonst sehr mutig ist. Und als ich genauer hinseh, funkelt etwas hinter dem Zaun, unter so einem riesigen dunkelgrünen Blatt. Augen waren das! Und ein Blick, der mir durch Mark und Bein ging. Und dann … es war grauenhaft. Ein Tiger, ein riesiger Tiger! Herr Teichmann war außer sich …«

»Ist das Ihr Mann?«, fiel Lippe dem Tiger ins Wort. Jonas staunte. Was war mit Lippe los – seine Angst schien wie weggeblasen.

»Herr Teichmann ist mein kleiner weißer Spitz«, kam es dumpf aus der Tigerkehle.

»Ist aber ein komischer Name für einen Hund«, meinte Lippe.

»Herr Teichmann war ein Lehrer, den ich als Kind ertragen musste«, sagte der Tiger. »Ich hab ihn so genannt, weil ich mir ihn immer als kleines weißes Hündchen vorgestellt habe, das vor der Tafel steht und kläfft. So hatte ich weniger Angst vor ihm und sein miserabler Unterricht war leichter zu überstehen.«

Der Tiger ließ den mächtigen Kopf hin und her pendeln. Er schien nachzudenken. Mit einer Art Ruck fing er wieder an zu sprechen. »Auf einmal sprang das grauenhafte Vieh mit einem Satz über den Zaun. Herr Teichmann war außer sich vor Angst. Er riss und zerrte wie verrückt an der Leine, aber ich konnte keinen Finger rühren. Steif wie ein Stock stand ich da. Ich wollte schreien, aber es ging nicht. Bewegen konnte ich mich auch nicht. Nur in die gelben Augen starren. Und dann … ich kann mich nicht mehr erinnern, aber es war grauenhaft. Ganz, ganz grauenhaft … Oh Gott.«

Jonas' Mund war leicht geöffnet, Lippes Kinnlade hing weit herunter.

»An die stinkende Brühe und den fürchterlichen Kanal kann ich mich wieder erinnern«, fuhr der Tiger fort. »Ich glaube, ich bin von dem Gestank immer wieder in Ohnmacht gefallen, aber dann lief mir gleich die scheußliche Brühe in die Ohren. Brrrr, war das ekelhaft. Ich wollte schwimmen, aber es ging nicht. Ich konnte meine Beine und Arme nicht mehr bewegen wie früher, ich konnte nur strampeln, wie Herr Teichmann. Zuerst dachte ich, dass muss der Ischias sein, jetzt ist es so schlimm, dass ich mich fast nicht mehr rühren kann, aber dann bemerkte ich, wie ungeheuerlich riesig und schwer meine Arme und Beine waren. Und dass irgendetwas an meinem Rücken festgewachsen war … Als ich dann noch sah, welche Angst ich euch einjagte und dass ich am ganzen Leib behaart war und das Ding an meinem Rücken ein

Schwanz … da dachte ich: Jetzt bist du in der Hölle und der Leibhaftige hat dich in einen Teufel verwandelt!«

Der Tiger ließ einen jaulenden Laut hören und verstummte.

Plötzlich hob er den Kopf. »Sagt es mir aufrichtig: Bin ich jetzt diese gestreifte Bestie?«

Jonas nickte. Der Tiger sackte zusammen.

Der letzte Boxkampf, den Jonas gesehen hatte, schob sich in seinen Kopf: wie der Herausforderer, zermürbt und angeschlagen, von einer läppischen Geraden niedergestreckt wurde. Dieses Bild wurde plötzlich von dem Gedanken an sein Zimmer verdrängt, das er dringend mal wieder aufräumen musste, der Vater fiel ihm ein, wie er in der Küche saß und Zeitung las, Vera, die dumpf brütend auf einem Stuhl hockte, die Mutter, die Milchtüten in den Kühlschrank räumte. Alles Mögliche ging ihm durch den Kopf, aber nirgends blieben seine Gedanken hängen. Sie huschten von einem Bild zum nächsten; nur den Tiger, die alte Frau Ohm und den kleinen Hund sah er kein einziges Mal. Er konnte sich das nicht vorstellen. Und er wollte es sich auch nicht vorstellen. Das gab es einfach nicht!

Irgendwann sah Jonas wieder die Schottersteine zwischen seinen Füßen, spürte, wie ihm etwas hart in den Rücken drückte. Ein Balken. Er warf einen Blick zu Lippe. Der saß mit leuchtenden Augen da und starrte den Tiger an. Seine riesige Unterlippe bebte. Ein untrügliches Zeichen: Ihm brannte etwas auf der

Zunge. »Das ist doch fantastisch!«, platzte er heraus. »Sie sind jetzt ein Tiger. Die stärkste Raubkatze, die es gibt. Sie können sieben Meter weit springen und mit einem Schlag Ihrer Pranke eine Kuh töten. Oder sogar einen Stier!«

»Kühe sind brave Tiere«, brummte der Tiger. »Ich will auf meinen Balkon, zu meinen Blumen. Die müssen gegossen werden. Wie soll ich denn so Tee trinken? Ich kann ja nicht mal mehr Wasser aufsetzen.« Frau Ohm streckte die Vorderbeine und spreizte die Pfoten. Die Krallen, die sie dabei ausfuhr, waren groß wie Kleiderhaken. »Was soll ich damit? Die Pantoffeln, mein Bett, meine Kleider, das wird ja alles hin und zu klein ist es außerdem.«

Jonas musste gegen seinen Willen grinsen. »Der Pelz steht Ihnen aber gut, richtig schöne Streifen.« Und das war die Wahrheit. Der Tiger gefiel ihm immer besser, je weniger Angst er vor ihm hatte.

»Was soll ich nur tun?«, raunzte der Tiger. »Wenn mich Frau Fischler so sieht, weiß es sofort das ganze Haus. Ich kann doch so nicht … Das geht doch alles nicht …«

Der Tiger grollte und stöhnte vor sich hin.

»Wir brauchen einen Plan«, sagte Lippe. »Einen Schutz- und Rettungsplan. Und ich hab auch schon einen.«

Der Tiger blinzelte müde, Jonas schaute misstrauisch. Er war auf alles gefasst.

»Wir bleiben hier«, sagte Lippe. »Ich meine natürlich: *Sie* bleiben hier. In der Baugrube. Sie verstecken sich genau dort, wo wir Sie vorhin gefunden haben, in dem trockenen Abwasserkanal, dort findet Sie kein Mensch. Und wir haben Zeit, zu überlegen, wie Sie wieder aus dem Tiger herauskommen.«

»Keinen Schritt tu ich mehr in diese Gruft! Das ist Gift für meine alten Knochen, reines Gift. Da könnte ich mich ja gleich ins Grab legen.«

»Wir machen es Ihnen gemütlich«, rief Lippe. »Sie kriegen alles, was Sie brauchen. Aber Sie müssen sich verstecken! Wenn Sie auch nur ein einziger Mensch außer uns sieht, werden Sie gejagt, erschossen und eingesperrt.«

Lippe hatte die Augen weit aufgerissen; mit seinen wirren krausen Haaren sah es aus, als ob er unter Strom stehen würde. Der Plan hatte ihn gepackt.

»Auf keinen Fall gehe ich wieder in dieses finstere Loch, das ist kein Ort für eine alte Frau.«

»Sie sind aber ein Tiger!«, schrie Jonas, der es plötzlich nicht mehr aushielt. »Ein richtiger echter Tiger! Wir glauben es doch auch.«

In der folgenden Stille brannte die Sonne besonders heiß auf ihre Köpfe. Jonas' Blick schweifte umher. Er stutzte. Auf einem Stapel langer Metallrohre, die zwischen vier Pflöcken lagerten, stand ein Schlitten. Ein hölzerner Schlitten mit metallbeschlagenen Kufen. Einer der Bauarbeiter musste ihn mitgebracht haben … aber wozu?

Schnee war unvorstellbar. Jonas fing an zu kichern. Auch Lippe hatte den Schlitten entdeckt und musste lachen. Immer lauter **und** lauter lachten sie.

Plötzlich knurrte der Tiger: »Ich habe Hunger.«

Das Gelächter erstarb. Jonas sah, wie Lippe kreidebleich wurde. ›Sprechen‹, dachte Jonas, ›Zeit gewinnen.‹ »Wir schmecken nicht gut«, stotterte er. »Nach Cola und Kaugummi, das trifft bestimmt nicht Ihren Geschmack …«

»Woooaaarrr!«, heulte der Tiger und warf den Kopf in den Nacken. »Haltet ihr mich für eine Kannibalin, eine Menschenfresserin?«

»Unser Gefrierschrank im Keller ist voll mit Rindfleisch, Lammfleisch, Schweinefleisch«, warf Lippe mit zittriger Stimme ein. »Ich kann was holen.«

»Ich kann Fleisch nur noch kauen, wenn es ganz klein geschnitten ist«, knurrte der Tiger und ließ sich wieder fallen.

Jonas verstand diese alte Frau im Tiger einfach nicht. »Auf was haben Sie denn Lust?«, fragte er.

»Kartoffeln mit Quark …? und später vielleicht ein Stück Kuchen oder noch besser Torte«, sagte der Tiger und blinzelte in die Sonne.

Die alte Rosa

Jonas und Lippe gingen durch die Puntilastraße. Es war schon später Nachmittag, die Hitze drückender und schwerer als in der Baugrube. Die Häuser links und rechts waren gedrungene, schwere Betonklötze. Jonas mochte die Puntilastraße nicht. Lag wahrscheinlich an den Autos der Bewohner. Kleine aufgemotzte Karren mit viel überflüssigem Schnickschnack, aus denen laute und unglaublich schlechte Musik dröhnte. Egal, um was es ging, Leute aus der Puntilastraße hatten immer die größte Klappe. Und ihre Kinder genauso. Aber darüber konnte Jonas im Moment gar nicht nachdenken, denn Lippe redete auf ihn ein: »... wahrscheinlich hat es dann einen Kampf der Seelen gegeben und die Seele der Oma war stärker, aber da war ihr Körper schon aufgefressen, verstehst du? Sie konnte nicht zurück in ihren Menschenkörper, weil der nicht mehr am Leben war. Und dann hat sie die Tigerseele einfach verscheucht und sich an ihre Stelle gesetzt.«

»Wo sitzt denn die Seele bei einem Tiger?«, fragte Jonas.

»Genau in der Mitte des Körpers«, sagte Lippe, »direkt in dem riesigen Magen. Deswegen denken Tiger vor allem ans Fressen.«

»Woher willst du das wissen?«

»Weil nur dort Platz ist. Alles andere ist voller Innereien.«

Jonas schüttelte den Kopf und grinste gleichzeitig; kein Wort glaubte er, Lippe verstand genauso wenig wie er selbst. Lippe wusste ja nicht mal, was eine Seele überhaupt war, geschweige denn, wie sie aussah und wie viel Platz sie brauchte. Jonas selbst stellte sich bei einer Seele so etwas wie ein kleines Gespenst vor, vielleicht so groß wie ein Radiergummi, mit uralten Augen in der Farbe des Abendhimmels, kurz bevor er ganz schwarz wird: ein tiefes, tiefes Dunkelblau ... und dieses blauäugige Geistlein huschte durch den Körper, konnte überall sein und kannte alle Gefühle und Gedanken, auch die schlimmen, die peinlichen und bösen.

Aus der Puntilastraße bogen sie in den schmaleren Mattiweg ein. Hier waren die Häuser nicht besonders hoch, sechs, sieben Stockwerke vielleicht. Sie zählten zu den ältesten der Siedlung. Das sah man auch. Der Beton war rau und rissig, die Farben verwaschen und blass. Der Mattiweg mündete in die Keunerstraße.

»Bevor ich weg bin, habe ich einen großen Topf Kartoffeln gekocht«, hatte der Tiger gesagt. »Quark ist im Kühlschrank, und eine Schwarzwälder Kirschtorte hab ich zum Auftauen ins Schlafzimmer gestellt. Den Schlüssel zu meiner Wohnung müsst ihr euch bei Frau Fischler holen, im Erdgeschoss.«

Außerdem sollten Jonas und Lippe noch verschiedene Tabletten, Tropfen und Salben mitbringen, eine Decke, ein kleines Radiogerät und: »Ich brauche unbedingt einen Kamm und eine Bürste. Ich muss mich kämmen, das mach ich jeden Tag, solange ich lebe. Ich bin doch kein Wilder.«

›Aber ein Tiger‹, hatte Jonas gedacht. Und Tiger kämmen sich nie.

»Eine Brille könnte ich auch noch brauchen, alles ist so unscharf. Die Ersatzbrille liegt in der Küchenschublade neben dem Besteck.« Nach diesen Anweisungen war der Tiger mit hängendem Kopf in der Röhre verschwunden.

»Wir kommen wieder, Tante Tiger!«, hatte Jonas ihr noch hinterhergerufen. Die Antwort war ein mürrisches Grollen gewesen.

»Das ist es, Nase«, hatte Lippe neben ihm geflüstert. »Das ist ihr neuer Name. Hundertprozent. Volltreffer.«

Auch Jonas fand, je länger er darüber nachdachte, dass der Name passte. Innen Mensch und außen Tiger: Tante Tiger.

Die Häuser in der Keunerstraße sahen noch älter aus als die Häuser im Mattiweg. Eine Reihe Fenster, eine Reihe Balkone, eine Reihe Fenster, eine Reihe Balkone. Jonas zählte nur fünf Stockwerke. Die neusten Häuser der Siedlung hatten über zwanzig Stockwerke. Je neuer ein Haus, desto höher, und je höher, desto besser, fand Jonas. Tante Tiger hatte gesagt, dass ihr schwindlig werde von der Höhe. Ob alte Menschen keine Lust mehr hatten, so weit wie möglich nach oben zu kommen?

»Da!«, rief Lippe. »Da ist es!«

Auf einem der Klingelschilder stand *Ohm*, und zwei Reihen darunter *Fischler*.

Lippe zappelte mit Armen und Beinen: »Was, wenn sie den Schlüssel nicht rausrückt?«

»Lass mich mal«, sagte Jonas. »Du bist viel zu nervös.«

Jonas klingelte bei *Fischler*. Es knackte in der Sprechanlage und eine tiefe Männerstimme fragte: »Wer ist da?«

»Frau Ohm schickt mich«, sagte Jonas. »Ich soll den Schlüssel zu ihrer Wohnung holen.«

Jonas hörte, wie die Stimme in die Wohnung brüllte: »Für dich, Alte!«

Dann summte der Türöffner. Jonas ging ein paar Treppenstufen hinauf. Rechts von ihm öffnete sich eine Tür und eine Frau schob sich heraus. Sie sah aus wie ein Schrank, über den jemand ein geblümtes Kleid gezogen hatte. ›Schwergewicht‹, dachte Jonas, ›mindestens 90 Kilo, das wird hart.‹

Frau Fischler hielt eine Hand über ihren Kopf. Zwischen Daumen und Zeigefinger baumelten an einem Ring zwei Schlüssel.

»Dich kenn ich gar nicht.«

Ihre Stimme war fast noch tiefer als die Stimme aus der Sprechanlage. Jonas schluckte. Frau Fischler hatte kleine, dunkle Augen. Mäuseaugen. Und vor Mäusen muss man keine Angst haben, redete sich Jonas ein.

»Meine Oma ist plötzlich krank geworden«, sagte er

und sah zu Boden. »Und weil Frau Ohm die Schwester meiner Oma ist, ist sie zu ihr gefahren. Dann ist ihr eingefallen, dass niemand die Blumen auf ihrem Balkon gießt. Und weil wir auch hier in der Siedlung wohnen, hat sie bei uns zu Hause angerufen und gesagt, wir sollen bei Ihnen den Schlüssel holen und die Blumen gießen.«

Jonas hob den Blick.

Frau Fischlers Augen huschten schnell über sein Gesicht.

»Was ist mit dem Hund?«, fragte sie plötzlich.

Auf diese Frage war Jonas nicht vorbereitet. Ja, was war eigentlich mit dem Hund? »Herr Teichmann ist mit zu meiner Oma«, sagte er, ohne nachzudenken.

Jetzt blieben die Augen zum ersten Mal stehen und fixierten Jonas. »Da hast du aber Glück«, brummte Frau Fischler. »Das Gekläffe von dem Köter kann einen nämlich um den Verstand bringen.« Langsam senkte sich die Hand mit den Schlüsseln. »Wenn mir irgendwas zu Ohren kommt, bist du dran«, murmelte Frau Fischler, ließ die Schlüssel in Jonas' Hand fallen und schlug schnaufend die Wohnungstür zu. Jonas zuckte zusammen und merkte, wie ihm der kalte Schweiß auf der Stirn stand. Wenn Frau Fischler boxen würde, wäre sie der Schrecken aller Boxringe, da war er sich sicher.

Die Wohnung war leicht zu finden, weil auch hier der Name an der Tür stand. Bei Jonas zu Hause stand kein einziger Name an der Tür. So was macht man nicht in Hochhäusern. Die Wohnungen haben Nummern. Das genügt.

»Wir dürfen nicht vergessen, die Blumen zu gießen«, sagte Jonas, bevor er die Tür aufschloss. »Ich hab's versprochen.«

Die Diele war klein wie eine Besenkammer. Überall hingen Mäntel und Jacken, auf kleinen Ablagebrettern standen Schuhe, lagen Hüte und Handschuhe. Im Licht der trüben Glühbirne schienen alle Kleidungsstücke dunkel zu sein: dunkelgrün, dunkelblau, dunkelgrau, schwarz.

»Das gibt's doch nicht«, rief Lippe plötzlich. »Hier wohnt die alte Rosa!«

Er stand vor einem Haken, über dem nur Schals hingen. Und alle hatten dieselbe Farbe: ein leuchtendes, kräftiges Rosa. Vom wollenen Winterschal bis zum hauchdünnen Seidenschal. Lippe hatte recht, es gab nur einen Menschen in der Siedlung, der solche Schals trug. Die alte Rosa.

Jonas hatte sie oft gesehen. Jeden Tag war sie mit ihrem rosa Schal und ihrem Hündchen in der Siedlung unterwegs. Eine kleine, alte Frau, etwas gebeugt, mit grauen Locken und einer großen Brille. Der rosa Schal um ihren Hals gehörte genauso zu ihrer Erscheinung wie ein schreckhafter kleiner Hund, der ihr immer vor den Füßen herumtrippelte. Jonas hatte einmal beobachtet, dass der Hund vor einem Blatt erschrocken war, das gerade von einem Baum heruntersegelte. Die alte Rosa hatte daraufhin mit dem Baum geschimpft.

Jetzt wusste Jonas, dass der Hund Herr Teichmann hieß und die alte Rosa Kunigunde Ohm.

»Mensch, Lippe, weißt du noch, wie sie das letzte Mal am geborstenen Stein vorbeigekommen ist?«

»Klar«, sagte Lippe. »War ja meine Fernsteuerung und mein Auto, mit dem du den Hund überfahren wolltest.«

»Wollt ich nicht und hab ich auch nicht«, sagte Jonas gereizt.

Er erinnerte sich noch gut, wie der Hund zu toben und zu heulen angefangen hatte, als das Auto auf ihn zugerast war und erst kurz vor ihm gewendet hatte.

»Meinst du, sie hat uns erkannt?«, fragte er Lippe.

»Vielleicht am Geruch. Ich hab dir ja schon gesagt, dass Tiger fast alles riechen können, was irgendwie riecht. Also zum Beispiel, wenn eine Ameise gegen einen Grashalm gepinkelt hat.«

»Aber da war sie noch kein Tiger, falls dir das damals nicht aufgefallen ist!«

Lippe sah ihn an und sagte ausnahmsweise nichts.

Die Wohnung war selbst für eine Hochhauswohnung sehr klein.

In dem einzigen Zimmer standen ein Bett, ein kleines Sofa, ein Tisch, ein Schrank, eine Kommode und Regale. Bei Frau Ohm sah es ganz anders aus als bei Jonas zu Hause. Es war ordentlicher als in seinem eigenen Zimmer, trotzdem gab es viel mehr Dinge. Viele davon waren in Schachteln und Kartons untergebracht, die in Regalen, auf Schränken, unter der

Kommode und unter dem Bett standen. Ob das alle alten Frauen so machten?

Jonas fühlte sich unbehaglich, während er durch das Zimmer ging und sich umsah. Einmal hatte er heimlich in Veras Sachen gekramt – das war ein ähnliches Gefühl gewesen.

Neben ihm zog Lippe die Luft durch die Nase. »Muffig, aber nicht so süß-säuerlich wie bei meinem Großonkel. Da musst du mal reingehen, der Gestank haut dich um. Trotzdem sollten wir mal lüften.« Er ging zum Fenster und öffnete es. »Schau mal«, sagte er dann. »Zwei Hühner.«

Jonas ging zum Fenster und sah hinunter. Auf einer Mauer neben dem Hauseingang saßen zwei schwarzhaarige Mädchen. Sie langweilten sich. Jonas sah das auf den ersten Blick: schon wie sie die Füße baumeln ließen! Das wunderte Jonas. Mädchen hatten fast immer was zu tun. Und wenn es gar nichts mehr zu hüpfen, tuscheln oder kichern gab, dann machten sie eben Hausaufgaben.

Die beiden da unten saßen einfach nur auf der Mauer. Jetzt kam aus dem Mund der einen eine große Kaugummiblase. »Gummihühnchen«, sagte Jonas. Lippe musste kichern.

Die Mädchen mussten etwas gehört haben, sie sahen zum Fenster hoch. Jonas und Lippe duckten sich prustend weg.

»Los, Lippe«, sagte Jonas. »Lass uns das Futter holen und verschwinden.«

In der Küche fanden sie auf dem Herd einen hohen

Topf, randvoll mit gekochten Kartoffeln. Der Topfdeckel hatte statt einem Griff einen Henkel aus großen bunten Perlen, die mit einem festen Zwirn zusammengebunden waren. Auf der Innenseite des Topfdeckels verhinderten zwei verschieden große Knöpfe, dass die Enden des Schnurhenkels durch die Löcher im Deckel rutschten. Diesen Topfdeckel gab es nur einmal auf der Welt, dachte Jonas plötzlich. Er wusste aber nicht, ob er Frau Ohm für ihren Einfallsreichtum bewundern oder ob er sie bedauern sollte. Scheinbar hatte sie nicht einmal das Geld für einen neuen Topfdeckel.

Von den Gewürzen bis zu einer Sammlung kleiner Bürsten war alles in alten Marmeladengläsern oder ausgespülten Joghurtbechern untergebracht. Eine Konservendose stand als Blumenvase auf dem Küchentisch. Auf dem Heizkörper in der Küche entdeckte Jonas ein kleines Backblech, das mit einem Stück Zeitung ausgelegt war; auf der Zeitung lag ein kleiner Haufen Teeblätter und eine auf die Seite gelegte gläserne Kanne, in der sich ebenfalls Teeblätter befanden. Es sah aus, als würden sie getrocknet. Aber wozu? Jonas merkte, wie er darüber nachdachte, was für ein Mensch Frau Ohm wohl war – oder vielleicht besser: gewesen war?

Der Kühlschrank war gefüllt mit Kräuterquarkpackungen, H-Milch und Butter, sonst nichts. Keine Wurst, keine Limo, keine Tomaten.

»Wie das wohl ist, wenn man alt ist?« Jonas fing an, die Quarkschachteln herauszuräumen. »Ob einem dann nur noch Kräuterquark schmeckt?«

»Meine Oma in Russland mag auch Cola und Salz-stangen«, sagte Lippe. »Aber ich glaube, sie mag es nur, weil es gegen Durchfall hilft. Keine Ahnung, ob es ihr schmeckt. Ich glaub ja, dass Alte immer Tee trinken und an früher denken.«

»Eigentlich könnte es ja ganz schön sein«, meinte Jonas. »Keine Hausaufgaben, keine Arbeit, zu der du musst.« Er nahm eine rostige Schere aus einem großen Joghurtbecher und ließ sie auf und zu klap-pen. Es quietschte scheußlich. Er dachte an seine eigene Oma, wie sie in der Küche saß und ganz lang-sam eine Zeitungsseite nach der anderen umblätterte. Sie sprach fast nur noch über die Preise im Super-markt und über Gott. »Ich glaube, man hat dann zu viel Zeit und denkt dauernd ans Sterben.« Jonas steck-te die Schere zurück in den Becher. »Hast du Angst vorm Sterben?«

Lippes Kopf verschwand gerade in einem der Schränke unter der Spüle, seine Stimme klang dumpf: »Nein, nur vor dem Zerfleischtwerden. Genauer ge-sagt vor dem Moment, wenn sich die Reißzähne in den Nacken bohren.« Ein Knistern war jetzt noch aus dem Küchenschrank zu hören. »Als mich Tante Tiger zum ersten Mal mit ihren gelben Augen angestarrt hat, hab ich gedacht, das war's, jetzt sterbe ich – ein Glück, dass sie Vegetarierin ist.«

Er tauchte wieder auf; in der Hand hielt er eine Plastiktüte.

»Ich habe schon mal versucht, mir vorzustellen, wie das ist, wenn ich tot bin«, sagte Jonas. »Aber es geht nicht. Ich kann mir nicht vorstellen, überhaupt nichts mehr zu denken.«

»Und was du dir nicht vorstellen kannst, liegt im Dunkeln«, sagte Lippe und fing an, die Kartoffeln aus dem Topf in die Plastiktüte zu füllen. »Deshalb ist der Tod schwarz. Aber in Wirklichkeit hat er eine ganz andere Farbe.«

»Welche denn?«

»Das ist eine der letzten großen Fragen der Menschheit. Und wir werden sie lösen, koste es, was es wolle. *Spürnase und Dicke Lippe auf der Spur der Farbe des Todes* – Hepp!«

Lippe warf Jonas eine Kartoffel zu, die er gerade noch fangen konnte.

Jonas goss dann noch die Blumen auf dem Balkon, während Lippe den Rest der Sachen suchte.

Als Jonas zurück ins Wohn- und Schlafzimmer kam, lagen auf dem Tisch neben der Sahnetorte ein kleines Radiogerät, ein Brillenetui, eine Wolldecke und ein Kamm. Lippe kniete am Boden vor einer großen Schachtel mit unzähligen Tuben, kleinen und großen braunen Fläschchen, Tablettenschachteln in allen Größen, dazu noch Mullbinden, Pflaster und Gummistrümpfe.

»Weißt du noch, was wir mitnehmen sollen?«

»Keine Ahnung. Nimm doch einfach alles mit.«

Lippe stöhnte. »Zu viel Medizin ist ungesund, das sagen alle Medizinmänner, auch mein Vater.« Er verschwand in der Küche.

Auf einem Kästchen neben dem Bett entdeckte Jonas ein Buch und ein kleines gerahmtes Foto. Ein ziemlich fetter weißer Hund schaute in die Kamera. Herr Teichmann. Jonas legte das Bild zu den Sachen auf dem Tisch und nahm das Buch in die Hand. Es war groß, schwer und der Einband zeigte eine grün gefiederte Pflanze, auf der Tautropfen glänzten. GROSSER KOSMOS DER FARNE stand in dicken Buchstaben über dem Foto. Farne, das klang ausgesprochen langweilig. Jonas selbst las, wenn überhaupt, nur Comics. Trotzdem wollte er das Buch schon mitnehmen, als ihm einfiel, dass es in der Röhre zum Lesen viel zu dunkel war.

Lippe kam mit einer zweiten Plastiktüte und schüttete den gesamten Inhalt der Medikamentenschachtel hinein. Die Tüte war randvoll.

In der Diele entdeckten sie ein Handwägelchen. Jonas und Lippe brachten fast alles in den Taschen unter; nur die Sahnetorte und die Wolldecke passten beim besten Willen nicht mehr hinein. Jonas musste sie in der Hand tragen. Lippe nahm den Handwagen. Als sie die Wohnung verließen, griff sich Lippe noch einen der rosa Schals und hängte ihn sich um den Hals.

»Ich glaub, ich weiß jetzt, wie es ist«, sagte er, als sie die Sachen die Treppe hinunterschleppten.

»Wie was ist?«

»Alt sein. Du hast dauernd das Gefühl: keiner hilft mir.«

»Dann ist es ja genauso wie jung sein«, keuchte Lippe

und wuchtete den Handwagen die nächste Treppe hinunter – nicht einmal einen Aufzug gab es hier.

»Guck mal, die beiden Süßen wollen heiraten. Die Braut mit knallerosa Schleier, und der Brautmann in romantischen Schuhen mit Herzchen, bestimmt ein Heiratsgeschenk.«

Die beiden Mädchen, die sie vom Fenster aus gesehen hatten, saßen immer noch auf der niedrigen Mauer und kicherten und lachten, als sie Jonas und Lippe aus der Tür kommen sahen. Sie waren bestimmt nicht älter als Jonas. Beide hatten dunkle Haut und schwarze Haare. Türkinnen vielleicht?

Die Spötterin war dünn und kurzhaarig, in Schwarz und Weiß gekleidet, um Hals und Armgelenke trug sie dünne Goldketten. Die Nase war spitz, die Augen schmal. Fast sah sie wie ein Junge aus. Die andere war größer, runder und hatte langes kräftiges Haar. Über weiten Hosen trug sie einen tiefrot schimmernden Überwurf. »Der muss sogar seinen Hochzeitskuchen selber tragen«, prustete sie jetzt.

Wie immer, wenn Jonas wirklich wütend war, fiel ihm nichts ein. Am liebsten hätte er der Dicken die Torte ins Gesicht geschmissen. Zum Glück war Lippe dabei. »Wen sollen wir denn außer uns heiraten? Euch vielleicht?«

Die Dünne kniff die Augen zusammen. »Da nehm ich noch lieber einen Besen. Der redet kein Mist und hat bessere Frisur.«

»Oh, der Besen und die Kratzbürste!«, rief Lippe

mit übertriebener Begeisterung. »Was für ein Traumpaar! Und jetzt entschuldigt bitte. Wir würden euch ja gerne weiter in Hochzeitsfragen beraten – aber uns fehlt leider die Zeit: Unser Tiger hat Hunger, er wartet sehnsüchtig auf sein Abendessen.« Er schürzte die Lippen.

Wie ein hochmütiges und gelangweiltes Kamel sah Lippe aus, als er sich gemächlich in Bewegung setzte.

Jonas war so entsetzt, dass er stehen blieb. Wie konnte Lippe so blöd sein und Tante Tiger erwähnen?

»Sagst du mal, dein Freund, der ist so bisschen durchgeballert, oder?« Das war die Dünne, die genauso hinter Lippe herglotzte wie Jonas. Allmählich dämmerte ihm, warum Lippe Tante Tiger erwähnt hatte. Der Überraschungseffekt war so groß, dass man sich aus dem Staub machen konnte, und glauben würden es die beiden Hühner sowieso nicht.

»Habt ihr denn keinen Tiger?«, fragte Jonas. »Ist wirklich praktisch, man braucht keinen Teppich, keine Bettdecke, und abgenagte Hühnerknochen wirfst du einfach ins Tigermaul.«

Die Dicke prustete los, die Dünne sah Jonas misstrauisch an. ›Jetzt oder nie‹, dachte Jonas und ging los.

Er hatte weniger Glück als Lippe. Die beiden Mädchen sprangen von der Mauer und folgten ihm.

Und so marschierten sie die Straße hinunter. Ein Junge mit verdrehter Nase, eine Torte auf der Hand balancierend, links und rechts eskortiert von zwei dunkelhaarigen Mädchen. Kein Revolverheld, ein Tor-

tenheld, der aufrecht der nächsten Schlacht entgegen-
schritt, begleitet von seinen Komplizinnen, den ge-
fürchteten Kaugummihühnchen.

»Wir brauchen keine Tiger«, kam es von links, von
der Dünnen. »Wir haben nämlich zu Hause eine Her-
de Schafe – ist noch besser: geht als Teppich, Decke
und Käse kannst du auch noch machen.«

Lautes Prusten und Kichern folgte von rechts. Jonas
verdrehte die Augen. Er wusste nicht, was schlimmer
war: ein Mädchen, das auf alles eine Antwort wusste,
oder eines, das über alles lachen musste. Er schwieg,
setzte ein grimmiges Gesicht auf und ging, so schnell
er konnte.

»Wer seid ihr eigentlich, du und dein verrückter
Freund?«, kam es von links.

»Nase und Lippe«, sagte Jonas, der keine Lust hatte,
ihre richtigen Namen zu verraten.

Gelächter.

Egal. In Jonas stieg Trotz auf; sollten sie doch
gackern, das musste man wegstecken, wie die Hitze,
wie Nierenhaken in einem langen Kampf. Auf einmal
sagte das Mädchen, das bisher fast nur gekichert hatte,
mit einer weichen und dunklen Stimme: »Soll ich dir
tragen helfen, ist bestimmt schwer, dein Kuchen?!«

Jonas sah sie an. Ihr Blick war ernst und freundlich.

»Geht schon«, sagte er verdattert. »Danke.«

»Bitte, bitte«, kam es von links. »Wir helfen gerne
Nasen, die in Schwierigkeiten stecken. Steckst du
doch?«

Jonas schwieg und ging geradeaus. ›Fäuste hoch,

pass auf deine Deckung auf!‹, dachte er. ›Pass auf, pass auf!‹

»Ich bin Bschu,« sagte die Dünne nach einer Weile, »Und ich Büm«, die Dicke.

»Wo wohnt ihr denn?«, fragte Jonas, der schon die ganze Zeit einen Verdacht hatte.

»Puntilastraße, beste Straße im ganzen Dschungel«, sagte Bschu.

Jonas hatte es geahnt: ein Großmaul aus der Puntilastraße. Nur komisch, dass die Nette auch dort wohnte.

»Ich nicht«, sagte jetzt Büm. »Ich bin Mattiweg.«

Widerwillig musste Jonas lachen; er wollte nicht, wollte es hinunterschlucken, aber es ging nicht. Er gluckste und prustete. Bschu sah ihn aus ihren zusammengekniffenen Augen von der Seite an. Büm kicherte. Und dann lachten alle drei.

Als Jonas Lippe endlich eingeholt hatte, waren die beiden Mädchen verschwunden. Plötzlich waren sie weg gewesen, schnell wie der Wind, der um die Ecken pfeift.

Die beiden Jungen gingen schweigend in der brütenden Hitze des Nachmittags. Die schwache Brise brachte keine Kühlung, sondern blies ihnen den fauligen Geruch des Klärwerks hinterher.

Vipern können weinen

Jonas roch es, als er die Wohnungstür öffnete. Grünkohl mit Kohlwürsten und Kartoffeln. Am liebsten wäre er wieder umgekehrt. Aber das ging nicht, er war nämlich gerade noch rechtzeitig. Rechtzeitig hieß Punkt acht. Da versammelte sich die Familie jeden Abend am Küchentisch und das Essen wurde aufgetragen, während im Fernseher die Nachrichten liefen. Dabei durfte kein Wort gesprochen werden.

Jonas schob sich so unauffällig wie möglich auf seinen Platz und sah kurz auf. Seine Mutter saß neben ihm und verteilte das Essen. Seit dem Unfall des Vaters musste auch sie arbeiten gehen. Dreimal in der Woche saß sie acht Stunden hinter der Kasse eines Drogeriemarktes. Sie war erschöpfter als früher. Aber nicht deswegen war seine Mutter jetzt öfter missmutig und schweigsam. Vera war schuld, da war sich Jonas sicher. Er schielte zu dem grobschlächtigen Mädchen, das für ihn immer noch eine Fremde war, hinüber. Vera kam ihm noch bleicher vor als sonst. Das war aber schwer zu erkennen, weil ihr die Haare wie ein zerfetzter schwarzer Schleier vors Gesicht hingen.

Jonas wusste wirklich nicht, was sie hier wollte. Er hatte nicht den Eindruck, dass sie ihren, also seinen Vater besonders mochte. Im Gegenteil, Jonas hatte schon öfter beobachtet, wie sie ihn wütend ansah.

Ohne Grund; er saß nur da und starrte vor sich hin. So wie jetzt, müde und grau. Vielleicht, dachte Jonas, sollte er seinem Vater auch einmal ein Stück Torte mitbringen. Ob ihn das aufheitern würde? Tante Tiger hatte die Torte am meisten gefreut. Sie hatte ihren Kopf dicht über der Sahnetorte pendeln lassen und geschnuppert; dazu war ein dunkles Gurren aus ihrer Kehle gestiegen, dann hatte sie gekrächzt: »Das macht mich ganz verrückt. Ich kauf diese Torte schon seit Jahren, immer aus demselben Tiefkühlfach, aber so hat das noch nie gerochen. Alles duftet, die Sahne, die Schokolade, der Honig, die Kirschen und erst der Schnaps – wooooaaaar. Ich werde als Erstes ein Stück Kuchen essen.«

Bei dieser Erinnerung musste Jonas schmunzeln. Sofort zogen sich die Augenbrauen der Mutter zusammen. Sie dachte, dass er über die an ein Hausdach geklammerten Menschen lachte, die gerade auf graugrünen Wellen über den Bildschirm schaukelten. Irgendwo auf der Welt hatte es Hochwasser gegeben.

»Die haben da keine guten Leute«, brummte der Vater jetzt. »Da muss man natürlich mit allem Gerät ran, Tauchausrüstung, Boote, Amphibienfahrzeuge, alles.« Er war der Einzige, der das Nachrichtenschweigen brechen durfte.

Jonas riskierte einen weiteren Blick zu Vera. Sie schlang den Grünkohl hinunter und schaute in Richtung Fernseher, aber Jonas war sich sicher, dass sie nicht wahrnahm, was dort vor sich ging. Und das nicht wegen der Haare, die ihr vor die Augen hingen.

Sie sagte nichts, sah niemanden an, benahm sich, als ob um sie herum dichter Nebel wäre.

Jonas schnitt ein Stück von einer der Kohlwürste. Die Würste waren das Einzige, was schmeckte. Seine Gedanken wanderten wieder in die Betonröhre zu Tiger und Torte. Tante Tiger hatte nicht gewusst, wie sie die Torte essen sollte. »Ihr hättet mir Besteck mitbringen müssen«, hatte sie geknurrt. »Wie soll ich das denn essen?«

»Einfach essen«, hatte Jonas vorgeschlagen.

Schließlich hatte sie ihre Brille verlangt. »Ich kann das ja kaum sehen, das Zeug, so unscharf und farblos ist alles.«

Mit rasendem Herzen und zitternden Händen hatte Jonas versucht, dem Tiger in der Dunkelheit die Brille aufzusetzen, aber die Ohren befanden sich nicht seitlich am Kopf, sondern ein ganzes Stück über den Augen; das hielt nicht, und wenn, dann hing die Brille schief und nutzlos über dem Tigerkopf. Auch standen die Augen viel zu weit auseinander. Jonas konnte immer nur ein Glas vor ein Auge halten.

»Das wird ja nur schlimmer«, jammerte Tante Tiger. »Die Stärke stimmt überhaupt nicht mehr.« Plötzlich, mit einer schnellen, kurzen Bewegung, hob sie die Pranke, zog sie durch die Torte und leckte dann mit lautem Schmatzen Sahne von ihrer Tatze. Zum ersten Mal, so schien es, hatte Tante Tiger ihr Unglück für einen Moment vergessen.

Die Nachrichten waren jetzt fast zu Ende. Es lief der Wetterbericht. Der nächste Tag sollte noch heißer werden, fast dreißig Grad. Jonas' Vater schaltete den Fernsehapparat aus. Die Stille war bedrückend. Überdeutlich hörte Jonas das Schaben und Kratzen des Bestecks auf den Tellern.

»Danke für die Bratwurst, Papa«, sagte er, um überhaupt etwas zu sagen. »Hat gut geschmeckt, besonders als Frühstück.«

Ein Lächeln teilte den Bart des Vaters und auf einmal sah Jonas nicht mehr den müden Mann auf der Küchenbank, sondern den Feuerwehrmann, der mit einem einzigen lässigen Spuckestrahl ein Streichholz löschen konnte, das er mit gestrecktem Arm vor sich hielt.

»Eine gute Wurst schmeckt immer. Egal zu welcher Tageszeit, warm oder kalt, ganz egal, nur gut gewürzt und dick muss sie sein.« Sein Vater stach mit seiner Gabel in eine der Kohlwürste, dass das Fett spritzte.

»Ich freu mich ja, wenn dir die Würste schmecken, Jonas«, sagte jetzt seine Mutter, »aber iss bitte auch den Kohl und die Kartoffeln, nicht nur die Wurst.«

Jonas verdrehte die Augen. Lustlos rührte er in dem grünen Matsch, zog mit der Gabel kleine Furchen und spießte schließlich eine Kartoffel auf.

»Zwerg Nase, der Feinschmecker«, kam es plötzlich gedehnt hinter dem schwarzen Haarvorhang hervor. Schlagartig verstummte das Gekratze und Geschiebe. Alle hörten auf zu kauen. »Ich frag mich ja«, Vera sprach jetzt etwas schneller, »wie du überhaupt noch eine Wurst anschauen kannst, ohne dass dir schlecht wird.«

Jonas sah aus den Augenwinkeln, wie die Oberlippe seiner Mutter zu beben anfing. »Vera, hör auf damit, wir essen gerade.«

»Ist doch nichts Schlimmes«, sagte Vera und strich sich die Haare aus dem Gesicht. »Wir müssen doch alle aufs Klo, jeden Tag. Und ihr denkt, wir spülen runter und damit ist der Fall erledigt.«

»Ist er auch!« Jonas' Mutter saß jetzt stocksteif am Tisch. »Vor allem, solange wir hier sitzen und essen.«

»Mir doch scheißegal«, zischte Vera.

»Es langt!« Das Gesicht von Jonas' Vater wechselte langsam die Farbe. »Eure Mutter hat völlig recht. Ihr haltet jetzt den Mund und esst.«

»Ich hab überhaupt nichts gesagt vom Klo, nur von Bratwürsten«, beschwerte sich Jonas.

»Sie ist nicht meine Mutter.« Das war Vera.

Jonas' Mutter war inzwischen richtig wütend. »Mutter hin oder her. Ich habe dieses Essen gekocht und lasse mir von dir nicht den Appetit verderben. Das würde dir deine Mutter auch nicht erlauben.«

»Die hat mir noch ganz andere Sachen erlaubt.«

Zum ersten Mal sah Jonas, dass Vera rot wurde; zusammen mit den grünen Lippen sah das fast lustig aus. »Da konnte ich sagen, was ich wollte, und machen, was ich wollte! Und so einen Fraß hat es da auch nicht gegeben!« Veras Gesicht glühte jetzt, sie schlug mit beiden Fäusten gleichzeitig auf den Tisch, sodass ihr Teller sprang und ein Batzen Grünkohl auf dem Tisch landete. Sie stieß ihren Stuhl zurück und stampfte wütend aus der Küche.

»Vera!«, brüllte der Vater. Im selben Moment knallte Veras Zimmertür zu.

Jonas verfolgte das Ganze atemlos. Dieser Wutausbruch war jedenfalls besser als das bedrückende Schweigen, in dem sie sonst oft um den Tisch saßen. Trotzdem wollte er etwas Versöhnliches sagen, zum Beispiel, dass Grünkohl ja viel gesünder sei, als er aussähe, da fuhr ihn seine Mutter an: »Und du isst jetzt endlich deine Kartoffeln und den Kohl!«

Mit großem Widerwillen zerdrückte Jonas die Kartoffel, die die ganze Zeit auf seiner Gabel gesteckt hatte, und vermengte sie mit dem schwarzgrünen Matsch. Er hielt die Luft an und schob sich alles in den Mund. Der Geschmack erinnerte ihn an Geldmünzen: metallisch und bitter. Tante Tiger hatten die Kartoffeln besser geschmeckt als ihm. Zuerst hatte sie sich aber beschwert, dass Lippe und er das Salz vergessen hätten. Kartoffeln ohne Salz, das könne doch kein Mensch essen, hatte sie geknurrt. »Das schmeckt ja wie Arsch und Friedrich! Und Geschirr habt ihr mir auch nicht mitgebracht. Ich bin doch kein wildes Tier, nur weil ich mit einem Schwanz und einem Pelz rumrennen muss. Ich bin fast achtzig Jahre alt und die Knochen tun mir weh. Ich mag nicht mehr.« Sie hatte sich fallen lassen und nichts mehr gesagt.

Erst als Jonas die Kartoffeln auf einer der Plastiktüten ausgebreitet und den Kräuterquark darübergeschüttet hatte, war wieder Bewegung in den Tiger gekommen. Schweigend war er herangetrottet und hatte vorsichtig eine Kartoffel ins Maul genommen. Tante

Tiger hatte dann die Kiefer nach links und rechts bewegt, nach oben und unten, und Jonas hatte kichern müssen. Der Tiger hatte ausgesehen, als ob er eine Kuh nachmachen würde, die auf der Wiese steht und wiederkäut. Sein furchterregendes Haupt hatte auf einmal brav, fast dämlich ausgesehen. »Ich will mein Gebiss zurück!«, hatte Tante Tiger plötzlich gebrüllt. »Mit diesen Lanzen im Maul kann man ja nichts kauen, sondern nur zerreißen, zerfetzen.«

Dann hatte sie die Kartoffeln ohne zu kauen hinuntergeschlungen – in einem unglaublichen Tempo. Zum Schluss war die Tigerschnauze über und über mit Kräuterquark beschmiert gewesen.

»Jonas, schling nicht so. Und wisch dir mal den Mund ab. Dein Kinn ist schon ganz grün.« Die Mutter reichte ihm ein Taschentuch und sah ihn wieder mit hochgezogenen Augenbrauen an. Jonas wischte sich den Mund ab.

Er hatte wirklich den ganzen Teller aufgegessen; alle Würste, alle Kartoffeln – ein paar grüne Kohlfetzen lagen da noch, sonst war alles weg. ›Danke, Tante Tiger‹, dachte Jonas. ›Ohne dich hätte ich das nicht runterbekommen.‹

Er stand auf und wollte gerade die Küche verlassen, da hielt ihn seine Mutter zurück: »Sag deiner Schwester, dass wir morgen einen Ausflug an einen See machen wollen und sie nicht so spät nach Hause kommen soll. Spätestens um elf.«

»Meiner Halbschwester!«, stellte Jonas richtig und zog die Küchentür hinter sich zu. Er war überzeugt, dass Vera die Nachricht über den Ausflug in Wut versetzen würde – und hoffentlich auch in Angst und Schrecken. Sie mochte kein Wasser und wahrscheinlich konnte sie nicht einmal schwimmen.

»Verdächtig, verdächtig, sehr verdächtig, das Schwesterchen«, würde Lippe dazu sagen, »oder hast du schon mal einen schwimmenden Vampir gesehen? ... Na also.«

Jonas stand vor dem schwarzen Tuch, auf dem das rote V prangte. Das Nest der Viper, die Gruft des Vampirs. Er hob den schwarzen Stoff zur Seite und klopfte.

»Haut ab!«, dröhnte es dumpf durch die Tür.

»Ich soll dir was ausrichten«, rief Jonas, »wegen morgen.« Er holte tief Luft, presste die Lippen zusammen und trat ein.

Dunkel war es und stickig. Die Vorhänge waren zugezogen, die Wände mit dunklen Tüchern verhangen. Drei Kerzen, die auf einem niedrigen Tisch in der Mitte des Zimmers brannten, waren die einzige Lichtquelle. Ein schwerer Geruch hing in der Luft. Er kam von einem dünnen Stängel, der neben den Kerzen glühte und von dem ein kleiner Rauchfaden aufstieg. Ein Räucherstäbchen. Es war Jonas ein Rätsel, warum man damit freiwillig die Zimmerluft verpestete.

»Ach, Zwerg Nase persönlich gibt sich die Ehre.« Vera kniete neben dem Tischchen am Boden. Auf dem Tisch stand ein Fläschchen, in das Vera immer wieder einen kleinen Pinsel tauchte, um eine zähe, dunkle

Flüssigkeit auf ihre Nägel zu streichen. Ob auch die alte Frau Ohm ihre Nägel lackiert hatte? In demselben Farbton, den der Schal aus ihrer Wohnung hatte?

»Ihr seid zwei brave Buben«, hatte Tante Tiger geknurrt, als sie ihr den Schal gezeigt hatten. »Brav und freundlich, helft einer alten Frau, die in einer schlimmen Lage ist. Das riecht nach meiner Wohnung, meiner Wolle und nach mir, als ich noch ich war.« Klagende Maunzlaute waren durch die Betonröhre geschwebt, als Lippe ihr eigenhändig den Schal um den Hals geschlungen hatte. In diesem Moment hatte sich Jonas gefragt, ob Tiger weinen konnten.

»Glotz mich nicht an.« Vera hatte den Kopf jetzt zu Jonas gedreht. Trotz des spärlichen Lichts konnte Jonas erkennen, dass ihre Augen gerötet waren. *Sie* hatte geweint. Geschah ihr recht! Trotzdem, gegen seinen Willen, tat sie Jonas leid. Das Unheimliche an Vera war, dass man nie wusste, was in ihr vorging.

»Red endlich, ich brauch keine Kanalratte mit verkrüppelter Nase, die mir beim Nägellackieren zuschaut.«

»Du sollst heute um elf zu Hause sein«, sagte Jonas langsam. »Und morgen fahren wir an einen See.«

»Den ganzen Tag ans Wasser.« Vera grinste. »Die können mich mal.«

Jetzt würde Jonas ihr die verkrüppelte Nase und die Petzerei heimzahlen. Die Situation war günstig. Wegen ihrer halblackierten Nägel musste Vera sitzen bleiben. »Wenn du nicht um elf zu Hause bist oder nicht mitkommst morgen, bekommst du die nächsten drei Monate kein Geld. Nicht einen einzigen Cent.« Das war zwar gelogen, saß aber.

»Ihr kotzt mich an!« Vera schrie nicht nur, sie kreischte.

Kurz bevor Jonas die Tür zuzog, hörte er sie flüstern: »Erinnere mich bei Gelegenheit daran, dass ich dir noch eine pädagogische Maßnahme schulde – wäre doch schade, wenn ich's vergesse.«

Jonas stieß ein Schlangenzischen aus und schlug die Tür zu. Im Flur riss er sich die verhassten Wildlederschuhe von den Füßen und schleuderte sie unter die Garderobe. Er wollte diese Schuhe nicht und diese Schwester wollte er auch nicht!

Zum Glück gab es Lippe. Und den Tiger.

Das Letzte, woran er vor dem Einschlafen dachte, war der weit aufgesperrte Rachen mit den fürchterlichen Zähnen, manche so lang wie Messer. In diesen Schlund hatten er und Lippe alle möglichen Tropfen, Tabletten und Zäpfchen geschüttet, genauso wie Tante Tiger es wollte, hatten ihr dann die Decke in eine Nische der Röhre gelegt und ganz leise das Radio angemacht. Der Empfang war zwar miserabel, aber ohne Radio würde sie sich zu Tode fürchten, hatte Tante Tiger erklärt. Da war Jonas das Foto von Herrn Teichmann eingefallen, das er aus der Wohnung mitgenommen hatte. Er hatte es aus der Tasche des Wagens gezogen und aufs Radio gestellt.

»Oh Gott!«, hatte Tante Tiger geraunt, und Jonas

war aufgefallen, wie schwer sie sich auf einmal wieder mit dem Sprechen tat. »Nimm das weg, ich ertrage es nicht.« Sie war auf die Decke gesunken und hatte den Kopf unter den mächtigen Pranken verborgen.

Jonas hatte das Bild eingesteckt und leise gemurmelt: »Wir kommen wieder, Tante Tiger.«

Jetzt stand das Foto neben seinem Bett. Ein dickes weißes Hündchen, das mit vor Schreck aufgerissenen Augen in den Blitz der Kamera starrte. ›Was ist bloß aus Herrn Teichmann geworden?‹, dachte Jonas, bevor er einschlief.

Der Duft der Kohlwurst

Der Sonntagsausflug verlief wie immer. Seine Eltern zankten oder dösten in der Sonne, Vera sprach den ganzen Tag kein Wort und Jonas verbrachte die meiste Zeit im Wasser.

Das einzig Bemerkenswerte an diesem Tag waren die drei Rettungswesten, die Jonas' Vater mitgebracht hatte. Sie waren leuchtend rot und quer über den Rücken stand FEUERWEHR. Sie lagen eng um den Oberkörper, man konnte sogar eine weite Jacke darüberziehen. Wenn man dann aber an einer Kordel riss, strömte aus einer kleinen Pressluftflasche Luft in die Weste. Am aufregendsten war es, die Pressluftleine unter Wasser zu ziehen; blitzschnell füllte sich die Weste mit Luft und Jonas schoss wie ein Tischtennisball, den man unter Wasser gedrückt hat, an die Oberfläche. Dort ließ er sich treiben und sah in den gleißenden Himmel, der ohne eine einzige Wolke war.

Am nächsten Tag nach der Schule verabredeten sich Jonas und Lippe für den Nachmittag. Sie wollten sich an der Baugrube treffen. Jonas hatte Mühe, die Verabredung einzuhalten. Die Hausaufgaben dauerten viel länger als sonst; Jonas kam nicht voran, konnte sich nicht richtig konzentrieren. Als er endlich fertig war, hatte er solchen Hunger, dass er in die Küche ging und sich ein paar kalte Kartoffeln in den Mund stopfte. In dem Topf mit dem Rest Grünkohl entdeckte er noch eine Wurst. ›Für später‹, dachte er, wickelte sie in ein Stück Zeitungspapier und steckte sie ein.

Es war halb sechs, als er die Baugrube erreichte. Lippe lag am Rand der Grube auf dem Bauch. »Schau mal«, sagte er, als sich Jonas neben ihn fallen ließ. »Da ist noch jemand.«

Die Sonne stand schon so weit im Westen, dass fast die ganze Grube im Schatten lag. Nur ein kleiner Fleck des Grubengrunds lag noch in der Sonne. Diese Stelle befand sich ein kleines Stück neben dem Bretterverschlag, der den Eingang zu Tante Tigers Abwasserröhre verbarg. In diesem Sonnenfleck stand jetzt der Schlitten, über den sich Jonas vor zwei Tagen gewundert hatte. Und auf dem Schlitten saß ein Mann und rauchte.

Es musste einer der Bauarbeiter sein. Seine Kleider waren staubig, das Gesicht wurde von einer Hutkrempe verborgen. Nur der Mund mit der Zigarette war zu erkennen.

»So sitzt der hier schon seit einer halben Stunde«, flüsterte Lippe. »Alle anderen Bauarbeiter sind längst gegangen.«

»Mist«, sagte Jonas. »Wenn Tante Tiger jetzt ein Geräusch macht, hört der das.«

Als nach einer weiteren Viertelstunde auch der Schlitten im Schatten lag, stand der Mann auf und verließ die Grube. Als er die Kiesrampe heraufkam, sahen sie sein Gesicht. Es war breit, faltig und hatte die

Farbe dunklen Leders. Die Augen waren schmale, schräg stehende Schlitze. Ein eigenartiger Ausdruck lag auf diesem Gesicht. Ein trauriges Lächeln. Er erinnerte Jonas an den Helden aus einem Kung-Fu-Film, den er einmal gesehen hatte. Allerdings war der Bauarbeiter viel älter, älter noch als Jonas' Vater. Ein Netz aus Falten hatte sich in sein Gesicht gegraben. Trotzdem war sein Gang weich und leise.

»Komischer Kauz«, sagte Lippe, als der Mann am Ende der Straße verschwunden war. »Setzt sich mitten im Sommer auf einen Schlitten. Der erinnert mich an meinen Onkel, ein Fischer, der schon lange nicht mehr zum Fischen fährt, weil der See immer mehr schrumpft und vertrocknet. Jeden Tag, sagt meine Tante, wirft er ein Netz aus dem Fenster und holt es abends wieder ein. Und alles, was er dabei fängt, sind welke Blätter.«

»Komm jetzt«, drängelte Jonas. »Die Katze wartet.«

Lippe sah ihn misstrauisch an. »Glaubst du, sie hat schon wieder Hunger?«

Nach dem Tageslicht erschien ihnen das Dämmerlicht in der Röhre wie finstere Nacht. Lippe hatte diesmal an eine Taschenlampe gedacht, die Stirnlampe, die er bei ihrem Ausflug in die Kanalisation getragen hatte. Jonas fröstelte. Sie machten ein paar vorsichtige Schritte, dann rief Jonas: »Wir sind's, Tante Tiger.«

Keine Antwort. Er rief noch einmal. Es blieb still.

Langsam gingen sie weiter. Die Decke, auf der sie Tante Tiger zurückgelassen hatten, war leer. Das Omawägelchen stand noch da, daneben die blank geleckte Tortenplatte. In einer Ecke lag der Radioapparat; er war völlig zertrümmert. Eine Gänsehaut kroch Jonas den Nacken hinauf.

»Die haben sie entdeckt«, flüsterte Lippe. »Sie musste abhauen.«

»Aber wohin?« Jonas spürte, wie ihm etwas den Magen zusammendrückte. Ein eigenartiges Gefühl. Angst und gleichzeitig Schmerz. Wie bei einem Abschied. »Wir müssen sie suchen!« Jonas' Stimme klang rau und war ihm selbst fremd.

Sie gingen tiefer in die Röhre hinein. Ohne Lampe hätten sie schon längst umkehren müssen, so finster war es. Da tauchte am Rand des Lichtkegels eine dunkel gestreifte Masse auf. Jonas blieb stehen. Sein Mund war trocken, er brachte kein Wort heraus. Seine Sorge war wie weggeblasen. Dort lag ein riesiges Raubtier. Was, wenn der Tiger wieder Tiger war? Vielleicht war er auch nie verschwunden, sondern hatte sich bloß zurückgezogen in die Schwanzspitze, die jetzt leicht hin und her zuckte. Jonas erinnerte sich noch genau an das Gefühl, als der Tiger zum ersten Mal seinen Blick auf ihn gerichtet hatte: als ob man aus feuchtem Beton wäre, der langsam hart wird.

Genau dieses Gefühl lähmte ihn jetzt wieder, während sich der Tiger auf die Vorderpfoten stemmte und langsam den Kopf wendete. Seine Augen funkelten grünlich.

»Es ist fürchterlich«, kratzte und grollte es aus der Tigerkehle. »FÜRCHTERLICH!«

Tante Tiger blickte drein, als ob ihr jemand lange und kräftig auf den Schwanz getreten wäre. Verstärkt wurde dieser jämmerliche Eindruck durch den knallrosa Schal, den sie noch immer um den Hals geschlungen hatte.

»Dieser Körper ist eine Strafe«, grollte sie weiter. »Er reagiert überhaupt nicht auf meine Medikamente. Ich habe Durchfall und Bauchweh, an Schlaf ist überhaupt nicht zu denken. Und keiner war da, der mir geholfen hätte ...«

Sie fauchte beleidigt in Lippes und Jonas' Richtung. »Dabei muss ich unbedingt meine Medikamente nehmen, jeden Tag. Das versteht ihr nicht, dazu seid ihr zu jung und zu gesund. Das Gehirn, der Blutdruck, die Knochen, die Verdauung – alles alt und morsch. Da helfen nur Tabletten, Salben und das ganze Zeug. Aber mit diesen verdammten Pratzen kann man ja nichts anfassen. Nichts. Nicht einmal das Radio kann man leiser drehen.«

Tante Tigers Augen wurden etwas schmaler, ihre Lefzen zogen sich nach oben und entblößten ihre Fangzähne. »Diese dauernden Geräusche ... Überall knarzt, knistert und knackt es ... Manchmal höre ich sogar die Regenwürmer schnarchen. Diese Ohren sind schrecklich.« Sie drehte die Ohren in verschiedene Richtungen. »Sie machen mir Angst. Überall ist Bewegung, kriecht und krabbelt es. Und nirgends hab ich eine Tür, die ich absperren kann ... Das Glucksen des großen Kanals, hört ihr es?«

Jonas und Lippe schüttelten die Köpfe.

»Ich höre es. Ständig … Und dann noch das Geplapper im Radio. Ich hab es nicht mehr ausgehalten und wollte das Ding abstellen. Da ist es auseinandergefallen. Aber das Schlimmste ist die Baustelle. Die hämmern, schlagen, stoßen, brüllen und poltern den lieben langen Tag. Mir war, als müsse mein Kopf platzen. Ich halte das nicht mehr aus.« Tante Tigers Stimme war immer dünner und krächzender geworden, jetzt erstarb sie ganz.

»Wir holen sie wieder raus aus dem Tiger«, versprach Jonas.

»Wir müssen nur genau wissen, was vor dem Klärwerk passiert ist«, sagte Lippe, der sich von hinten über Jonas beugte. Die abstehenden Haare kitzelten Jonas an der Wange. »Können Sie sich nicht erinnern, was der Tiger getan hat? Oder war da noch jemand?«

»Aaaarrrgh!«, jammerte Tante Tiger. »Mir tut der Bauch weh. So grimmiges Bauchweh habe ich schon lange nicht mehr gehabt. Und ich habe keine einzige Tablette mehr.«

»Wieso?«, fragte Jonas. »Das war doch ein ganzer Sack voll.«

»Ich habe doch gesagt, dass ich kein Auge zutun konnte, und da hab ich am nächsten Abend alle Tabletten auf einmal gefressen … mit Verpackung.«

»So bringen sich manche um«, flüsterte Lippe.

»Haben Sie sonst noch was gegessen?«, fragte Jonas, der langsam das Gefühl hatte, dass man Tante Tiger nicht helfen konnte, weil sie nicht wollte, dass man ihr half.

»Nichts«, knurrte der Tiger. »Das bisschen Torte und die paar Kartoffeln hab ich alle am ersten Abend gegessen. Ich habe aber auch keinen Hunger, sondern Bauchweh.« Schwerfällig wendete Tante Tiger in der Röhre und stand jetzt mit hängendem Kopf vor den beiden Jungen. Plötzlich hob sie den Kopf und schnupperte. Zwei tapsige Schritte und der Tiger schnüffelte an Jonas' Hose: »Was ist das? Das duftet ja verführerisch.«

»Eine Kohlwurst«, sagte Jonas und zog die in Papier gewickelte Wurst aus seiner Tasche. »Möchten Sie?«

Mit einem Schnappen war die Wurst verschwunden. Samt Papier.

Schweinskopf, Ziegenbock
und Schlittenfahrer

Für Jonas begann eine eigentümliche Zeit. Ein Doppelleben. Bis zum Nachmittag war er ein ganz normaler Junge. Er ging zur Schule, machte Hausaufgaben, allerdings zügiger als früher. Manchmal musste er noch für seine Mutter etwas besorgen, seinem Vater zur Hand gehen oder sein Zimmer aufräumen. Aber danach begann sein zweites Leben, von dem, außer Lippe, niemand etwas wusste. Das Leben mit Tante Tiger.

Meistens begann es damit, dass er sich mit Lippe am geborstenen Stein traf. Sie saßen dann auf der gesprungenen Tischtennisplatte und besprachen, wer was wann erledigen würde. Jeden zweiten Tag musste einer von ihnen in die Keunerstraße und dort die Blumen gießen; Tante Tiger erkundigte sich fast täglich nach ihren Pflanzen. Noch häufiger, nämlich jeden Tag, hatte sie Hunger. Seit sie die Kohlwurst verschlungen hatte, war Tante Tiger klar geworden, dass ihr Fleisch wieder ausgezeichnet schmeckte. Anfangs aß sie noch wenig und es musste auf irgendeine Art zubereitet sein: gekocht, gebraten oder geräuchert, aber bald schon stellte sie fest: »Fleisch ist roh noch schmackhafter und auch am bekömmlichsten, wenn ich mich nicht täusche. Eigenartig, dass mir das früher nie aufgefallen ist.«

Sahnetorte war bald das einzige Lebensmittel, das

sie außer Fleisch noch fraß. »Die Kartoffeln taugen nichts mehr, sind alle zu trocken, und der Kräuterquark brennt auf der Zunge«, behauptete sie. Und weil sie auch kein Brot und keinen Reis mochte, benötigte sie große Mengen Fleisch und Torte. Sieben Kilo Fleisch und ein bis zwei Torten pro Tag waren kein Problem für den Tiger. Am Anfang hatten Lippe und Jonas die Gefriertruhen ihrer Eltern geplündert – aber das hatte nicht lange gereicht, eigentlich nur für eine einzige Mahlzeit. Und Tante Tiger hatte immer Hunger. Ihr Bauchweh war übrigens verschwunden, nachdem sie die ersten Koteletts verschlungen hatte.

Fleisch war wirklich ein Problem. Von ihrem wöchentlichen Taschengeld hätten sie nicht einmal halb so viel Fleisch kaufen können, wie Tante Tiger an einem Tag fraß. Lippe schlug vor, eine Kuh zu stehlen: »Das langt leicht für eine Woche, und Knochen zum Draufrumbeißen sind dann auch jede Menge dabei.«

Als das Tante Tiger hörte, war sie außer sich. »Du meinst wohl, dass ich dieses arme Tier ermorde, ihr in den Hals beiße und das Fleisch von den Knochen reiße? Das ist ja grauenhaft. Ich würde sterben vor Ekel.«

Lippes Plan war sowieso undurchführbar. Um die Siedlung herum gab es nur andere Siedlungen, Baustellen und dazwischen Brachland oder Kiefernwälder. Kein Kuhschwanz weit und breit. Also brauchten sie Geld.

Das war auch Tante Tiger klar. »Ihr müsst das Fleisch wie jeder anständige Mensch beim Fleischer kaufen. Ich gebe euch etwas Geld.« Und sie beschrieb den beiden eine Schachtel in ihrer Wohnung, die sicher eingekeilt zwischen anderen Schachteln in einem Regal in der Küche stand. »Da hab ich etwas zur Seite gelegt. Aber seid sparsam und kauft nicht das Teuerste. Die Kassenzettel legt ihr in die Schachtel. Wenn ihr mich beklaut, beiß ich euch die Hand ab!« Lippe wurde kreidebleich, seine Haare schienen noch mehr in alle Richtungen abzustehen. »Oh, bitte entschuldigt«, maunzte Tante Tiger sofort. »Hab ich euch erschreckt? Das tut mir furchtbar leid. Ähm … das sollte ein kleiner Scherz sein.«

So kamen Jonas und Lippe an Geld, viel Geld, mehrere hundert Euro. Aber Fleisch war teuer. Selbst das abgepackte Fleisch aus dem Supermarkt. Einen richtigen Metzger gab es sowieso nicht in der Siedlung; nur diesen einen riesigen Lebensmittelmarkt. Lippes Mutter arbeitete dort.

»Wenn meine Mutter merkt, dass ich sieben Kilo Fleisch kaufe, kriegen wir Riesenärger. Da gibt es keine Ausrede. Und schon gar nicht, wenn wir *jeden Tag* sieben Kilo kaufen.« Lippe kniff ein Auge zusammen und zog an seiner großen Lippe. Sie saßen wieder einmal auf der geborstenen Tischtennisplatte, ließen die Beine baumeln und zerbrachen sich die Köpfe. Sie hatten nicht mehr viel Zeit. Es war sieben Uhr, um acht schloss der Supermarkt und Jonas musste zu

Hause sein. Und Tante Tiger hatte Hunger. Jonas dachte nach. Sie müssten einen Strohmann finden, jemanden, der für sie das Fleisch kaufen würde. Aber wer würde das tun, ohne dumme Fragen zu stellen?

»Nase, Nase, Nase!«, schrie Lippe da auf einmal. »Ich hab's. Dein dummes Gesicht hat mich an den Schweinskopf erinnert. Der muss uns helfen.« Jonas runzelte die Stirn. »Du kennst ihn nicht. Egal, gib mir Geld, schnell, ich hol das Fleisch!«

Mit fünfzig Euro und dem Handwagen verschwand Lippe um die Ecke in Richtung Supermarkt. Jonas blieb auf dem geborstenen Stein sitzen. ›Hoffentlich baut Lippe keinen Mist‹, dachte er und blickte hinüber zu den in der Ferne gleißenden Türmen der Stadt.

Zwanzig Minuten später tauchte Lippe wieder auf. Sein dürrer Körper spannte sich unter der Last, die er zog. Beide Taschen des Handwagens waren prall gefüllt mit abgepacktem Fleisch aller Art. Jonas staunte und sah seinen Freund misstrauisch an. »Ganz schön viel.«

»Schau mal das Verfallsdatum an«, sagte Lippe und warf ihm eine Styroporschale mit Rinderleber zu.

»Das ist ja von gestern.«

»Genau«, sagte Lippe und grinste. »Das liegt heute gar nicht mehr in den Regalen. Deswegen bin ich zum Hintereingang des Supermarkts gegangen, und da hab ich Igor getroffen. Er raucht wie ein Schlot und deswegen drückt der sich immer am Hintereingang rum.

Ich weiß überhaupt nicht, wann der mal arbeitet. Jedenfalls ist Igor als Lehrling in der Fleischabteilung, er ist siebzehn oder so, und Russe, wie ich. Du müsstest ihn mal sehen. Er hat ganz kleine Augen, so klein, dass du auf keinen Fall erkennen kannst, was er für eine Augenfarbe hat, und ein rundes rosiges Gesicht. Deswegen wird er Schweinskopf genannt – und weil er mit Schweinsköpfen arbeitet. Klar, oder?« Jonas nickte, war sich aber nicht sicher, ob sich Lippe diesen Igor Schweinskopf nicht einfach ausgedacht hatte. »Dann hab ich ihn gefragt, ob er mir nicht billiges Fleisch als Futter für Tiere verkaufen kann, natürlich auf Russisch, verstehst du, das kommt besser bei solchen Geschäften; erstens kann dich keiner belauschen …«

»Außer deiner Mutter«, warf Jonas ein.

»Und zweitens schafft das Vertrauen. Und meine Mutter sitzt entweder an der Kasse oder erledigt irgendwelchen Supermarktkram. Die hat mit dem Fleisch nichts zu tun. Das ist eine eigene Abteilung und rauchen tut sie auch nicht. Schau nicht so, ich pass schon auf. Jedenfalls hat Igor erst mal nichts gesagt und wahrscheinlich überlegt, ob ich es ernst meine. Seine Augen sind wirklich so klein, da kannst du nichts erkennen, verstehst du, kein Schimmer, was in dem vorgeht. Aber dann hat er mir mit seiner Riesenpranke auf die Schulter gehauen, sodass ich fast zusammengebrochen wäre, und gesagt: ›In Ordnung, Alterchen, wir machen ein klitzekleines Geschäft miteinander.‹ Er hat gesagt, er kann uns jeden Abend das

Fleisch geben, bei dem am Tag vorher das Verfallsdatum abgelaufen ist. ›Ist gutes Fleisch, müssen eure Tierchen nur bald fressen‹, hat er gesagt. Und wir müssen nur ein Viertel von dem bezahlen, was es im Supermarkt gekostet hat. Was sagst du, Nase, ist doch ein prächtiger kleiner Handel, den ich da eingefädelt habe.«

»Und er wollte nicht wissen, was wir damit machen?«, fragte Jonas, dem die Sache noch nicht ganz geheuer war.

»Nein«, sagte Lippe und grinste. »Er wollte bloß wissen, ob ich auch wirklich Geld habe. Ist eben ein Geschäftsmann. Ich hab aber noch jemanden getroffen.« Er spitzte die Lippen und kniff ein Auge zusammen. »Wie ich gerade weg war von Igor, kommt mir die Vampirviper entgegen. Hat ganz selig vor sich hin gelächelt – wahrscheinlich hat sie gerade jemanden ausgesaugt. Ich bin mir nicht mal sicher, ob mich dein Schwesterchen erkannt hat.«

»Halbschwester! Und du, was hast du gemacht?«

»Sie nicht beachtet. Hat auch genützt – ohne ein Wort ist sie an mir vorbeigerauscht zum Supermarkt. Als ich ihr dann noch leise hinterhergezischelt hab, hat sie sich nicht mal umgedreht.«

»Glück gehabt«, sagte Jonas. Sie mussten auf der Hut sein, auf keinen Fall durfte Vera von dem Fleisch erfahren.

Das Futterproblem war gelöst, aber das war nur eines von vielen Problemen.

Die nächste Aufgabe, der sich Lippe und Jonas in ihrem Doppelleben stellen mussten, war noch schwieriger: Wie sollten sie die alte Rosa aus dem Tigerkörper befreien?

»Du kannst die Rübe nicht an den Wurzeln aus der Erde ziehen. Du musst sie am Schopf packen«, meinte Lippe.

Das war wieder so eine russische Großmutterweisheit. Lippe meinte damit, dass sie erst einmal herausfinden mussten, wie die alte Rosa in den Tiger hineingeraten war, bevor sie sich überlegen konnten, wie sie wieder herauskäme.

Nur gab es diesmal niemanden, der ihnen helfen konnte. Tante Tiger schwieg oder sagte, dass sie sich nicht erinnern könne, und Herr Teichmann, der einzige Zeuge, war spurlos verschwunden und außerdem ein Hund, in dem wahrscheinlich nur ein Hund steckte und der deshalb nicht sprechen konnte.

Blieb also nur der Ort, an dem es passiert war: das Klärwerk.

Sie fuhren die Baalstraße hinaus, die in der Nähe der Keunerstraße begann und schnurgerade aus der Siedlung zum Klärwerk führte. Dort ließen sie die Räder ins Gras fallen und gingen langsam den Zaun entlang. Er war aus engen Metallstäben und doppelt so hoch wie Jonas. Nirgends fanden sie ein Loch, eine Lücke oder auch nur eine Delle. Auch keine Kampfspuren auf der Wiese vor dem Zaun.

Das Einzige, was an einen Tiger denken ließ, waren die Pflanzen, die hinter dem Zaun ein undurchdringliches Dickicht bildeten. Fremdartige Bäume mit riesigen dunkelgrünen Blättern, dazwischen Schlinggewächse mit Blüten in grellen Farben, die einen betäubenden Duft verströmten. Ein Dschungel.

Und während Jonas' Augen über diese grüne Wand glitten, erwartete er fast, ein zotteliges gestreiftes Haupt zu sehen, das sich durch die Blätter schob. Aber nichts geschah.

Die einzige Unterbrechung in diesem Dickicht war das Tor. Es war aus grauem Blech, sodass sie nicht hindurchsehen konnten. Neben dem Tor hing ein Schild, auf dem stand:

KLÄRWERK 3
Direktor der Anlage: **Funakis**

»Komischer Name.« Lippe starrte auf das Schild und zupfte an seiner Unterlippe.

»Klingt griechisch«, sagte Jonas.

»Seit wann haben Griechen keinen Vornamen?«

»Vielleicht ist es ja der Vorname.«

»Dann fehlt der Nachname.«

»Vielleicht hat er nur einen Namen. Komm, lass uns verschwinden.« Der Ort war Jonas nicht geheuer. Die seltsamen Pflanzen, die überhaupt nicht in die Siedlung passten, der Geruch, der hier eine eigene stechende Note hatte, und dazu noch die Vorstellung, dass hier Menschen in Tieren verschwanden.

»Lass uns wenigstens mal schauen«, sagte Lippe und machte mit den Händen das Zeichen für Räuberleiter.

Jonas sah seinen Freund verdutzt an: »Was ist los mit dir? Hast du keine Angst, dass sie uns erwischen? Oder dass ein zweiter Tiger über den Zaun springt?«

»Nein, hab ich nicht.« Lippe wurde zappelig. »Jetzt mach schon!«

Und plötzlich verstand Jonas. Lippes Neugier war so groß, dass für seine Ängste kein Platz mehr war. ›Guter Trick‹, dachte Jonas, und grinsend lehnte er sich mit dem Rücken an das Tor. Lippe stieg in seine gefalteten Hände und von dort auf Jonas' Schultern.

»Und?«, fragte Jonas. »Was siehst du?«

»Nichts Besonderes. Vier große Becken und dahinter ein Gebäude.«

»Dann komm wieder runter.«

»Warte, da bewegt sich was …«

Als Lippe endlich von Jonas' Schultern sprang, sah er etwas verwirrt aus.

»Und?«, fragte Jonas.

Lippe zögerte. »Ich glaube, da drin gibt es nicht nur Tiger, sondern auch dressierte Ziegen. Also, so genau konnte ich das nicht erkennen, weil es so weit weg war – aber da ist etwas Großes zwischen so Pflanzenwedeln herumgesprungen. Es sah aus wie eine Ziege auf zwei Beinen. Nur größer, also wahrscheinlich ein riesiger Ziegenbock. Und er hatte auch was Blaues an und … ich glaube, er hat getanzt.«

»Ein tanzender Ziegenbock?« Jonas runzelte die Stirn. »Bist du sicher, dass es kein Hund war?«

»Mensch, Nase, ich bin doch nicht blöd. So können

Hunde nicht springen. Wenn es keine Ziege war, dann war es ein Mensch. Aber Menschen können so auch nicht springen. Weißt du, was ich glaube? Der Ziegenbock war als lebendes Futter für den Tiger gedacht, und seit der Tiger verschwunden ist, springt die Ziege vor Freude im Dreieck.«

»Auf zwei Beinen?« Jonas schüttelte den Kopf. Wahrscheinlich war es nur ein Eichhörnchen gewesen, und Lippes Phantasie ging wieder mal mit ihm durch. Gerade wollte er ›Schwachsinn!‹ sagen, da wurde ihm bewusst, was das für ein Geruch war, der hier neben dem Gestank in der Luft lag: Ziege. Es roch nach Ziege.

»Lass uns endlich verschwinden«, murmelte Jonas und machte sich auf den Weg zu ihren Fahrrädern.

Während sie die Baalstraße entlangrollten, wurde Jonas klar, dass sie der Lösung keinen Schritt näher gekommen waren. Im Gegenteil. Eine tanzende blaue Ziege in einem Klärwerk, das von einem Dschungel umgeben war. Was sollte das bedeuten? War diese Ziege, wenn da überhaupt eine Ziege gewesen war, auch nur scheinbar eine Ziege? Und wenn, wer steckte dann in der Ziege? War es wie bei Tante Tiger und wie war es überhaupt bei Tante Tiger? Sie würden wiederkommen müssen. Aber dann musste der Tiger mit!

Ein weiteres Problem war der Schlittenfahrer. So nannten sie den Bauarbeiter, der auf dem Schlitten gesessen hatte. Jeden Abend saß er dort in der Sonne auf seinem Schlitten und rauchte. Und weil die

Sonne jeden Abend ein bisschen früher unterging, bewegte sich der Schlitten jeden Abend ein klitzekleines Stück näher auf den Eingang zu Tante Tigers Röhre zu. Ein Platzregen wäre vielleicht das Einzige gewesen, was den Schlittenfahrer vertrieben hätte. Aber nach Regen sah es nicht aus.

Nur die Hitze nahm jeden Tag zu.

Und so sahen sie Abend für Abend den Rauch unter dem Hut hervorquellen, bis der Schlittenfahrer sich erhob und mit weichem Gang und traurigem Lächeln die Grube verließ.

Allmählich gewöhnten sie sich an den Mann. Jonas mochte ihn sogar, er hätte allerdings nicht sagen können, was ihm an dem Schlittenfahrer so sympathisch war.

Sobald er verschwunden war, schlichen sich Jonas und Lippe zu dem Bretterverschlag und verschwanden in der Abwasserröhre. Sie fanden Tante Tiger meist in ihrer Nische dösend. Sie gähnte, zupfte sich die Enden des rosa Schals aus den Ohren und sagte: »Ach, hab ich schon wieder einen Hunger. Das ist ja furchtbar.«

Jeden Abend bekam Tante Tiger jetzt Fleisch: Hackfleisch, Koteletts, Hühnerbrüste, Schweinebäuche, Hüftsteaks, Rinderzungen. Tante Tiger verschlang alles mit großer Gier. Am liebsten mochte sie Rinderleber. Bis auf die Torten aus der Tiefkühltruhe, die Jonas und Lippe fast täglich mitbrachten, war alles, was sie fraß, roh und blutig.

Und Tante Tiger begann sich zu verändern.

Wie Schnee und Leder

Am Anfang waren es Kleinigkeiten.

Jonas fiel auf, dass der Tiger immer weniger herumstand. Entweder lag er auf dem Bauch, mit unter den Körper gezogenen Pranken, oder auf der Seite, alle viere von sich gestreckt.

Wenn Jonas und Lippe mit der Fleischtüte erschienen, setzte sich Tante Tiger auf ihre Hinterpfoten. Ganz selten erhob sie sich vollständig. Aber wenn sie es tat, stand sie nicht mehr steif und bewegungslos wie ein altes Pferd, sondern weich und geduckt. Alle ihre Bewegungen wurden geschmeidiger. Das Wenden des Kopfes, wenn sie sich umsah, das Heben der Pranke, um ein Stück Fleisch zu sich heranzuziehen, sogar das Räkeln und Strecken kamen Jonas flüssiger vor.

Nur der Schwanz machte Schwierigkeiten. Manchmal hing er von ihrem Rücken wie ein angeklebter Strick oder Tante Tiger schwang ihn ohne Grund durch die Luft, sodass Jonas und Lippe sich ducken mussten, um nicht getroffen zu werden; denn das war ungefähr so schmerzhaft wie ein Schlag mit dem Gartenschlauch. Wenn sich Tante Tiger einmal selbst traf oder auch nur die Schwanzspitze durch die Luft zischen sah, schrie sie: »Hilfe, ein wildes Vieh!«, und zuckte zurück.

Aber nicht nur ihre Bewegungen veränderten sich.

Sie jammerte auch weniger. Anfangs hatte sie jeden Tag geklagt. Über Schmerzen, die Dunkelheit, den Gestank, den Lärm und vor allem über den unmöglichen Körper, in dem sie steckte: »Vier Riesenpratzen und keine einzige Hand. Nicht einmal die Nase kann ich mir putzen. Auf allen vieren muss ich kriechen, wie ein Kleinkind …«

Aber diese Klagen wurden weniger. Zuerst verschwanden die Knie- und Gelenkschmerzen, dann die Kreislaufbeschwerden und als Letztes der Kopfschmerz. Medikamente erwähnte sie überhaupt nicht mehr. Gegen den Lärm stopfte sie sich die Enden ihres rosa Schals in die Ohren. Als Jonas einmal fragte, wie ihr das mit ihren riesigen Pfoten gelang, sagte sie: »Mit Geduld und Spucke.« Die Hände schienen ihr kaum mehr zu fehlen.

Auch ihr Geruch hatte sich verändert. Scharf und doch leicht süßlich schlug es einem jetzt entgegen. Und die Angst vor dem Tiger, die in Jonas noch immer wie ein kleines Flämmchen flackerte, loderte jedes Mal auf, wenn er diese Dunstglocke aus Raubtiergestank betrat. Wenn der Tiger ihn dann noch mit seinen gelben Augen fixierte, musste Jonas anfangen zu sprechen, um nicht in Panik zu geraten.

Als Jonas Tante Tiger einmal fragte, wo sie aufs Klo ginge, knurrte sie: »So etwas fragt man eine alte Dame nicht«, fuhr aber nach einer Pause fort: »Ich erledige meine Geschäfte in den großen Abwasserkanal, aus dem ihr mich gefischt habt.« Es folgte eine noch längere Pause. »Wisst ihr, so alte Schachteln wie ich machen manchmal ins Bett, wie die kleinen Kinder. Aber seit zwei Tagen ist das auch vorbei.« Sie lachte knurrend. »Ich bin jetzt stubenrein.«

»So alt sehen Sie gar nicht aus«, sagte Lippe. Er hatte noch mehr Respekt vor dem Tiger als Jonas und sagte selten etwas, wenn sie bei Tante Tiger waren.

»Wirklich?« Der Tiger räkelte sich. »Trotzdem, unter diesem prächtigen Pelz bin ich uralt. Ihr seht es nur nicht. Alte Gedanken, alte Befürchtungen, alte Erinnerungen. Die grauen Haare und die Haut, die einem in Falten von den Knochen hängt, sind gar nicht mal das Schlimmste am Alter … Denkt ihr oft an früher?«, fragte sie plötzlich.

Jonas und Lippe schüttelten den Kopf. Jonas überlegte, wann das sein sollte: *früher*. Letzte Woche? Oder noch früher? Bestimmt war *früher* eine Zeit, zu der er noch gar nicht auf der Welt gewesen war.

»Ich denke oft an früher«, fuhr Tante Tiger fort. »An meine Kindheit, meine Eltern, die Schule, meine erste Arbeitsstelle – aber das gibt es alles nicht mehr, die Zeit und mit ihr die meisten Menschen sind vergangen, und deswegen bin ich mit diesem Gegrübel immer allein.«

Klang traurig. Aber richtig vorstellen konnte Jonas sich diese Traurigkeit nicht. Vielleicht war es mit dem Alter ja wie mit einem schlimmen Kampf: Du musst mehr und mehr einstecken und am Ende gehst du k. o. und keiner interessiert sich dafür. Alle bejubeln den Sieger, also die Jungen, die nicht an *früher* denken, gar nicht daran denken können, weil sie noch kein *früher* haben.

Manche Boxer, hieß es, verlieren so nicht nur einen Kampf, sondern gleichzeitig den Glauben an sich selbst und kommen nie zurück. Tante Tiger kam zurück.

Das Erste, was Jonas auffiel, waren die Enden des rosa Schals. Sie steckten nicht mehr in den Tigerohren, wenn Lippe und er abends in die Röhre kamen. Als Jonas danach fragte, sagte Tante Tiger: »Ich mag keine Ohrenstöpsel. Deshalb zupf ich mir die Wolle aus den Ohren, sobald die ihren Lärm abstellen.«

Und hatte sie anfangs noch häufig geschlafen, wenn sie kamen, war sie jetzt immer schon wach und blinzelte ihnen entgegen. Irgendetwas beunruhigte sie, dachte Jonas, wusste aber nicht, was, bis Tante Tiger nach ungefähr einer Woche sagte: »Da draußen sitzt immer derselbe Mensch, bevor ihr kommt. Ich erkenn ihn am Geruch. Und er raucht ein unmögliches Kraut, das raucht sonst keiner da draußen. Stinkt wie verbrannte Lumpen. Genauso hat das Zeug gerochen, das die Männer nach dem Krieg geraucht haben, pfui Teufel.«

Jonas sah zu Lippe, der wie immer mit seiner Stirnlampe auf dem Kopf hinter ihm saß. »Der Schlittenfahrer!«, sagten sie gleichzeitig.

Tante Tiger hatte auf ihrer Decke gelegen, setzte sich jetzt aber auf die Hinterpfoten und blickte Jonas und Lippe unverwandt mit ihren gelben Augen an. »Kennt ihr den Herrn?«

Jonas glaubte, so etwas wie Neugier in ihren Augen blitzen zu sehen. Sie erzählten, was sie über den Schlittenfahrer wussten und dass sie befürchteten, er könnte sie bald entdecken.

»Er weiß schon, dass ich hier bin«, brummte Tante Tiger. »Er spricht mit mir.«

Jetzt waren es Jonas und Lippe, die Tante Tiger anstarrten.

Tante Tiger erzählte, dass der Schlittenfahrer meistens in einer fremden Sprache redete, die sie noch nie gehört hatte. Obwohl sie nichts verstand, war sich Tante Tiger sicher, dass der Schlittenfahrer Heimweh hatte.

»Er denkt an dieselben Dinge wie ich«, sagte sie. »Einmal hat er in unserer Sprache gesagt: ›Jetzt kommen zu Hause die Schmetterlinge aus ihren Koffern. Weißt du noch, wie du sie fangen wolltest?‹«

»Was für Koffer?«, fragte Lippe.

»Wahrscheinlich kennt er das Wort für das, das … äh, Gehäuse, aus dem die Schmetterlinge schlüpfen, nicht in unserer Sprache«, fauchte Tante Tiger.

»Kokon«, sagte Lippe.

»Ach herrje, Kokon«, murrte Tante Tiger. »Das ist aber auch ein ungebräuchliches Wort. Woher soll ein Fremder das kennen? Und das ist doch ein schöner Gedanke: Schmetterlinge, die nach langer Reise aus einem Koffer schlüpfen, findet ihr nicht? Ich glaube, er ist sehr weit weg von zu Hause. Genau wie ich. Und es ist ihm zu heiß. Genau wie mir.«

»Das stimmt nicht«, fiel ihr Lippe ins Wort. »Er setzt sich jeden Abend in die Sonne.«

»Er mag die Sonne, aber nicht die Hitze«, sagte Tante Tiger. »Ich riech es an seinem Schweiß. Er riecht nach Schnee und Leder.«

Jonas begriff allmählich, dass Tante Tiger sich auf den Schlittenfahrer freute so wie sein Vater sich auf die Nachrichten. Es war eine Ablenkung, etwas, worauf man sich verlassen konnte – fast wie auf einen Freund.

»Haben Sie auch was gesagt?«, fragte Jonas.

»Wo denkt ihr hin? Ich lass mich doch nicht auf der Straße ansprechen, das gehört sich nicht. Außerdem bin ich schon immer eine schüchterne Person gewesen. Obwohl ich seinen Geruch angenehm finde.«

Jonas stöhnte auf. »Sie dürfen auf keinen Fall etwas sagen! Das gibt einen riesigen Ärger!«

Tante Tiger sah sie an und schüttelte den Kopf. »Er weiß doch schon, dass ich hier bin.« Sie duckte sich etwas und schlitzte mit einem Hieb ihrer Pranke die Plastiktüte auf, die Jonas und Lippe in ihrer Nische abgestellt hatten. Mit kleinen Knurrlauten machte sie sich über eine Packung Putenschnitzel her. Jonas schaute gebannt zu, wie sie das Fleisch seitlich zwischen die Zähne nahm, einzelne Fetzen abriss und sie ohne zu kauen hinunterschlang.

Als sie an diesem Abend aus der Baugrube stiegen, fragte Jonas: »Glaubst du, sie hat recht und der Schlittenfahrer weiß, dass sie da ist?«

Lippe fuhr sich mit den Händen durch die Locken. »Mensch, Nase, woher soll ich das wissen? Ich weiß auch nicht, warum der bei dieser Hitze auf einem Schlitten sitzt und vor sich hin brabbelt. Es könnte sein, dass er einfach spinnt, weil er so weit weg ist von zu Hause. Meine Oma hat mir von Russen erzählt, die in der Fremde durchgedreht sind. Sind einfach losgerannt Richtung Heimat, ohne Essen, ohne Geld. Falls er aber nicht spinnt und weiß, dass in der Röhre ein Tiger steckt, dann benimmt er sich sehr eigenartig. Oder würdest du dich jeden Abend vor einen offenen Tigerkäfig setzen? Ich nicht!«

»Tante Tiger benimmt sich aber auch komisch«, sagte Jonas, der vor allem verwirrt war. »Nicht mehr wie eine alte Frau.«

»Stimmt«, sagte Lippe. »Gestern hat sie zum ersten Mal den Kuchen verschmäht. Dabei war das eine Schwarzwälderkirschtorte aus dem Gefrierfach. Ihr Lieblingskuchen.«

»Geht mir weg mit dem Zeug!« Jonas sprach so tief und heiser er konnte. »Davon bekomm ich nur Bauchweh und außerdem sparen die Halunken immer mehr am Zucker, das schmeckt überhaupt nicht mehr süß.«

Lippe grinste und ahmte ein missbilligendes Maunzen nach, das Tante Tiger jetzt öfter hören ließ, dann sagte er: »Hast du gewusst, dass Tiger nichts Süßes schmecken können?«

»Woher willst du das wissen?«

»Hab ich gelesen. Ihre Geschmacksnerven für ›süß‹ sind verkümmert. Das ist bei allen Katzen so, ist so was wie ein Fehler im Erbmaterial. Umso besser arbeiten dafür ihre Geschmacksnerven für ›Schweiß‹ und ›Blut‹. Deswegen sind sie auch so gefährlich. Aber Zucker ist für sie wie für uns ...«

»... Grünkohl!«, fiel ihm Jonas ins Wort.

»Genau! Schwarzwälderkirschtorte mit Grünkohlgeschmack.«

Sie lachten, bis Jonas sagte: »Sie fragt auch nicht mehr nach ihren Blumen, ihrer Wohnung und wie das überhaupt weitergehen soll.«

Lippe zuckte die Achseln und Jonas schwieg.

Das Geld würde vielleicht noch zwei oder drei Wochen reichen. Und dann? Wenn sie mit Tante Tiger darüber sprachen und vorschlugen, noch einmal zum Klärwerk zu gehen, legte der Tiger die Ohren an und jammerte: »Aaaaaaaach, ich kann mich kaum rühren, so plagt mich seit kurzem wieder der Hexenschuss ... « Und wenn es nicht der Hexenschuss war, dann waren es plötzliche Schwindelgefühle, starke Müdigkeit oder heftige Gliederschmerzen.

Der Cousin im Kofferraum

Zwei Tage später erfuhr Jonas, dass Tante Tiger ganz andere Dinge zu schaffen machten als Hexenschüsse und Gliederschmerzen.

Er kam vom Blumengießen aus Tante Tigers Wohnung, hatte die Puntilastraße gerade hinter sich gelassen und wollte Richtung Baugrube abbiegen, da hörte er hinter sich ein lautes Surren. Zwei Fahrräder schossen links und rechts an ihm vorbei und kamen mit quietschenden Reifen zum Stehen. Bschu und Büm, die beiden Türkenmädchen.

»Wo ist denn deine verrückte Braut mit den hübschen Locken?«, fragte Bschu. Wieder waren alle ihre Kleidungsstücke schwarz oder weiß.

»Was geht euch das an?«, fragte Jonas und kniff die Augen zusammen; beide Mädchen kauten wieder Kaugummi. Das machte ihn nervös.

»Wir denken eben nach«, sagte Bschu, »über die Liebe, ein großes und mächtiges Ding. Hast du schon mal nachgedacht über Liebe?«

»Nee«, sagte Jonas, »wir müssen uns um wichtigere Sachen kümmern.«

»Um den Tiger«, kicherte jetzt Büm.

»UUUUUHHH...«, machte Bschu und riss die Augen auf. »Der große böse Tiger und die beiden kleinen Jungs. Ob das gut geht? Aber die Liebe ist stärker als der grausame Tiger. Kann sein zu deinem Glück oder deinem Unglück.«

Jonas wusste nicht, was Bschu wollte, und auch nicht, was er sagen sollte, und das machte ihn wütend: »Halt die Klappe, sonst stell ich ihn dir mal vor. Hühner frisst er am liebsten.«

»Aber er mag kein türkisches Heavy Metal«, sagte Bschu und grinste, als sie sah, wie verblüfft Jonas war. »Siehst du, wir kennen euer Kätzchen, stimmt's, Büm?« Unter Kichern brachte Büm hervor: »Ja, wir kennen jemand, der es gesehen hat.«

Jonas fühlte sich wie ein Fisch, wenn er einen Köder sieht. ›Was soll das denn werden?‹, denkt der Fisch, und im nächsten Moment zappelt er schon am Haken.

»Kümmere dich lieber um deine Schafe«, sagte Jonas, um von Tante Tiger abzulenken.

»Meine Schafe gehen wenigstens nicht nachts auf der Straße rum und erschrecken Menschen«, sagte Bschu und sah Jonas mit schiefem Grinsen an. Jonas schüttelte den Kopf und ging los.

Bschu fuhr langsam neben ihm her, Büm rollte an seine andere Seite.

»Gestern Nacht nämlich hat ein Cousin von mir in der Nähe der Baustelle sein Auto sauber gemacht«, sagte Bschu. »Mit lauter Musik, ist klar. Der braucht immer extralaute Sachen. Da spürt er, wie eine Riesenhand auf seine Schulter klopft. Er schaut und sieht einen Tiger sitzen. Ein Riesentiger. ›Mach den scheußlichen Lärm leiser‹, sagt der Tiger, und mein

Cousin fällt auf die Knie und bettelt um Gnade. Da hat ihn der Tiger nicht gefressen, sondern im Kofferraum seines Autos eingesperrt. Da haben sie ihn dann am nächsten Tag gefunden.«

Jonas wurde blass. Büm prustete lauthals los und auch Bschu konnte sich nicht mehr beherrschen. »Hat er wirklich erzählt«, sagte sie, als sie wieder sprechen konnte, und Büm flüsterte Jonas im Wegfahren zu: »Der Cousin ist dumm und meistens trinkt er zu viel Raki. Alle glauben, dass er besoffen war, und lachen über ihn.« Sie machte eine kleine Pause. »Tschüss, Nase.«

Sie sah ihn noch einmal an, ohne zu kichern, und fuhr dann um die nächste Ecke, hinter der Bschu schon verschwunden war.

›Blöde Hühner‹, dachte Jonas, musste aber den Rest des Weges an Büms Augen denken: ein violettes Braun, wie dicker Kakao, überschattet von langen geschwungenen Wimpern.

Am Rand der Baugrube traf er Lippe mit dem Fleisch.

»Der Schlittenfahrer ist gerade gegangen«, rief ihm Lippe entgegen. »Wir können los.« Auf dem Weg zur Tigerröhre erzählte ihm Jonas die Geschichte vom Cousin im Kofferraum.

»Vielleicht haben sie dir was auf die Nase gebunden«, sagte Lippe. »Das passiert Nasen leider alle naselang.«

»Und Lippen riskieren immer wieder eine dicke Lippe«, sagte Jonas und deutete eine rechte Gerade an, war aber froh, dass Lippe die Sache nicht so ernst nahm; vielleicht war wirklich nichts passiert.

Sie hoben den grünen Plastikvorhang zur Seite und betraten die Röhre.

Ein eigentümlicher Lärm war zu hören. Es klang wie das langgezogene Quietschen einer riesigen Tür. Lippe schaltete seine Stirnlampe ein und vorsichtig schlichen sie weiter. Der Lärm wurde immer lauter. Jonas konnte jetzt an- und abschwellende Schreie unterscheiden. Endlich tauchte Tante Tiger aus dem Dunkel auf.

Geduckt saß sie am Boden der Röhre, den Hals lang gestreckt, den Kopf nach oben gebogen. Aus dem halb geöffneten Tigermaul kamen die eigenartigen Schreie. Als der Schein von Lippes Lampe auf sie fiel, verstummte sie und starrte zu Jonas und Lippe, die auf dem Sims über ihr standen. In der Dunkelheit der Röhre hatten sich die Pupillen geweitet und die Tigeraugen waren fast schwarz, nur umgeben von einem schmalen gelben Ring.

»Geht es Ihnen gut?«, fragte Jonas.

»Ja«, kam es vom Boden der Röhre, »ich habe nur ein bisschen gesungen.«

»Klang wie das Heulen von einem Gespenst mit Zahnschmerzen«, sagte Jonas.

»Tatsächlich? Dann hat es vielleicht auch diese kleinen Biester verscheucht.«

»Was für Biester?«

»Mäuse!«, rief Tante Tiger. Dann sprang sie zu Jonas und Lippe auf das Sims und schnupperte an der Plastiktüte, die beide zusammen trugen, weil sie so schwer war.

»Oooaarr … Rindfleisch, ausgezeichnet.« Sie nahm die Tüte zwischen die Zähne und trug sie wie ein federleichtes Kissen in ihre Nische. Jonas folgte ihr, und Lippe folgte Jonas.

Mit den Krallen schlitzte Tante Tiger die Tüte auf und schnüffelte an den abgepackten Fleischstücken. Sie zog ein großes T-Bone-Steak zu sich und machte sich darüber her. Jonas erzählte inzwischen von seinem heutigen Besuch in ihrer Wohnung. Von den Blumen am Balkon, der Post im Briefkasten, schließlich von seiner Begegnung mit Büm und Bschu. Und von dem Cousin, der überzeugt war, ein Tiger hätte ihm auf die Schulter geklopft.

Tante Tiger gab nur Kau- und Schmatzgeräusche von sich; sie zerbiss gerade einen dicken Knorpel. Irgendwann hielt es Jonas nicht mehr aus: »Waren Sie das?«

»Na ja«, kam es zwischen zwei Schmatzlauten. »Es war eine so grässliche Musik. Und laut, das könnt ihr euch gar nicht vorstellen.«

Jonas schluckte, schluckte noch mal und noch mal. »Aber das geht nicht«, stammelte er endlich. »Wenn man Sie erwischt, werden Sie erschossen oder eingesperrt.«

Tante Tiger hatte mit dem Kauen aufgehört und sah ihn an; aus ihrem linken Mundwinkel baumelte noch ein Fetzen Fleisch. »Hier bin ich auch eingesperrt, Jonas.«

Zum ersten Mal nannte sie ihn beim Namen. »In

dieser Röhre ist es schlimmer als in jedem Käfig«, fuhr sie fort. »Kein Licht, die Luft ist schlecht, nicht einmal ein Fenster kann man irgendwo aufmachen. Dazu ein Lärm wie beim Jüngsten Gericht. Und da soll ich Tag und Nacht in dieser Gruft hier liegen? Noch dazu mit dieser riesigen Katze zusammen, die ich überhaupt nicht richtig kenne.«

»Aber Sie dürfen keine Menschen ansprechen«, platzte jetzt Lippe aus dem Hintergrund dazwischen. »Das geht nicht, ein Tiger, der spricht, das gibt es nicht. Und wenn es ihn doch gibt, wird er beseitigt, damit es ihn eben doch nicht gibt. Das macht alle konfus!«, rief Lippe. »Mich auch.«

›Konfus‹ war ein Lieblingswort von Lippe. Er hatte es Jonas schon in der fünften Klasse zugeflüstert, als sie zum ersten Mal nebeneinandersaßen. »Ich bin manchmal konfus, stört dich das?«

Als ihn Jonas verständnislos angeschaut hatte, hatte Lippe geflüstert: »Na ja, also manchmal bin ich irgendwie wirr im Kopf.« Seitdem kannte Jonas das Wort.

Tante Tiger offenbar auch. Ein abgehackter Grolllaut drang tief aus ihrer Kehle. Jonas wusste inzwischen, was das war: Gelächter.

»Die letzten Jahre bin ich auch immer konfuser geworden, es hat niemanden gestört. Und diesem jungen Mann gestern schadet ein wenig Verwirrung überhaupt nicht. Im Gegenteil. Ihr hättet sein Gesicht sehen sollen, als ich meine Pfote auf seine Schulter legte. Er hatte Angst, das arme Bübchen. Als ich ihn höflich bat, leiser zu machen und die Autotüren zu schließen, rannte er, wie von der Tarantel gestochen, zum Kofferraum, sprang hinein und zog den Deckel von innen zu. Da hab ich die Musik mit einem leichten Schlag auf dieses CD-Ding eben selbst abgestellt.«

Tante Tiger öffnete das Maul und raspelte mit ihrer Zunge die letzten Fleischfasern von dem Knochen. Jonas wusste nicht, was er sagen sollte. Wenn er oder Lippe so was gemacht hätten, hätte er es ja noch verstanden – aber Tante Tiger war fast achtzig Jahre alt!

»Das war sowieso ein Angeber aus der Puntilastraße«, sagte Lippe jetzt. »Der hat's verdient. Machen Sie das öfter?«

»Dieses Vieh treibt allerhand, das mir früher nicht im Traum eingefallen wäre.« Tante Tigers Augen funkelten. »Wollt ihr wissen, wie das ist, in so einem Katzenkörper festzustecken? … Setzt euch doch, Buben, setzt euch.«

Jonas und Lippe sahen sich um. Auf dem Betonboden der Nische lag der Tiger auf der über und über mit seinen Haaren verfilzten Wolldecke, in einer Ecke stapelten sich abgenagte Knochen, in der anderen stand eine Konservendose mit vertrockneten Balkonblumen aus der Keunerstraße.

War ja nirgends Platz, dachte Jonas, wo sollten sie sich da hinsetzen? »Ihr könnt euch hier auf die Decke setzen und an mich anlehnen«, sagte Tante Tiger. »Bin ja groß genug.«

Jonas zögerte. Er hatte keine richtige Angst mehr vor Tante Tiger, trotzdem hielt er immer Abstand. Ihr mächtiger Körper flößte ihm noch immer großen

Respekt ein. Das war kein Kuschelkätzchen, sondern ein ausgewachsenes Raubtier, das ihm mit einem einzigen Hieb seiner Pranke das Genick brechen konnte. Und dann war Tante Tiger gleichzeitig noch eine alte Frau. Und vor alten Menschen empfand er ebenfalls eine Scheu; er wusste einfach nicht, was er mit ihnen anfangen sollte, und meistens hatte er das Gefühl, etwas falsch zu machen. Als ob sie aus einem fremden Land kämen, in dem man die Hosen nicht so trug, wie er es tat, nicht so sprach, wie er sprach. Er verstand sie nicht und sie verstanden ihn wahrscheinlich auch nicht. An so jemanden konnte man sich doch nicht einfach anlehnen! Jonas warf einen Blick zu Lippe. Steif wie ein Stock stand der hinter ihm und rührte sich keinen Millimeter.

»Nehmt doch bitte Platz«, sagte Tante Tiger. »Es gibt leider kein Sofa, aber hier ist es auch ganz bequem.«

Jonas atmete tief durch, ging in die Knie und lehnte sich vorsichtig an die Flanke des Tigers. Lippe stand immer noch.

»Komm schon, setz dich«, sagte Jonas.

Lippe starrte vor sich hin. Endlich sagte er: »Haben Sie vielleicht noch Hunger? Hier sind noch Hühnerschenkel und Koteletts, alles Mögliche …«

»Setz dich«, brummte Tante Tiger. »Du brauchst wirklich keine Angst zu haben. Ich bin und bleib ein altes Weib, trotz der Zähne und Klauen, und alte Weiber fressen nur im Märchen Kinder. Und an dir ist sowieso nichts dran.«

Jonas lachte, Lippe stöhnte auf und ließ sich neben Jonas fallen.

»Tiger können unberechenbar sein, Nase. Du bist zu leichtgläubig«, flüsterte er.

Jonas antwortete nicht. Er sog den Geruch des Tigerfells ein. Es roch wie eine sehr würzige Suppe. Die Haare um ihn herum waren kurz und dicht, weniger weich und flauschig, sondern kräftig, fast wie bei einem Besen.

»Sitzt ihr bequem?«, fragte Tante Tiger und wandte ihnen ihr zottiges Haupt zu.

Jonas und Lippe rutschten noch etwas enger aneinander und nickten. Plötzlich riss Tante Tiger das Maul auf. Sie gähnte. Trotz der höflich vorgehaltenen Pranke sah Jonas die vier Reißzähne wie Dolche aus ihrem Kiefer ragen; dazwischen lag eine lange rote Zunge. Lippe konnte ein ängstliches Japsen nicht unterdrücken.

»Entschuldigt bitte, ich bin noch etwas müde. Wisst ihr, ich schlafe jetzt immer tagsüber. Erst abends, kurz bevor ihr kommt, werde ich wieder munter. Und wenn ihr dann gegangen seid, überkommt mich eine eigenartige Unruhe. Ich kann nicht mehr sitzen bleiben, laufe in diesem Betonschlauch auf und ab, lausche auf jedes Geräusch. Zuerst hab ich gedacht, es ist die Angst vor der Finsternis, oder die Angst, allein zu sein; denn außer euch bekomme ich hier ja niemanden zu Gesicht und jeder andere würde wahrscheinlich Reißaus nehmen ... Nach ein paar Nächten hab ich aber gemerkt, dass es etwas anderes ist: Ich will raus. Ich will mich bewegen. Herumstreifen. Ein richtiger Drang. So ein Bedürfnis habe ich noch nie gehabt. Ich will einfach hinaus, ohne Grund, ohne ein Ziel. Und die Unruhe wird jeden Abend stärker. Und meine Finger haben zu jucken angefangen …«

Tante Tiger stockte, stieß einen kurzen Knurrlaut aus, sprach dann leiser weiter: »Finger hab ich ja nicht mehr … Krallen. Die Krallen jucken und ich musste etwas kratzen. Habt ihr schon mal versucht, eine Betonröhre zu kratzen?« Tante Tiger blinzelte. »Das ist kein Vergnügen. Also bin ich zum ersten Mal raus, nachts, und hab mich auf einen der Holzbalken gestürzt, die da liegen.«

»Tante Tiger!«, rief Jonas. »Das geht nicht, wenn jemand die Kratzer sieht …«

»Ich bin zwar alt, aber nicht verkalkt. Ich hab den Balken hier in die Röhre gezerrt. Noch ein Stück tiefer drinnen liegt er.«

Jonas bekam eine Gänsehaut; er wusste, wie groß und schwer die Balken waren, die draußen herumlagen; keinen Zentimeter hätte er mit Lippe so einen Balken bewegen können. »Ganz allein?«, fragte Jonas ungläubig.

»Jaaaaaaah«, sagte Tante Tiger gedehnt. Fast sah es aus, als würde sie grinsen. »Ihr könnt euch nicht vorstellen, wie schön es ist, wieder Kraft zu haben. Mehr Kraft, als ich je hatte. Manchmal bekomme ich selbst Angst vor mir.« Sie kniff die Augen zusammen. »Das Licht blendet. Könntest du das vielleicht ausdrehen?«

»Ähm, also«, begann Lippe, »also, ich meine, man

versteht sich viel besser, wenn man den anderen nicht nur hört, sondern auch sieht; wenn alle Menschen sich immer sehen würden, gäbe es bestimmt weniger Streit ...«

»Bitte«, sagte Tante Tiger. »Sei so gut.«

Jonas verstand Lippe genau: Im Finstern zwischen den Pranken eines Tigers zu sitzen, war keine schöne Vorstellung. Es war eben eine Frage des Vertrauens. »Wir sind zwei gegen eine«, flüsterte er seinem Freund zu. Es ist viel leichter, mutig zu sein, dachte er dabei, wenn man jemanden bei sich hat, der ängstlich ist. Lippe sah ihn mit großen Augen an. ›Oh Schreck, oh Graus!‹, sagte sein Blick. Jonas legte ihm den Arm um die Schulter, und Lippe drehte die Lampe vor seiner Stirn aus.

Geschichten aus dem Dunkel

Mit einem Schlag war es finster. Außer weißen Kringeln, die vor seinen Augen tanzten, sah Jonas nichts mehr. Er spürte, wie Lippe neben ihm zitterte und wie sich der Tigerleib in seinem Rücken gleichmäßig hob und senkte. Das war beruhigend und Jonas ließ auch den Kopf in das Fell sinken. Der Tiger roch nach Rauch und Pfeffer, und in Jonas' Kopf entstand allmählich das Bild einer tiefverschneiten Landschaft, aus der ein paar niedrige Nadelbäume ragen. Er fröstelte. Hier in der Röhre war es kühl. Ohne Tante Tigers Wärme hätte Jonas gefroren. Er spürte einen Lufthauch auf seinem Gesicht. Aus der Tiefe der Röhre strich die kühle Luft in Richtung Ausgang. Zu hören waren nur die Atemzüge: schnell und hastig Lippe, tief und gleichmäßig Tante Tiger.

Plötzlich glommen links neben Jonas' Kopf zwei grüne Lichter auf, groß wie Mantelknöpfe. Wie alle Katzenaugen reflektierten Tante Tigers Augen selbst die geringsten Spuren von Licht. Also musste doch etwas Helligkeit vom Eingang bis hierher dringen; es war aber so wenig, dass Jonas nur die grünlich glimmenden Augen sah. ›Ich könnte jetzt überall sein‹, dachte er. Der Ort, an dem sie sich befanden, löste sich in der Dunkelheit auf. Nur Lippe, der Tiger und er selbst, Jonas, blieben übrig – und Tante Tigers

Stimme: »Alles ist auf einmal anders als früher, als ich …«, sie stockte kurz, »als ich noch auf zwei Beinen gegangen bin.«

Das mühsame Krächzen, unterbrochen von unverständlichen Grolllauten, war verschwunden. Tante Tiger sprach inzwischen mit einer dunklen, etwas rauen Stimme, so tief, dass Jonas die Vibrationen bis in seine Eingeweide spürte.

»Richtig wach werde ich jetzt in der Nacht. Und auch erst, wenn ich hinausgehe und herumstreune. Alles ist so nah. Ich hab die Erde immer direkt vor der Nase und direkt unter meinem Bauch. Ich muss nur in die Knie gehen und schon spüre ich den Boden. Das ist ein gutes Gefühl, so, so, hrrrmmm … Nichts kann mich umwerfen. Versteht ihr? Vor Kurzem waren meine Beine noch zwei morsche Stecken, und jetzt sind sie wie Stahlfedern. Das ist doch verrückt!« Tante Tiger kam in Fahrt. Trotzdem sprach sie gedämpft, so, als ob sie gleichzeitig lauschen würde. »Aber nicht nur der Boden ist näher, alles strömt auf mich ein. Überall höre ich etwas krabbeln und kriechen. Ihr glaubt nicht, wie viele kleine Tiere sich nachts herumtreiben. Millionen! In jedem Stück Holz, in jedem Erdhaufen wispert und knackt es. Und überall Gerüche. Nach Hunden, Katzen, Kaninchen, Amseln. Sogar nach Regenwürmern und Käfern. Alle haben ihren eigenen Geruch. Auch die Menschen. Und viele von ihnen verströmen einen säuerlichen Gestank!«

»Äh, wir auch?«, fragte Lippes Stimme rechts von Jonas.

»Nein«, kam es warm und dunkel von links. Dann hörte Jonas ein Schnüffeln. »Ihr riecht nach, hm, ja … nach Freunden.«

In der Stille atmete Lippe hörbar aus.

»Wenn ich mich herauswage«, sprach Tante Tiger weiter, »stehe ich nur da, lausche und schnuppere in die Nacht. Und weiß sofort, wo die Arbeiter ihr Wasser abgeschlagen haben, weil sie zu faul waren, aufs Klo zu gehen. Und manche Gerüche verwirren mich … Kranke Bäume riechen anders als gesunde. Habt ihr das gewusst? Und liebestolle Maulwürfe duften nach Marzipan. Wie soll da ein altes Weib nicht durcheinanderkommen? Und erst meine Augen …« Tante Tiger machte eine kleine Pause und Jonas spürte ihren Blick. »Noch in der finstersten Nacht kann ich alles erkennen, zwar nur dunkelgrau, aber ich sehe alles … Zum Glück hab ich bis jetzt noch keine Maus gesehen. Davor graut mir fürchterlich! Die Biester sind überall. Ich höre sie schaben und kratzen. Einmal bin ich so erschrocken, dass ich mit einem Riesensatz fast in einer Mülltonne gelandet wäre. Ich kann sogar hören, wie sie miteinander piepsen. Da schüttelt es mich am ganzen Leib. Diese fürchterlichen Biester!«

Jonas stellte sich Tante Tiger auf einem Küchentisch kauernd vor, während unter dem Tisch eine Maus seelenruhig ein paar Brotkrümmel fraß.

»Aber jetzt seh ich sie wenigstens, sobald sie auch nur ihre schnüffelnden Schnauzen aus irgendeinem Loch stecken. Ich sehe Bewegungen, die ich früher, selbst als ich noch keine Brille hatte, nie gesehen hätte. Jonas, du hast jetzt gerade mit dem rechten Fuß gezuckt, und du, Philipp, hast geschluckt.«

»Kein Wunder«, keuchte Lippe, »ich schluck die ganze Zeit, mir ist das nämlich unheimlich hier ... Im Dunkeln mit einem Tiger! Können Sie nicht mal dieses grünliche Augenglitzern runterdrehen, das ... das macht einen nervös, und wenn ich nervös werde, schwitz ich, und wenn ich schwitze, macht mich das noch nervöser ...«

»Schweiß riecht meistens sauer oder süß«, unterbrach ihn Tante Tiger.

Jonas fiel auf, dass sie sich zum ersten Mal nicht entschuldigte für die Furcht, die sie auslöste; sie versuchte auch nicht, Lippe zu beruhigen.

»Hunde zum Beispiel, die sich fürchten, stinken süßlich, wie ranzige Butter. Die Bauarbeiter draußen riechen sauer. Dein Schweiß duftet nach Bananen. Ein wenig süß und ein wenig sauer. Durchaus angenehm.«

»Bananen?«, stammelte Philipp. »Mögen Sie Bananen?«

»Hab ich noch nie gemocht, fremdländisches Zeug. Als ich Kind war, gab's das nicht, wächst ja nicht mal hier.«

»Treffen Sie sich mit Hunden?«, fragte Jonas, um das Thema zu wechseln.

»Wir bemerken uns. Meistens wittern sie mich zuerst. Dann hör ich sie winseln. Sie riechen mich, wissen aber nicht genau, wo ich bin, wissen nicht einmal, was ich bin. Sie ahnen nur, dass ich groß und stark bin. Und gefährlich ...«

Ein grollendes Kichern rollte durch die Röhre.

»Und die Menschen?«, fragte Lippe.

»Menschen«, schnaubte Tante Tiger, »sehen nur, was sie kennen. Selbst wenn ich direkt neben ihnen im Gebüsch hocke und ihre Köter verrückt spielen, merken sie nichts.«

»Tun Ihnen die Hunde nicht leid? Sie haben doch selbst einen«, fragte Jonas.

»Hatte!«, fauchte Tante Tiger gereizt. »Er ist weg!«

Jonas verkniff sich die Bemerkung, dass Herr Teichmann ja wieder auftauchen könnte.

»Ich kenn doch die meisten dieser Köter«, fuhr sie etwas ruhiger fort. »Alle haben sie Herrn Teichmann Angst eingejagt. So ein kleiner Schreck tut denen gar nichts. Ich bin ja friedlich. Nur manchmal knurre ich ganz tief. Das mögen sie nicht. Etwa so.«

Jonas spürte das Knurren mehr, als dass er es hörte. Alles in ihm bebte. Sein Herz schlug schneller und schneller.

»Aufhören!«, schrie Lippe. »Das ist ja Folter.«

»So schlimm?« Jonas hörte den Stolz in Tante Tigers Stimme.

»Tante Tiger«, sagte er leise, »wir haben Herrn Teichmann auch mal erschreckt. Mit einem ferngesteuerten Auto.«

»Bist du blöd, Mann?!« Lippe rammte Jonas seinen Ellbogen in die Seite.

In der Röhre war es jetzt vollkommen still und schwarz. Nur die grünen Augen leuchteten in der Dunkelheit.

»Das war schrecklich«, krächzte es nach einer Ewigkeit aus der Dunkelheit. »Und wenn ich nicht in einem Tiger stecken würde, wäre es jetzt Zeit für zwei Ohrfeigen.«

»Tut uns leid. Wirklich. Ehrlich«, quatschte Lippe drauflos, »und wenn wir Ihren Hund besser gekannt und gewusst hätten, was für eine feine, empfindsame Seele in so einem kleinen Hund stecken kann, wir hätten nie …«

»Ihr hättet es trotzdem gemacht, Philipp.« Tante Tigers Stimme klang bissig. »Weil wir leichte Beute waren: die verrückte Alte und ihr ängstliches Hündchen.«

Jonas schämte sich. »Aber jetzt ist es anders. Wir kennen Sie, und wir mögen Sie.«

»Ich kenn mich ja nicht mal selbst, und was ihr mögt, das ist das Vieh, in dem ich stecke«, knurrte der Tiger. »Die komische Alte mit dem Hündchen würdet ihr ärgern. Weil es Spaß macht.«

Die Dunkelheit, fand Jonas, veränderte die Stimmen. Es waren nicht mehr nur Töne, die durch die Röhre hallten, sondern sie nahmen Gestalt an. Tante Tigers Stimme war ein Hüne mit langen Armen und großem Kopf, den sie aber im Moment hängen ließ.

»Was machen Sie denn noch, wenn Sie draußen unterwegs sind – außer Hunde erschrecken?«, fragte Jonas. Er wollte über etwas anderes reden.

»Am liebsten bin ich im Wald«, sagte Tante Tiger nach einer Weile. »Auch wenn es nur ein paar erbärmliche Kiefern sind. Trotzdem, dort gibt es keine

Straßenbeleuchtung und keine Autos. Nach den Mäusen sind die Autos nämlich das Schlimmste, was sich nachts herumtreibt. Was für ein Gestank! Und der Motorenlärm ist schier nicht auszuhalten.« Die grün leuchtenden Punkte verschwanden plötzlich. Tante Tiger musste die Augen geschlossen haben. »Zwischen den Bäumen ist es anders. Es rauscht, raschelt, knackst um mich herum. Und ich sauge den Geruch der Kiefern ein. Das Harz, es duftet so …«

Tante Tiger verstummte, und Jonas versuchte sich vorzustellen, wie der riesige Tiger zwischen den mickrigen Kieferstämmen umherstrich … Seine Gedanken wurden von einem lauten Sägen unterbrochen, das in gleichmäßigen Stößen kam. Das Geräusch entstand immer dann, wenn Tante Tiger ausatmete. Sie schnurrte. Nicht so wie die Katze seiner Oma, bei der das Schnurren ein ununterbrochener Laut war, der beim Ein- und Ausatmen entstand, aber trotzdem: Der Tiger schnurrte. Plötzlich brach das Geräusch ab.

»Ach, das passiert mir jetzt manchmal«, sagte Tante Tiger. »Ich weiß auch nicht, warum das so laut ist … Ich hoffe, es stört euch nicht. Manchmal, wenn ich zwischen den Bäumen bin, schlage ich meine Krallen in einen Stamm. Das tut so gut und ich spüre, was für eine ungeheure Kraft in dieser Riesenkatze steckt. Und obwohl ich eigentlich nichts mit dem Vieh zu tun habe, genieß ich es. Ihr könnt euch nicht vorstellen, wie gut es tut, einmal keine Angst zu haben.«

»Wovor hatten Sie denn Angst?«, fragte Lippe.

»Vor Treppen. Dass ich sie nicht mehr hinaufkomme oder hinunterpurzle. Überhaupt zu stürzen, in meiner Wohnung hilflos am Boden zu liegen und nicht mehr ans Telefon zu kommen. Angst, keine Dose und kein Einmachglas mehr aufzubekommen, und dann, wenn man zu nichts mehr Kraft hat … vor dem Ende.« Ihre Stimme war zu einem leisen Raunen geworden, wurde aber mit einem Schlag wieder laut. »Wenn ich jetzt nachts unterwegs bin, habe ich vor nichts Angst. Ich könnte brüllen, und alles würde sich verkriechen. Versteht ihr, so einen Eindruck hab ich mein ganzes Leben noch nicht gemacht … Aber ich brülle nicht, sondern schleiche leise und geduckt im Schatten der Bäume, wage mich nicht einmal ins Mondlicht, damit die anderen Tiere nicht vor mir erschrecken, und wenn ich dann eine Amsel oder ein Eichhörnchen sehe, duck ich mich hinter einen Baum und beobachte sie …«

»Au!«, rief Jonas, den in diesem Moment etwas am Kopf traf.

»Oh, das tut mir leid«, sagte Tante Tiger. »Dieser vermaledeite Schwanz! Das Zucken lässt sich nicht bändigen. Hat er dir wehgetan?«

»Geht schon«, stöhnte Jonas und presste die Hand gegen die Stirn.

»Warum bleiben Sie nicht im Wald?«, fragte Lippe.

»Zu heiß«, knurrte Tante Tiger. »Schon die Nächte draußen sind mir zu warm. Manchmal, wenn ich hier den ganzen Tag döse, träum ich von einem eisigen Wind, der mir übers Fell bläst. Das ist das einzig Gute an dieser Röhre, es ist nicht ganz so heiß hier drinnen.«

Jonas hatte inzwischen die Knie an den Leib gezogen und die Arme um die Beine geschlungen, so kalt war ihm. »Und niemand hat Sie im Wald gesehen?«, fragte er.

»Gesehen nicht, aber gehört. Ich saß zwischen den Kiefern, gar nicht weit von hier, hinter der Baustelle. Dort haben sie ein Stück gerodet und ein paar umgesägte Baumstämme liegen da. Auf einmal höre ich Stimmen und sehe, wie sich ein Mädchen und ein junger Mann auf einen der Baumstämme setzen. Keine fünf Meter von mir entfernt! Sie haben sich an den Händen gehalten und wussten nicht, was sie zueinander sagen sollten, also haben sie in den Himmel über der Baugrube geglotzt. Irgendwann sagt der Junge: ›Schöne Baustelle!‹ ›Ich kann das hier alles nicht ausstehen‹, antwortet das Mädchen. ›Und mich?‹, fragt der Junge. ›Kannst du mich ausstehn?‹ Und dann haben sie sich geküsst.«

»Und das haben Sie ausgehalten?«, rief Lippe. »Da haben sie ja sogar das Geknutsche mitanhören müssen.«

»Ach ja …«, seufzte Tante Tiger; ihre Stimme hatte jetzt einen samtigen Klang. »Ich hab noch mehr gehört. ›Das war mein erster richtiger Kuss‹, hat das Mädchen gesagt. Mir ist ganz warm ums Herz geworden, und ohne es zu merken, habe ich mal wieder angefangen zu schnurren. Und vielleicht hab ich auch ein bisschen gemaunzt vor Rührung – ich weiß es nicht mehr. Plötzlich sagt das Mädchen: ›Hörst du das?‹ ›Nur ein Kätzchen, das schnurrt‹, antwortet der

Mann und ich versuche, das blöde Schnurren mit aller Gewalt zu unterdrücken. ›Da stimmt was nicht‹, sagt das Mädchen. ›Das ist viel zu laut für eine Katze. Das ist irgendein anderes Wesen.‹ Fast war ich beleidigt. Was denn für ein Wesen? Ein Unwesen vielleicht? Ich war drauf und dran, mich davonzumachen, da schreit das Mädchen: ›Da! Da leuchten zwei Augen, da, zwischen den Bäumen!‹ ›Nur ein kleines Kätzchen‹, probiert es der junge Mann noch mal, ich glaube, er wollte noch einen Kuss, aber das Mädchen hat ihn weggezogen. Schade, es war so romantisch, ach … Uuuuuaaaah …« Tante Tiger gähnte.

Jonas sah zwar nichts, war sich aber sicher, dass sie ihre rechte Tatze hob und vor das aufgerissene Maul hielt. ›Auch wenn sie beim Gähnen noch brav die Hand vor den Mund hält‹, dachte Jonas, ›sie hat sich verändert.‹ Sie war keine alte Frau mehr – oder doch? Vielleicht waren alte Frauen so?

»Kann ich wieder Licht machen?« Das war Lippe.

»Mach nur«, sagte Tante Tiger. »Ich kneif die Augen zu.«

Lippe schaltete seine Stirnlampe ein und sah auf die Uhr an seinem Handgelenk. »Mensch, Nase, Viertel nach acht!«

»Verdammter Mist!« Jonas sprang auf. »Ich hab die Nachrichten verpasst. Ich muss rennen.«

»Adieu«, knurrte Tante Tiger, als Jonas und Lippe lostolperten.

»Wir sehen uns wieder, Tante Tiger!«, riefen die beiden schon im Laufen.

Das schwankende Licht von Lippes Stirnlampe wurde kleiner und kleiner, schließlich verschwand es hinter einer Biegung der Röhre. Mit der linken Tatze zog der Tiger eine Packung Schweinebauch zu sich, riss die Folie auf und schlang das Stück Fleisch auf einmal hinunter. Seine Augen funkelten, die Schnurrhaare bebten. Ein Jäger, der die Nacht erwartete.

Eine knurrende Ratte

Aber nicht nur Tante Tiger benahm sich eigenartig, auch mit Vera stimmte etwas nicht. Bisher hatte sie bei jeder Gelegenheit ihre schlechte Laune an Jonas ausgelassen. Beleidigungen, kleine Stöße oder Schläge gab es fast täglich. Das hatte sich geändert. Meistens übersah sie ihn jetzt, manchmal lächelte sie auch; nicht freundlich, sondern nachsichtig. ›Du armes kleines Würstchen, was weißt du schon von der Welt?‹, sollte das Lächeln sagen.

Jedenfalls benahm sich Vera nicht wie früher, und Jonas wurde auch bald klar, worin die Veränderung bestand. Seine Halbschwester war besserer Laune. Fröhlich war sie deswegen noch lange nicht – aber sie war weniger wütend als früher. Einmal hatte Jonas sie sogar im Bad leise singen hören, mit einer sanften Stimme, ganz anders als die Stimme, mit der sie sprach.

Als Jonas wegen Tante Tigers langer Geschichte zu spät zum Abendessen kam, nahm sie ihn sogar fast in Schutz.

Die Nachrichten waren vorbei, und Jonas schob sich so unauffällig wie möglich in die Küche. Die Mutter stellte ihm etwas zu essen hin, der Vater beachtete ihn zunächst nicht, sagte dann aber unvermittelt: »Dir bleibt nur Asche und stinkender Qualm, wenn du nicht pünktlich sein kannst.«

»Es gibt Wichtigeres als Fressen und Glotzen und Pünktlichkeit«, sagte da Vera. »Ist doch egal, ob der Hosenscheißer ein paar Minuten zu spät kommt.«

Der Vater schlug mit der Hand so heftig auf den Tisch, dass drei Gläser umfielen. Jonas' Mutter wollte etwas sagen, aber Vera verschwand ohne ein weiteres Wort in ihrem Zimmer. Jonas verdrückte sich ebenfalls. Was war mit Vera los? Es war ein Rätsel.

Am nächsten Tag trafen sich Jonas und Lippe nachmittags am geborstenen Stein. Das spärliche Gras und Unkraut, das den Hügel bedeckte, war inzwischen verdorrt. Seit zwei Wochen hatte es nicht geregnet. Jeder Morgen war wolkenlos, und die Hitze nahm von Tag zu Tag zu.

Lippe war schon da, als Jonas die Platte erreichte. Er fuchtelte mit den Händen. »Wo bleibst du denn? Ich warte und warte und muss auch gleich wieder weg.«

»Was ist denn los?«, fragte Jonas und wollte sich auf die Tischtennisplatte setzen, aber als seine Hand den Stein berührte, schrie er auf und zog sie zurück. Die Platte war glühend heiß.

»Geschmortes Handfleisch«, rief Lippe, »eine Delikatesse aus dem Hause Nasen.«

»Blödmann. Sag lieber, was los ist!«

»Tut mir leid, Nase, ehrlich, also nicht wegen deiner Hand.« Lippe sprach noch schneller als sonst. »Also wegen der Hand auch, aber das ist nicht so schlimm, glaub ich. Also du kennst mich ja, obwohl ich von

Anfang an Schiss hatte, bin ich immer mitgekommen ...«

»Sag schon: Was ist los?«

»Ich kann heute nicht mit zu Tante Tiger, meine Mutter hat sich bei der Arbeit den kleinen Finger gebrochen. Ja, schau nicht so, das ist wirklich wahr, sie ist irgendwie mit dem kleinen Finger in der Schublade ihrer Kasse hängen geblieben, als die gerade zugeschnappt ist, und knacks, da war das Fingerchen gebrochen, und jetzt ist sie mit meinem Vater im Krankenhaus, und ich muss zu Hause auf meine kleinen Schwestern aufpassen und kochen.«

Jonas musste lachen; das war eine Geschichte, wie sie nur in Lippes Familie passieren konnte, und Lippe in der Küche – das musste schiefgehen.

»Ich würde lieber mit zur Tante gehen«, sagte Lippe. »Obwohl ich gestern wirklich die Schnauze voll hatte. Im Finstern zwischen den Klauen eines romantischen Tigers, das hat mich um Jahre altern lassen, vielleicht um Jahrzehnte, das wird sich noch rausstellen.«

»Kannst du denn kochen?«, fragte Jonas, der noch immer versuchte, sich Lippe in der Küche vorzustellen.

»Meine Mutter hat gesagt, ich soll eine Suppe kochen. Aber das dauert viel zu lang. Da muss man alles Mögliche kleinschneiden und dann in der richtigen Reihenfolge in den Topf schmeißen. Ich koch das Rezept von Tante Tiger. Pellkartoffeln mit fertigem Kräuterquark. Und hinterher gibt's Torte.«

»Und danach sieben Kilo rohes Fleisch«, grinste Jonas.

Jetzt lächelte auch Lippe, wurde aber schnell wieder ernst: »Traust du dich denn allein?«

»Geht schon klar«, sagte Jonas und spürte, wie sich sein Magen zusammenzog. »Aber mit dir wär's besser.« Er sah seinen Freund an. »Ich kann ja die beiden Kaugummihühnchen als Verstärkung mitnehmen. Du hast sie ja schon eingeweiht.«

»Nimm lieber die Vampirviper mit. Die hält dir die beiden Hühner vom Leib und den Tiger, falls er aufdringlich werden sollte.« Lippes Lippen kräuselten sich. »Und damit du auch sehen kannst, wenn sich eine der vielen Bestien auf dich stürzt …« Er zog seine Stirnlampe aus der Tasche und hielt sie Jonas hin. »Hier. Leih ich dir. Ich muss jetzt weg.«

Gegen sechs Uhr abends zockelte Jonas die Begbickstraße hinunter zum Supermarkt. Hinter ihm quietschte das leere Handwägelchen aus Tante Tigers Wohnung. So musste er das Fleisch nicht mühsam bis zur Baugrube schleppen.

Igor, der Schweinskopf, stand am Hintereingang zwischen Bergen von Kartons und rauchte. Als er Jonas mit dem Omawagen kommen sah, verschwand er durch eine Metalltür. Kurz darauf war er mit einer großen Plastiktüte zurück. Er half Jonas, das Fleisch in einer der Packtaschen zu verstauen, steckte das Geld ein und ging plötzlich in die Knie, sodass sein Gesicht wie ein rosiger Vollmond direkt vor Jonas' Nase schwebte. Gleichzeitig legte sich eine Hand schwer auf Jonas' Schulter: »Pass auf, kleiner Freund«, sagte Igor, »könnte sein, dass dir ein Mäuschen heute an den Speck will.« Dann schlug er Jonas auf die Schulter, zwinkerte ihm mit einem seiner Schweinsäuglein zu und erhob sich.

»Hab keine Angst vor Mäusen«, murmelte Jonas, packte den Handwagen und ging davon. Hinter sich hörte er das ›Ratsch!‹ eines Streichholzes, mit dem Igor sich wieder eine Zigarette anzündete.

Normalerweise war Igor schweigsam und kümmerte sich nur um das Geld, das sie ihm brachten. Wollte er ihm Angst machen? Aber doch nicht mit einer Maus! Jonas beschloss, dass Igor eben doch so dämlich war, wie er aussah, und die Bemerkung nichts zu bedeuten hatte.

An der Baugrube angekommen, legte sich Jonas auf den Bauch und schob seinen Kopf vorsichtig über den Grubenrand. Der Schlittenfahrer war noch da. Er saß jetzt fast neben dem Bretterverschlag, der die Öffnung der Röhre verbarg. Rauch quoll ihm aus Mund und Nase. Als er zu Ende geraucht hatte, tat er etwas, das er noch nie getan hatte: Er nahm den Schlitten mit! Wollte er verschwinden? Jonas wusste nicht, warum, aber die Vorstellung, dass der Schlittenfahrer nicht mehr wiederkommen würde, störte ihn. Er gehörte fast schon zu Tante Tiger, seine Anwesenheit war ein Zeichen, dass alles war wie immer.

Jetzt hatte er das obere Ende der Schotterrampe, die aus der Grube führte, erreicht. Er blieb stehen und blickte in Jonas' Richtung. Es war nicht weit, er musste sehen, dass dort ein Junge auf dem Boden lag. Unwillkürlich hielt Jonas die Luft an. Der Schlittenfahrer hob die Hand in Jonas' Richtung und rief ihm etwas zu. »Drahtflechter ... wir müssen fort!«, verstand Jonas. Der Schlittenfahrer ließ die Hand wieder sinken und entfernte sich. Jonas sah ihm nach, bis er zwischen den Kiefern jenseits der Grube verschwand. Die Bäume wirkten wie ein stilles Publikum, das auf etwas wartete.

Jonas war verwirrt. Der Mann mit dem traurigen Lächeln hatte ihm etwas sagen wollen. Noch während Jonas überlegte, ob das jetzt gut oder schlecht war, breitete sich in ihm allmählich Erleichterung aus. Bis in die Haarwurzeln, die Fingerspitzen, die Zehen. Und plötzlich hatte er das Gefühl, nicht mehr allein zu sein.

Den holpernden Omawagen hinter sich herziehend, stieg Jonas hinunter in die Grube. Die Baustelle hatte sich in den letzten zwei Wochen verändert. Die Kiesberge waren verschwunden, ebenso die Bagger. Dafür stapelten sich überall dunkle Gittermatten aus Eisen, das mit hellorangem Rost überzogen war. Dazwischen lagen Bündel mit Eisenstangen. Jonas fiel auf, dass weder Werkzeug noch Müll herumlagen. So aufgeräumt war die Baustelle noch nie gewesen. Ein beklemmendes Gefühl beschlich ihn – wie beim Betreten eines unbekannten Gebäudes.

Still und stickig war es am Grund der Grube. Angespannt zerrte Jonas das Wägelchen mit dem Fleisch über den festgestampften Kiesboden. Er schwitzte,

spürte, wie das T-Shirt an Rücken und Brust fest-
klebte. Die Türme aus Metallgittern zwangen ihn zu
einem Zickzackkurs, fast verlor er die Orientierung.
Endlich sah er die grüne Plastikplane, und zum ersten
Mal freute er sich auf die dunkle kühle Röhre und den
scharfen Raubtiergeruch.

»Mein kleiner Scheißer.«

Jonas erkannte die Stimme sofort.

In einer Gasse zwischen den schwarzen Gittertür-
men stand Vera. Jetzt setzte sie sich langsam in Bewegung. Trotz der Hitze trug sie eine schwarze Kutte,
die ihr um die Knöchel schlug. Wie Gewitterwolken
hingen schwarze Haarzotteln um das bleiche Gesicht,
die Lippen leuchteten dunkelgrün. ›Wie Gift‹, dachte
Jonas.

Vera blieb so dicht vor Jonas stehen, dass ihr grün-
glänzender Mund direkt vor seinen Augen tanzte:
»Ich will wissen, was du mit dem Fleisch machst!«

Woher wusste sie, dass er Fleisch in dem Wagen
hatte? Von allen Menschen, die ihm hier begegnen
konnten, war Vera die Allerschlimmste. »Geht dich
nichts an«, quetschte Jonas heraus.

»Denkst du. Ich bin aber deine große Schwester
und soll ein Auge auf dich haben. Hat unser Papa«, bei
diesem Wort verzog sich hämisch der grüne Mund vor
Jonas' Augen, »erst gestern gesagt. Ich mach mir Sor-
gen um den Jungen«, äffte sie jetzt den Tonfall von
Jonas' Vater nach. »Er erzählt so wenig in letzter
Zeit.« Vera machte eine kurze Pause und plötzlich –
Jonas war so gebannt von dem grünen Mund, dass er

die Hand zu spät sah – packte sie ihn an den Haaren und zog seinen Kopf nach hinten. Der Schmerz ließ ihn aufstöhnen. »Ich finde, dass Papa recht hat. Du kommst jeden Tag eine Sekunde vor den Nachrichten oder sogar später nach Hause, und keiner weiß, was du treibst.«

»Na und?« Jonas presste seine Worte zwischen zusammengebissenen Zähnen hervor. »Kann dir doch egal sein.«

»Ist es mir auch.« Der Griff in Jonas' Haaren wurde noch fester und der Schmerz zuckte über seinen Hinterkopf. »Ist mir sogar scheißegal. Von mir aus kannst du mit deinem Kamelmaulfreund in der Kloake ersaufen, wenn ich euch dann nicht suchen muss. Aber genau das muss ich immer, weil unser Vater ein Krüppel ist und deine Mutter eine dumme Kuh.«

Jonas versuchte nach Vera zu treten, aber ein kurzer Ruck ihrer Hand riss ihn fast zu Boden.

»Also, was macht ihr mit dem Fleisch? Ich will es wissen!« Vera zog Jonas an den Haaren so weit nach oben, dass er ihr in die Augen sehen musste. Kalte Wut lag in ihrem Blick. Sie hatte Angst, schoss es Jonas durch den Kopf, Angst, er und Lippe könnten mit dem Fleisch etwas anstellen, in das sie hineingezogen würde. Was sollte er ihr erzählen? Was macht man mit einem Handwagen voll Fleisch in einer Baustelle?

»Wir wollten hier grillen«, brachte er schließlich vor.

»Jeden Tag? Seit fast zwei Wochen?«

Jonas starrte seine Schwester an. Woher wusste sie das schon wieder?

»Und woher habt ihr das Geld? Wenn du mich an-lügst ...« Vera schob Jonas' Kopf von sich weg, holte mit der freien Hand aus ... Jonas riss den Kopf zur Seite und biss zu. Er erwischte Vera am Handgelenk. Sie schrie auf und ließ los.

Jonas rannte.

»Du bist genauso ein Feigling wie dein Vater!«, hörte er Vera hinter sich brüllen.

Jonas blieb stehen und drehte sich um. »Du bist feige! Traust dich nicht zu deiner Mutter zurück, obwohl es dir bei uns nicht gefällt. Hau doch wieder ab!«

Vera stand noch immer an der Stelle, an der Jonas ihr entwischt war. Alles an ihr hing herunter, der Kopf, die Arme, der Mantel. Fast hätte man sie für eine Vogelscheuche halten können, die die Gittermatten und Eisenstangen bewachen sollte.

»Und mein Vater ist kein Feigling!« Jonas kämpfte mit den Tränen. »Er hat Menschen vor dem Verbrennen gerettet und dabei ist sein Bein draufgegangen. Das würdest du dich nie trauen, weil dir andere Menschen egal sind.«

»Ihm auch«, sagte Vera, ohne sich auch nur einen Millimeter zu bewegen. »Er hat uns sitzen lassen, da war ich halb so alt wie du. Manchmal hat er ein paar Kröten überwiesen, um sein schlechtes Gewissen zu beruhigen, und wenn ich nach ihm gefragt hab, hab ich von meiner Mutter eine gefangen. Glaubst du, das war eine gute Zeit? Dein Vater hat das nicht gewusst, sagt er jetzt. Weil er es nicht wissen wollte. Weil er überhaupt nichts von uns wissen wollte! Und du kneifst genauso vor der Wahrheit, kleiner Scheißer.«

»Wir kneifen nicht! Blöde Dreckskuh!«

Jonas kochte vor Wut. Darüber, dass Vera ihm nachspionierte, dass sie seinen Vater einen Feigling nannte, dass sie vielleicht sogar recht hatte – woher sollte er wissen, was damals passiert war? Es war ihm auch egal.

Vera lachte, bückte sich und zog zwei kurze Eisenstangen aus einem der Bündel, die neben ihr am Boden lagen. Sie gingen ihr knapp bis zur Schulter. »Dann wehr dich, du tapferes Scheißerlein. Hier, deine Waffe.« Sie warf ihm eine der Eisenstangen zu; trotz Veras Kraft fiel sie ein gutes Stück vor Jonas auf den Boden.

In Jonas' Kopf jagten sich die Gedanken. Es wäre besser, jetzt einfach abzuhauen. Er war schneller und wendiger, aber in einem Kampf hatte er keine Chance: Vera war schwerer, stärker und hatte längere Arme. Außerdem war sie nicht so wütend wie er. Und alle großen Boxer sagen, dass die eigene Wut der schlimmste Feind ist. Sie gibt zwar Kraft, lähmt aber den Verstand, und dann rennst du blindlings ins Verderben …

Jonas sprang vor und packte die Eisenstange mit beiden Händen. Sie lag schlecht in der Hand, war zu lang und dünn, die geriffelte Oberfläche grub sich schmerzhaft in die Haut.

Vera kam langsam näher. Sie hielt die Stange mit einer Hand, ihre grünen Lippen waren zu einem leichten Grinsen auseinandergezogen. Plötzlich warf sie sich nach vorn und stieß nach Jonas' Brust. Jonas konnte sich gerade noch zur Seite drehen. Aus der Drehung schlug er nach Veras Oberarm. Vera fing den Schlag ab. Die Eisen krachten aufeinander und Jonas hatte Mühe, seine Stange festzuhalten. Veras Grinsen war verschwunden, sie schlug jetzt kreuzweise von links und rechts auf Jonas ein. Mit einem hohen Pfeifen fuhr ihre Stange durch die Luft. Jonas wich weiter und weiter zurück, nur manchmal zuckte die Spitze seiner Stange zwischen Veras Schläge.

Sie trieb ihn vor sich her, bis er vor dem Bretterverschlag stand. In seinem Rücken spürte Jonas schon die schwere Plastikplane. Kurz überlegte er, ob er seine Waffe einfach fallen lassen und sich hinter die Plane zu Tante Tiger in die dunkle Röhre flüchten sollte, da schlug Vera mit voller Wucht zu. Jonas konnte gerade noch die Stange heben. Funken stoben und ein scharfer Schmerz durchzuckte seine Handgelenke. Die Stange wurde ihm aus den Händen gerissen und flog klirrend gegen einen Haufen Metallgitter.

Keuchend und mit schweißnassem Gesicht stand Vera vor ihm.

»Sag's jetzt: Was macht ihr mit dem Fleisch? Und wo habt ihr das Geld her?«

Jonas konnte sie nur anstarren; sein Kopf war leer.

»Glotz nicht so blöd, sonst tut es weh, verstehst du: AUA!«

Jonas spürte, wie etwas Kaltes, Spitzes auf seine Brust gesetzt wurde. Die Berührung brachte ihn wieder zu sich. »Es ist … also, es ist … für ein Tier«, stammelte er. »Da gleich hinter mir geht es in die Kanalisation, und da bringen wir das Fleisch hin.«

»Was für ein Tier?« Vera verstärkte den Druck der Eisenstange.

»Ein … ein …« Jonas schluckte. »… ein paar fette Kanalratten.«

Veras Augen weiteten sich kurz vor Ekel, dann zischte sie: »Das glaub ich dir nicht. Für jede Lüge …«

Auf einmal erfüllte ein dumpfes, bedrohliches Knurren die Luft. Es kam direkt aus dem Bretterverschlag hinter Jonas, fast meinte er zu spüren, wie die Plastikplane in seinem Rücken vibrierte. Dieses Geräusch kannte er und obwohl es ihm immer noch durch Mark und Bein ging, war Jonas unendlich froh, es zu hören.

Veras Kinn war nach unten gefallen, panisch zuckten ihre Augen hin und her. Das Knurren ging jetzt ansatzlos in ein Brüllen über. So wild und aggressiv, dass Jonas sich am liebsten auf den Boden geworfen und die Ohren zugehalten hätte.

Dann war es wieder still. Vera starrte entsetzt auf die grüne Plastikplane hinter Jonas. »Was ist da?«, hauchte sie. Ihre grünen Lippen zitterten. Alles Brutale, Gefährliche an ihr war verschwunden, sie war nur noch ein großes ängstliches Mädchen.

»Eine Kanalratte«, sagte Jonas und ein Grinsen verzerrte sein Gesicht. »Und sie hat Hunger.«

Vera sah ihn noch einen Augenblick an, ließ dann die Eisenstange fallen, drehte sich um und hastete los. Ihre Beine verhedderten sich dabei immer wieder im

Saum ihres schwarzen Mantels. Stolpernd verschwand sie zwischen den dunklen Türmen aus Gittermatten.

Jonas hob die Plastikplane zur Seite und lief in das grüne Dämmerlicht. Fast wäre er gegen Tante Tigers Schnauze gerannt, so benommen war er von dem Kampf.

Tante Tiger saß auf den Hinterpfoten in dem kleinen Bretterverschlag. Nach Katzenart sah sie Jonas unverwandt und regungslos an. Jonas sank vor ihr auf den Boden und keuchte. »Danke.« Mehr brachte er nicht heraus.

»Wer war das wütende Weibsbild?«, fragte Tante Tiger.

»Meine Halbschwester.«

Noch immer waren Jonas' Hände gefühllos von Veras letztem Hieb. Er zitterte am ganzen Körper. Tante Tiger ließ sich jetzt auch auf die Vorderpfoten nieder und legte ihre riesigen Tatzen links und rechts neben Jonas, der seinen Kopf in das weiße Brustfell des Tigers presste. Wie ein Nest legten sich die weichen Haare und der Geruch nach kräftiger Suppe um ihn. Er spürte, wie ihm Tränen in die Augen stiegen. Der Tiger schnurrte und allmählich beruhigte sich Jonas.

»Sie war fast schon friedlich in der letzten Zeit«, sagte er. »Und auf einmal schleicht sie mir nach und schlägt mich fast tot. Die spinnt doch …«

Er wischte sich die Augen mit einem Zipfel des rosa Schals, der noch immer um den Tigerhals geschlungen war.

»Nein«, brummte Tante Tiger, »sie ist verliebt.«

»Was?«, rief Jonas. »Verliebt? Mit diesen scheußlichen grünen Lippen kriegt die doch nie einen.«

»Ach, Bub, es gibt immer welche, die so was mögen.«

»Trotzdem. Niemand hält es mit Vera aus. Sie ist brutal.«

»Von wegen«, grummelte der Tiger über Jonas. »Wie ein Täubchen hat sie gegurrt. Deswegen hab ich mich eben auch so lange zurückgehalten. Weil ich nicht glauben wollte, dass dieses verliebte Ding so toben kann. Aber sie war es, ich hab sie an der Stimme erkannt.«

»Sie kennen Vera?« Jonas war vollkommen verdattert.

»Neulich hat sie mit ihrem Verehrer im Mondschein auf dem Baumstamm gesessen«, sagte Tante Tiger. »Ich hab es euch doch erzählt.«

Jonas erinnerte sich. Nur das Schnurren des Tigers hatte das Mädchen schon erschreckt. Und jetzt hatte Vera das Knurren und Brüllen zu hören bekommen. Die Angst hatte sie kurzzeitig gelähmt, fast so wie ein K.-o.-Schlag. Geschah ihr recht, fand Jonas, merkte sie mal, wie das war: Angst haben.

»Wer ist eigentlich ihr Freund? Kennen Sie den auch?«

»Woher denn? Ich bin doch keine Klatschtante. Deine Schwester habe ich an der Stimme und am Geruch erkannt. Und mit dem jungen Mann ist es das Gleiche. Ich weiß nicht, wer er ist, aber ich würde ihn sofort wiedererkennen. Er rollte das R ganz wunderbar und roch sehrrr verrrrführerrrrisch, rrroooaaaah, nach Schweineblut.«

In Jonas stieg ein Verdacht auf. »Hat er ein rundes, rosiges Gesicht und ganz kleine Augen?«

»Nun ja«, zierte sich Tante Tiger, »ich war ja ein Stück entfernt und es war Nacht ... Aber ich glaube, du hast recht: es war ein richtiges Vollmondgesicht.«

»Igor, der Schweinskopf!« Jonas fing an zu lachen, so laut, dass Tante Tiger etwas von ihm abrückte und ihn verwundert ansah. Jonas wusste selbst, dass es blöd war, zu lachen, aber er konnte nicht anders. Die Vorstellung, dass Igor und Vera im Mondschein auf einem Baumstamm saßen, Händchen hielten und sich sogar küssten, war furchtbar komisch.

Nachdem er sich wieder gefangen hatte, erklärte Jonas Tante Tiger, wer Igor war. Jetzt war auch klar, woher Vera von dem Fleisch wusste und warum sie in letzter Zeit besserer Laune gewesen war. Der Schweinskopf war der Grund! Alles war klar, nur eins nicht: »Wieso hat sie so eine Wut auf mich?«

Tante Tiger lag jetzt auf der Erde. Das Licht, das durch die Bretterritzen fiel, zeichnete neben den dunklen auch noch helle Streifen auf ihren mächtigen Leib.

»Habt ihr Streit?«, fragte Tante Tiger mit leiser Stimme.

»Nein«, sagte Jonas. »Wir können uns nur nicht ausstehen. Am liebsten würde ich sie rausschmeißen.«

»Vielleicht hat sie genau davor Angst, dass deine Familie sie nicht haben will. So wütend ist man nur, wenn man sich fürchtet. Vielleicht hat sie auch Angst, dass eure Geschäfte Igor in Schwierigkeiten bringen.«

Wie schrecklich, verliebt, aggressiv und obendrein noch ein Mädchen zu sein, dachte Jonas, aber wahrscheinlich hing das alles irgendwie zusammen.

»Ich war auch oft schlechter Laune, als ich so ein junges Ding war. Weißt du, Jonas«, Tante Tiger schüttelte den Kopf, »das ist wirklich ein saudummes Alter, in dem deine Schwester jetzt ist; obwohl einem nichts fehlt, hat man ständig Bauchweh vor Kummer und Sehnsucht nach, ach, nach allem möglichen dummen Zeug, Freiheit, Liebe, anderen Eltern, einem wilderen Leben. Und keiner versteht einen, vor allem nicht die eigene Familie, und das ist schlimm.«

»Mich versteht auch keiner«, warf Jonas ein. »Außer Lippe und … Ihnen.«

»Hrrrmmmm«, brummte Tante Tiger geschmeichelt und leckte sich mit der Zunge über die Schnauze. »Aber das Schlimmste in dem Alter deiner Schwester ist: Du verstehst dich selbst nicht.«

So hatte noch niemand mit Jonas gesprochen: so ernst und ehrlich. Das war besser als die üblichen Vertröstungen. Wahrscheinlich dachten die meisten Erwachsenen, dass er solche Sachen nicht verstehen würde, und da hatten sie sogar recht; es war ihm wirklich ein Rätsel, was Tante Tiger mit ihrem letzten Satz gemeint hatte. Aber er würde darüber nachdenken.

»Ich glaube, Sie sind eine weise alte Frau«, sagte Jonas, obwohl ihm nicht ganz klar war, was das Wort

›weise‹ genau bedeutete. Vielleicht hatten alte Menschen mehr Zeit, sich Gedanken zu machen.

Der Tiger lachte grollend. »Eine alte Schachtel bin ich immer noch, da hast du recht. Hrrrmmmm … aber wenn ich weise wäre, wüsste ich, ob ich noch eine Frau bin oder schon ein Katzenvieh … oder was auch immer.«

Sie schwieg und Jonas dachte nach. »Wollen Sie überhaupt wieder ein Mensch werden?«, fragte er plötzlich, ohne den Tiger anzusehen. Er starrte auf die beiden roten Lederherzen auf seinen Schuhkappen; sie waren unendlich peinlich. Aber fast war ihm das egal. Auf einmal gab es Sachen, die wichtiger waren.

Tante Tigers Antwort kam so leise, dass Jonas sich weit nach vorn beugen musste, um sie zu verstehen. »Wenn ich das wüsste, Bub, dann wär mir wohler. Weißt du, ich freu mich jeden Tag, dass ihr hier vorbeikommt. So viel Besuch hatte ich schon lange nicht mehr.«

Auch Jonas hatte sich, trotz seiner Furcht vor dem Raubtier, Tag für Tag mehr auf die Tante im Tiger gefreut. »Wir müssen auf jeden Fall von hier weg«, sagte er. »Vera petzt bestimmt wieder.«

»Die wird sich hüten, zu erzählen, dass sie ihren kleinen Bruder mit einer Eisenstange verprügeln wollte, und alles andere glaubt ihr keiner … eine knurrende, brüllende Kanalratte, GROAH, GROAH, GROAH …« Tante Tiger lachte.

»Wir müssen aber weg hier. Es ist nicht mehr sicher.

Auch der Schlittenfahrer hat seinen Schlitten mitgenommen und ist gegangen. Irgendwas passiert hier!« Jonas holte Luft. »Wir müssen zum Klärwerk, das ist Ihre einzige Chance, wieder ein Mensch zu werden.«

»Ich bleibe hier«, knurrte Tante Tiger. Der Blick ihrer gelben Augen war starr und stechend. »Den Gestank ertrag ich nicht.«

»Hier stinkt es genauso!« Jonas sah den Tiger wütend an und kam sich dabei wie seine eigene Mutter vor, wenn sie zum hundertsten Mal damit anfing, dass er mal wieder zum Zahnarzt müsse.

»Wo ist denn das Fleisch?«, knurrte Tante Tiger. »Ich habe Hunger.«

Jonas erschrak. Der Wagen mit dem Fleisch musste noch immer draußen in der Baugrube stehen. Er stürzte hinaus.

Als er den Griff packte, stellte er fest, dass er wieder Gefühl in den Fingern hatte.

Zum stinkenden Strom

»Die Liebe ist ein Floh. Du weißt nie, wen sie als Nächstes beißt. Sagt meine Oma in Russland immer.« Das war alles, was Lippe einfiel, als Jonas ihm am nächsten Tag erzählte, dass Vera in Igor verliebt war. Sie lagen auf dem gesprungenen Stein. Kaum eine Wolke war zu sehen. Bald würde es wieder so heiß sein, dass sie sich unter der Tischtennisplatte verkriechen mussten. Nirgends ein Mensch. Es war Samstagvormittag, und die ganze Siedlung trieb sich im Supermarkt herum. Auch Lippe musste noch Einkäufe für seine Mutter erledigen. Dass er dazu keine Lust hatte, war ihm anzusehen. Er lag auf dem Rücken und ging seiner Lieblingsbeschäftigung nach: dem Erwägen unmöglicher Möglichkeiten.

»Weißt du, Nase, wir könnten Tante Tigers fürchterlichstes Grollen aufnehmen und in Veras Wecker einbauen. Aus lauter Angst vor dem fürchterlichen Weckerklingeln wird sie sich nie mehr den Wecker stellen, sie verschläft andauernd, fliegt von der Schule und wir sind sie los, weil sie dann auf ein Internat muss.«

»Quatsch«, warf Jonas ein und drehte sich auf den Bauch. »Sie erzählt es dem Schweine-Igor, und der verkauft uns nichts mehr, oder sie petzt es doch noch, und dann weiß ich nicht, was passiert.«

Jonas hatte Vera seit dem Kampf nicht gesehen, sie

schien aber zu Hause nichts erzählt zu haben. Jonas'
Mutter hatte lediglich erwähnt, dass Vera heute bei
einer Freundin bleiben würde. Je länger sie weg war,
desto besser, fand Jonas. Aber irgendwann würde sie
zurückkommen …

Er schob die unangenehmen Gedanken zur Seite.
Lippe zog jetzt ein tiefernstes und vor allem läng-
liches Gesicht. »Es wird eng und enger, Nase. Wir sind
umzingelt von Vampirvipern, Schweinsköpfen und
Drahtflechtern. Wir müssen unbedingt rauskriegen,
was der Schlittenfahrer damit gemeint hat. *Die Drahtflechter* … Bist du sicher, dass du das richtig verstanden hast?«

»Nein. Aber vor allem müssen wir Tante Tiger dazu
kriegen, dass sie mit zum Klärwerk kommt. Wir können sie ja nicht wegtragen.«

»Aber wir könnten sie betäuben und mit einem
Boot durch die Kanalisation abtransportieren. Und
zwar zum Klärwerk, da küsst sie der Klärwerksfrosch
wach, und sie ist wieder ein Mensch.«

»Oh Mann, Lippe!«, stöhnte Jonas. »Wie sollen wir
sie denn betäuben? Indem wir ihr Schlafmittel ins
Steak schütten?«

»Keine schlechte Idee«, sagte Lippe.

»Großartig!«, rief Jonas. »Und dann rollen wir sie
mit dem Omawägelchen durch die Röhre.«

»Hmmm …« Lippe kniff die Augen zusammen.
»Da fällt uns schon noch was ein.«

»Wir müssen sie überreden«, sagte Jonas. »Ich hab
nur keine Ahnung, wie.«

»Ja, wir müssen sie weichkochen …« Lippes Gesicht glich einem Acker, tiefe Furchen durchzogen die Stirn.

Sie verabredeten sich für den Abend an der Baugrube, um Tante Tiger gemeinsam ins Gewissen zu reden. So lange, bis sie nachgeben würde. Kein aussichtsreicher Plan, wie Jonas fand, aber einen besseren hatten sie nicht.

Noch bevor sie etwas sahen, hörten sie den Lärm. Das waren keine Bagger oder Raupenfahrzeuge, die gemütlich in der Erde buddelten. Das war größer. Ein ohrenbetäubendes Rumpeln erfüllte die Luft, gleichzeitig war ein Brummen zu hören, das sich wie ein Bohrer in den Kopf drehte.

Jonas und Lippe sahen sich an. Ohne ein Wort rannten sie los.

Keuchend erreichten sie den Rand der Baugrube. Mit offenem Mund standen sie da und staunten über das, was sie sahen.

Die Baugrube war von grellen Scheinwerfern ausgeleuchtet. Am Boden der Grube wimmelte es von Männern in schwarzer Arbeitskleidung. Die meisten trugen Handschuhe. Sie mussten ungeheuer schwitzen, die Hitze lag wie eine schwere Platte über der Grube. Die Gittermatten standen nicht mehr in Stapeln herum, sondern lagen auf dem Boden verteilt. Manche waren mithilfe der Eisenstangen zu Wänden oder Säulen aufgerichtet, die wiederum mit Brettern verschalt wurden. Überall waren Männer damit beschäftigt, Gitter und Stangen miteinander zu verflechten oder mit dünnen Drähten zusammenzubinden.

»Die Drahtflechter«, flüsterte Lippe.

Das Ungeheuerlichste war aber ein bewegliches Rohr, das wie ein riesiger Elefantenrüssel über der Baustelle baumelte. Es war an einem Teleskoparm befestigt, der auf einem Tieflader stand; so konnte das Rohr über jede Stelle der Baustelle geschwenkt werden. Aus der Rohröffnung quoll eine zähflüssige graue Masse in eine rechteckige Fläche, die mit Metallgittern bedeckt war. Die Gitter wurden einfach verschluckt.

»Beton«, flüsterte Jonas. »Sie fangen an, alles mit Beton auszugießen.«

Schweigend starrten die Jungen in die Grube hinunter. Es war gespenstisch. Der flüssige Beton und die Arbeiter schienen sich vollkommen lautlos zu bewegen, weil das ungeheure Rumpeln jedes andere Geräusch übertönte. Dieses Rumpeln musste von der Maschine kommen, die den Zement durch den Rüssel pumpte. Dazu noch das unterschwellige Brummen von den Lastwagen, die den Beton in großen eiförmigen Behältern drehten und flüssig hielten. Sie standen in einer langen Schlange die Auffahrt hinunter. Sobald ein Betonmischer leer gepumpt war, rückte der nächste nach.

Unheimlich, dachte Jonas, abends, bei Scheinwerferlicht sah es aus, als ob sie hier heimlich bauen würden. Kein Hochhaus, sondern ein Gebilde nur aus Beton und Eisenstangen; ohne Türen, ohne Fenster … ein Gefängnis.

Jonas suchte mit den Augen nach dem Bretterverschlag vor Tante Tigers Röhre. Dort, wo er gewesen sein musste, ragte jetzt ein dichtes Geflecht aus Gittern und Eisenstangen nach oben. »Da kommt sie nie mehr raus!« Jonas musste brüllen, damit Lippe ihn verstand. Mit Mühe konnte er ein schwarzes Loch hinter dem Eisengeflecht entdecken. Die Abwasserröhre. Irgendwo da drinnen kauerte Tante Tiger und presste sich die Tatzen auf die Ohren.

»Lass uns verschwinden!«, schrie Lippe ihm ins Ohr zurück. Jonas nickte. In dem kalten Licht der Scheinwerfer glichen ihre Gesichter verwaschenen Taschentüchern.

Sie zogen sich vom Rand der Baugrube zurück und trotteten schweigend ein Stück die neue Teerstraße entlang, die von der Baugrube in die Siedlung führte. Als sie den Gully erreichten, durch den Jonas vor zwei Wochen in die Kanalisation gestiegen war, spürte er wieder die eiskalten Krampen in seinen Händen. Er blieb stehen. »Wir müssen sofort da runter.«

»Nicht sofort.« Lippes Augen waren weit geöffnet und glänzten. »Tante Tiger muss noch ein bisschen warten.«

»Spinnst du?«, sagte Jonas. »Ihr platzt da unten der Kopf vor Lärm. Und sie kann nicht raus.«

»Mann, Nase, genau das ist unsere Chance.« Lippe schüttelte seine Locken. »Aus dem Lärm gibt es nur einen Weg: durch den großen Abwasserkanal, aus dem wir sie gefischt haben. Und der fließt direkt ins Klärwerk!« Er stockte. »Also, ähm, wohin sonst?«

Jonas sah seinen Freund an. Die schwarzen Haare standen in alle Richtungen, die Augen funkelten. Damals war es auch Lippes Idee gewesen, in die Kanalisation zu steigen. Dort war ihnen der Tiger ins Netz gegangen, und die Tage mit Tante Tiger waren das Beste, was Jonas je erlebt hatte. Noch nie hatte sich so viel so schnell verändert, war das Leben in der Siedlung so überraschend und aufregend … Lippes Ideen waren einfach deswegen gut, weil die Folgen unberechenbar waren. Trotzdem war Vorsicht angebracht. »Wie soll Tante Tiger denn durch den großen Kanal? Das Sims ist viel zu schmal für sie.«

»Auf dem Wasser«, sagte Lippe triumphierend. »Und deswegen muss sie noch ein bisschen schmoren, weil wir zuerst nach Hause gehen, um die Ausrüstung zu besorgen. Ich hab schon eine Idee. Mann, Nase!« Er fing an zu zappeln und zu fuchteln. »Das wird eine verdammt schwierige Expedition: auf dem stinkenden Strom ins Herz der ganzen Scheiße!«

Jonas musste grinsen, obwohl ihm schon flau wurde, wenn er nur an die Kanalisation dachte. Aber ihm war auch sofort etwas eingefallen, das er unbedingt noch holen musste: die Rettungswesten. Hoffentlich hatte sie sein Vater nicht in die Feuerwache zurückgebracht. Jonas hatte keine Lust, in der Kloake zu ertrinken.

»Nase zu und durch«, grinste Lippe. »Spätestens in einer Stunde hier.«

Das Licht im Hausflur ging immer noch nicht.

Gut so, sah ihn niemand kommen und gehen. Jonas

öffnete die Tür, so leise er konnte. In der Wohnung war nichts zu hören außer dem Fernseher in der Küche. Vera war bei ihrer Freundin und Jonas' Mutter war heute in die Stadt zum Einkaufen gefahren; sie war bestimmt noch nicht zurück. Es war also nur der Vater da. Jonas ging leise in sein Zimmer. Diesmal würde er sich besser vorbereiten. Das hieß: dunkle Kleidung, die er hinterher wegwerfen konnte. Jonas entschied sich trotz der Hitze für eine uralte lange Hose und ein verwaschenes schwarzes Kapuzenshirt, auf das ein roter Boxhandschuh gedruckt war, *Beat it!* stand darunter. Die blauen Fransenschuhe mit den Herzen ließ er an. Wenn sie hinterher in den Müll wandern würden, wäre die Expedition auf jeden Fall ein Erfolg. Und sonst? Nach kurzem Überlegen warf er eine Tafel Schokolade, die schon mindestens seit einem halben Jahr unter dem Bett lag, in den Rucksack. Außerdem ein Stück Gewürzseife, das er von seiner Oma geschenkt bekommen hatte. »Das ist was für Männer«, hatte sie gesagt. »Dein Opa hat immer so gerochen.«

Jonas mochte den Geruch nicht, aber vielleicht war es ja mal von Vorteil, wie der eigene Opa zu riechen, und ein Stück Seife konnte bei dieser Unternehmung auf keinen Fall schaden.

Das Wichtigste war natürlich die Taschenlampe. Zu seinem Schreck musste Jonas feststellen, dass die Batterien fast leer waren. Das Glühbirnchen war nur noch ein trüber Punkt. Pech, er konnte das jetzt nicht ändern. Die Brechstange, um den Gullydeckel aus der Fassung zu hebeln, und die Rettungswesten lagen im Keller. Er würde sie auf dem Weg nach draußen holen.

Sollte er einen Zettel schreiben, damit sich seine Eltern keine Sorgen machten, wenn er nicht zu den Nachrichten zu Hause war? Es war gleich sieben, das würde er auf keinen Fall schaffen. Jonas hob vom Boden einen Comic auf und schrieb mit Filzstift auf das Deckblatt:

Muss noch was Wichtiges erledigen.
Kann später werden. Fangt ruhig
mit dem Abendessen an.

Jonas

Unter dieser Nachricht war ein Superheld zu sehen, der gerade einen Superschurken durch die Luft wirbelte. ›Kommt fast hin‹, dachte Jonas, ›nur dass wir zu zweit sind, und unser Gegner ist der unsichtbare Mister Mief.‹ Grinsend stellte Jonas seinen Stuhl in die Mitte des Zimmers und legte die Nachricht auf die Sitzfläche.

Das würde Ärger geben. Aber was sollte er machen? Eine Ausrede würde er sich überlegen, wenn er zurückkäme. Vielleicht käme er ja gar nicht zurück … Er musste unbedingt die Schwimmwesten mitnehmen.

Jonas nahm den Rucksack, öffnete leise seine Zimmertür und schlich auf Zehenspitzen durch den Flur. In der Küche lief immer noch der Fernseher. Die Wohnungstür quietschte, als er sie öffnete.

»Jonas?«, hörte er die heisere Stimme seines Vaters aus der Küche.

162

»Ja!«, rief Jonas und hoffte, dass sein Vater damit zufrieden wäre.

»Komm mal her!«

Jonas überlegte kurz, ob er einfach gehen sollte, ließ dann aber den Rucksack von der Schulter gleiten und stellte ihn neben der Tür an die Wand. Er musste jetzt ruhig bleiben.

Sein Vater saß auf seinem Platz am Küchentisch. Vor ihm standen eine leere und eine halbvolle Flasche Bier. Das konnte gut oder schlecht sein; wenn er vor dem Abendessen mehr als eine Flasche Bier getrunken hatte, war Jonas' Vater unberechenbarer, aber auch weniger aufmerksam. Alt sah er aus, grau und struppig.

Erst jetzt bemerkte Jonas, dass der Fernseher abgeschaltet war und sein Vater ihm direkt ins Gesicht sah. Was war los? Sein Vater schaute immer auf den Fernsehapparat, vor allem jetzt, am Samstagabend, wenn Fußball kam.

»Ist das Ding kaputt?«, fragte er und deutete auf den Bildschirm.

»Nein«, sagte sein Vater. »Setz dich.«

Jonas holte tief Luft und ließ sich auf einen Stuhl fallen. Die Schwimmwesten, Lippe, Tante Tiger, ihre Expedition musste er aus seinem Kopf schieben ... Er musste sich jetzt auf seinen Vater konzentrieren, ganz und gar, wie ein Boxer auf den anderen Boxer vor der ersten Runde. Gleich würde der Ringrichter den Kampf freigeben, sie würden aufeinander zutänzeln, und dann käme der erste Schlag ...

»Geht's dir gut?«

Sein Vater kratzte sich bei dieser Frage am Kopf. Dabei rutschte die Taucheruhr klirrend ein Stück nach unten. Schrumpften jetzt schon die Handgelenke seines Vaters?

»Alles klar, Papa«, sagte Jonas. »Wieso fragst du?«

»Du erzählst so wenig in letzter Zeit.«

»Ist nix los«, antwortete Jonas und überlegte immer noch, warum er hier saß.

»Die Hitze«, murmelte sein Vater. »Das ist die Hitze, die lähmt alles, da kann ja nix passieren. Bis dann ein einziger kleiner Funke alles in Brand setzt. Dann ist nichts mehr zu retten. Ich kenn das, hab es oft erlebt …«

Oh nein! Jetzt fing er mit seinen Feuerwehrgeschichten an.

»Aber das erzähl ich dir wann anders«, fuhr sein Vater fort. Ein Lächeln huschte über sein Gesicht. »Ich wollte was anderes mit dir besprechen.«

Jonas schwieg. ›Deckung hoch‹, dachte er, ›pass auf!‹

»Was ist eigentlich mit Vera los? Sie benimmt sich so komisch in letzter Zeit. Manchmal trällert sie vor sich hin, manchmal sitzt sie da, als ob sie bewusstlos wäre. Und plötzlich, aus heiterem Himmel platzt sie vor Wut, nur weil ich frage, was sie heute noch vorhat. Und dir macht sie auch das Leben schwer. Ich hab das schon gemerkt, auch wenn ich immer hier rumsitze.«

Jonas sah seinen Vater an; gebeugt mit hängenden

Schultern saß er da. Wie ein Feuer, das langsam ausging, fand Jonas, nur seine Augen glommen noch. Obwohl er bestimmt mehr als dreißig Jahre jünger war, kam er Jonas viel älter vor als Tante Tiger. Und das lag nicht am Aussehen. Beide, Tante Tiger und sein Vater, saßen die meiste Zeit in ihrer Höhle – aber sein Vater wollte gar nicht mehr hinaus, er war nicht mehr unternehmungslustig. Das war bei Tante Tiger inzwischen anders; sie genoss ihre nächtlichen Streifzüge. Altsein hatte also nichts mit dem Alter zu tun, dachte Jonas, aber vielleicht mit dem Körper; sein Vater hatte ein zerschmettertes Bein, Tante Tiger einen Raubtierkörper ... aber er durfte nicht abschweifen, es ging jetzt um Vera.

»Warum ist die überhaupt bei uns?«, fragte Jonas.

»Ihre Mutter kann sich nicht mehr um sie kümmern, das weißt du doch«, sagte sein Vater und kratzte sich jetzt mit beiden Händen am Kopf.

»Aber warum?«

»Das soll Vera dir selbst erzählen.«

»Wenn ich sie danach frage, haut sie mir eine runter.«

Es war zwar ein schlechter Zeitpunkt – Lippe wartete bestimmt schon, und Tante Tiger erst recht –, trotzdem war Jonas froh, dass sie endlich mal über Vera sprachen. Der Boxer in seinem Kopf ließ die Fäuste sinken; das war kein Kampf, sondern ein Gespräch.

Jonas' Vater schwieg, sah Jonas an und nahm einen Schluck Bier.

»Deine Schwester hatte es nicht besonders gut bei ihrer Mutter, hat wohl öfter eine gefangen. Irgendwann hat sie zurückgeschlagen, aber so, dass die Mutter ins Krankenhaus musste. Und da …«, der Vater biss sich auf die Lippen, »… da hat meine frühere Frau gesagt: ›Geh zu deinem Vater und hau dem eine rein‹, und hat Vera rausgeschmissen. Dann ist sie zu uns gekommen.«

Jonas starrte still vor sich hin. War Vera deswegen so brutal, weil sie eine brutale Mutter hatte? Oder einen Vater, der sie alleingelassen hatte? Oder beides?

»Hättest dich eben besser um sie kümmern müssen«, sagte Jonas und wusste nicht genau, wen er meinte. Vera, Veras Mutter oder beide. Er spürte Wut aufsteigen auf diese andere Familie, von der er gar nichts wissen wollte, und auf sich selbst, weil er nicht mehr wusste, wer an was schuld war. Und jetzt ergriff er sogar für Vera Partei, so weit war es schon.

»Hast ja recht«, murmelte der Vater. »Aber sie ist trotzdem komischer als sonst.«

»Sie ist verknallt!« Jonas wollte endlich weg.

Das Gesicht seines Vaters zog sich zu einem Grinsen auseinander. »Wirklich? Dann versteh ich einiges. Hätte ich auch selber draufkommen können. Klar, das Mädchen ist verschossen. Kenn ich den Kerl?« Seine Stimme klang plötzlich barsch.

»Arbeitet im Supermarkt«, sagte Jonas.

»Wo hat sie den denn her?«

»Das soll sie dir selbst erzählen.« Jetzt grinste Jonas.

»Ich muss noch mal weg, Lippes Mutter ist krank, ich helf ihm, seine kleinen Schwestern zu füttern und ins Bett zu bringen.«

»Es gibt bald Abendessen.«

»Bin rechtzeitig wieder da.« Manchmal ging es nicht anders, da musste man lügen. Jonas stand auf und ging zur Küchentür. »Wart mal …«

Der Vater stemmte sich hinter dem Küchentisch hervor und kam auf Jonas zugehumpelt. Es half nichts, Jonas musste stehen bleiben und warten. Gequält sah er zu seinem Vater hoch.

»Hast es eilig, was?«, grinste sein Vater.

Langsam schob er Jonas die linke Hand entgegen, griff mit der rechten nach dem linken Handgelenk und öffnete den Verschluss seiner Taucheruhr. Er ließ sie in die rechte Hand gleiten und hielt sie Jonas hin. »Da, damit du auch weißt, wann du zurück musst.«

»Aber Papa, deine Uhr …«

»Nimm sie mit. Wenn's wirklich eng wird, musst du wissen, wie viel Zeit du noch hast.« Er zwinkerte Jonas zu und für einen Augenblick sah Jonas das ledrige Gesicht des Schlittenfahrers vor sich. Gab es eine Ähnlichkeit zwischen den beiden oder wünschte er sich das nur? »Ich bring sie dir wieder …«, sagte er und schluckte.

Im Aufzug, auf der Fahrt in den Keller, verstellte Jonas den Verschluss des breiten Stahlarmbands, damit ihm die Uhr nicht dauernd über das Handgelenk rutschte.

Sie war groß und schwer, das Zifferblatt leuchtete dunkelblau, Zeiger und Stundenmarkierungen glänzten golden. Es war jetzt genau elf Minuten vor acht. Jonas stutzte; er konnte überhaupt nicht mehr rechtzeitig zu den Nachrichten und zum Abendbrot zurück sein. Unmöglich. Und sein Vater musste das gewusst haben. Und er hatte ihm sogar seine Uhr gegeben – fast so, als wollte er sagen: ›Jetzt hast DU die Zeit. Nimm dir, so viel du brauchst.‹

Das Gewicht an seinem Handgelenk war ungewohnt, fühlte sich aber gut an, fast als würde die Uhr ihn beschützen.

Jonas stellte sich vor, im Auftrag seines Vaters unterwegs zu sein; sie mussten in die Kanalisation steigen und ein Kätzchen retten, genau wie sein Vater es damals getan hatte.

Im Keller fand Jonas die kurze Brechstange und in einer Ecke, säuberlich aufeinandergestapelt, die drei roten Schwimmwesten mit der breiten Aufschrift: FEUERWEHR. Sein Vater würde stolz auf ihn sein – oder ihn verdreschen. Alles war möglich.

Ohne Licht zu machen verließ Jonas den Keller. Niemand sollte ihn sehen.

Ein falscher Tritt

Der Himmel zwischen den Hochhäusern wechselte gerade die Farbe. Sein mattes Blau wurde immer dunkler und dort, wo das Blau schwarz wurde, stand der Mond. Er hatte eine dunkelgelbe, fast rötliche Farbe und erinnerte an einen schimmernden Topfdeckel. Mit Delle am Rand. Bald würde er voll sein.

Kein Mensch war zu sehen, als Jonas die neue Asphaltstraße betrat, die zur Baugrube führte. Am Horizont sah er eine weiße Lichtglocke. Die Straße führte genau darauf zu. Dort gossen die Drahtflechter noch immer flüssigen Beton über ihre Metallgitter. Entferntes Dröhnen drang aus dieser Richtung zu Jonas. Er stand neben einem nagelneuen Straßenschild. *Mahagonnystraße* stand darauf. Jetzt hatte also auch diese Straße einen Namen.

Klang gut, nach fremden Ländern. Aber bestimmt war der, der sich den Namen ausgedacht hatte, nie hier gewesen. Jonas hätte die Straße *Tante-Tiger-Allee* genannt, weil Tante Tiger unter dieser Straße zum ersten Mal gesprochen hatte.

Vor der hellen Lichtglocke bemerkte Jonas jetzt den Umriss eines Menschen. Er stand ein ganzes Stück entfernt auf der Straße und winkte wie verrückt. Das konnte nur einer sein. Jonas rannte los.

Lippe stand neben einer großen Plastiktüte, die mit einem dünnen Seil umwickelt und verschnürt war. Er steckte in einer schäbigen schwarzen Cordhose, die ihm etwas zu kurz war, und einer löchrigen Jeansjacke. »Wo bleibst du denn?« Er zappelte mit Händen und Füßen. »Ich bin schon gar nicht mehr da, so oft wollte ich schon wieder heimgehen.«

»Ging nicht schneller«, sagte Jonas. »Mein Vater wollte unbedingt mit mir reden, ich weiß auch nicht, was heute mit ihm los war. Er hat mir sogar seine Taucheruhr gegeben.« Jonas schob den Ärmel zurück und zeigte Lippe die Uhr.

»Tolles Gerät …« Lippe stockte, riss die Augen auf und sah Jonas an. »Mensch, Nase, hast du ihm von unserer Expedition erzählt?«

Jonas schüttelte den Kopf, während er die Brechstange aus seinem Rucksack zog. »Spinnst du? Dann wär ich nicht hier.« Er setzte die Brechstange an und stemmte den Kanaldeckel in die Höhe. Ihm lief der Schweiß über den Rücken, es war immer noch viel zu warm. Lippe half ihm und gemeinsam wuchteten sie den Gullydeckel zur Seite.

»Was ist das eigentlich?«, keuchte Jonas und deutete mit der Brechstange auf das große verschnürte Bündel.

»Das ist Tante Tigers einzige Chance!«, sagte Lippe. »Ich zeig's dir später.« Er zerrte das Bündel zu dem offenen Einstiegsschacht und ließ es hineinfallen. Ein dumpfes Klatschen drang nach oben. Lippe hatte recht, sie würden beide Hände zum Hinuntersteigen brauchen. Jonas nahm die drei Schwimmwesten und schmiss sie hinterher. Wie angeschossene Vögel trudelten sie in die Dunkelheit. Ein flaues Gefühl beschlich Jonas.

»Ich hab mir alles genau überlegt«, sagte Lippe neben ihm. »Und es kann natürlich schiefgehen. Das ist die Wucht des Zufalls, wenn der voll einschlägt, kann er auch den besten Plan zerschmettern. Aber wir haben ja einen Tiger an unserer Seite.«

Jonas fielen sofort mehrere Dinge ein, die gerade *wegen* des Tigers schiefgehen konnten, aber er schwieg; Reden brachte jetzt nichts, sie mussten es einfach probieren.

Lippe hatte inzwischen das Gummigeflecht seiner Stirnlampe über den Kopf gezogen und war schon bis zur Hüfte im Boden verschwunden. Jonas zog ebenfalls seine Taschenlampe heraus und klemmte sie zwischen die Zähne. Im selben Moment, in dem Lippe seine Lampe einschaltete, hörte Jonas ein Geräusch, ein metallisches Surren. Sein Herzschlag beschleunigte. Das durfte nicht wahr sein, nicht jetzt! Aus der Dämmerung lösten sich zwei Fahrräder.

Einen Augenblick später kamen sie schlitternd neben dem offenen Gullyschacht zum Stehen. Bschu und Büm, Büm und Bschu. Sie trugen flatternde Hosen und Hemden; Bschu wie immer in Schwarz und Weiß. Büm konnte kaum ihr Fahrrad halten, weil sie beide Hände vor den Mund presste, so sehr musste sie kichern.

»Was wollen die denn hier?«, zischte Lippe Jonas zu.

Bschus Grinsen wurde noch spöttischer. »Schau, schau, die Brautfrau kommt auch mal wieder raus aus ihrem Loch. Ist wirklich Supermode, dein Leuchthut, und die Leuchtzigarre von der Nase sieht auch sehr, sehr gut aus. Geht ihr tanzen? Oder was?« Schnell nahm Jonas die Taschenlampe aus dem Mund. Lippe starrte Bschu wütend an. Sie verzog ihre schmalen Lippen zu einem Schmollmund. »Ehrlich, wir wollten so gern mal wieder mit euch über Liebe und Eheleben reden. Aber jetzt ist nicht so guter Augenblick, was? Ist gerade Ehekrise oder warum guckt ihr so böse? Klettert ihr deswegen in die Erde, damit keiner was mitkriegt?«

»Wenn du wüsstest, was unter deinen Füßen vor sich geht …« Lippe gab seiner Stimme einen bedrohlichen Klang. »Dann würdest du keine Witze machen, sondern auf die Knie fallen und beten, dass wir lebend wiederkommen.«

Jonas bewunderte Lippe. Immer fiel ihm irgendwas ein.

»Oh!« Bschu riss Mund und Augen weit auf. »Ich weiß, was da unten ist.« Sie macht eine Pause. »Große Scheiße!«, sagte sie dann und fing sofort an zu lachen und zu prusten. Büm kreischte ebenfalls los.

»Genau«, sagte Lippe in schneidendem Tonfall. »Da unten im Reich der Kacke hausen die großmäuligsten und albernsten Kanalratten, die es gibt. Ihre Vorfahren, heißt es, stammen aus der Puntilastraße. Aber da unten haben sie sich dann zu richtig üblen Biestern entwickelt und jetzt bedrohen sie mit ihren Großmäulern die gesamte zivilisierte Welt. Sie wollen uns alle totlachen und dann verschlingen. Das ist ihr fürchterlicher Plan.« Er schwieg kurz. »Das ein oder andere Exemplar soll schon an der Erdoberfläche gesehen worden sein.«

Bschu und Büm lachten noch lauter.

»Wir werden jetzt die Lebensweise dieser Ratten erforschen«, fuhr Lippe fort, »um die Menschheit vor dem Untergang zu retten.« Er sah entschlossen drein und Jonas setzte sein grimmigstes Gesicht auf.

Bschu und Büm krümmten sich vor Lachen. Als sie wieder bei Atem waren, sagte zum ersten Mal Büm etwas. »Ihr seid die lustigsten Jungs, die wir kennen. Wirklich. Können wir mitkommen? Wir kennen uns aus mit Wesen aus der Puntilastraße.«

Jonas schluckte. Büm hatte ihn angesehen, als sie sprach. Er spürte, wie er rot wurde; zum Glück hatte er die Kapuze hochgezogen. Bschu saß abwartend auf ihrem Rad, während Büm ihn immer noch ansah. Lippe wiederum starrte Büm verdattert an. Es blieb Jonas also nichts anderes übrig, als selbst zu antworten.

»Also, das geht nicht«, stotterte er. »Wir gehen auf eine gefährliche Expedition, ehrlich, und wir haben nur drei Schwimmwesten und fast nichts zu essen und nur ein kleines Stück Seife ... äh, ja ... also, das langt nicht für so viele ... außerdem stinkt es da unten so schlimm, dass man ...« Jonas stockte. Ja, wie schlimm roch es denn? Wie sollte er das sagen? »Fast erstickt!«, stieß er dann hervor.

»Na gut«, sagte Büm, ihre Lippen kräuselten sich schon wieder. »Ich kann Ratten sowieso nicht ausstehen.« Sie sah Jonas mit ihren fast violetten Augen an. Jonas wurde noch heißer.

»Ich auch nicht«, flüsterte er.

»Für wen ist denn die dritte Schwimmweste?« Bschus Augen blitzten noch mehr als die Goldkettchen an ihren Armen.

Die Frage riss Lippe aus seiner Erstarrung. »Für unseren Tiger. Was denkst du denn?«

»Ach ja, Mann, der grausame Tiger«, sagte Bschu. »Der sitzt auch da unten, ja?« Sie musste einen kurzen Lachanfall unterdrücken. »Ihr seid wirklich totale Helden. Wenn ich so Mut hätte wie ihr und einen Tiger, würd ich eine Leine mitnehmen und frische Klamotten. Im Klärwerk ist heut nämlich Party.«

Jonas und Philipp starrten sie an.

»Glotzt nicht so«, sagte Bschu. »Stimmt bestimmt. Da war Musik und buntes Licht.«

»Wirklich?«, fragte Lippe.

Bschu nickte.

»Äh, danke …«, sagte Lippe. »Das ist gut, ähm … gut zu wissen … hm … könntet ihr uns einen Gefallen tun?«

»Vielleicht.« Bschu kniff die Augen zusammen. Jonas sah, dass sie in diesem Moment begriff, dass es ihnen wichtig war, auch wenn sie nicht genau wusste, was sie da unten wollten.

»Kriegt ihr den Gullydeckel über den Schacht, wenn wir verschwunden sind?«

»Machen wir«, sagte Bschu. »Aber ihr müsst was mitbringen als Bezahlung für die Arbeit ... sagen wir ... den Skalp einer Kanalratte.« Sie grinste ihr schiefstes Grinsen.

»Und ein Schnurrhaar vom Tiger«, ergänzte Büm und lächelte ihr süßestes Lächeln. So süß, dass Jonas meinte, Honig auf seinen Lippen zu schmecken.

Das Poltern und Knirschen des Gullydeckels rollte wie Donner durch den engen Schacht. Das Letzte, was Jonas vor dem kreisrunden Ausschnitt des Abendhimmels gesehen hatte, war der Umriss eines Kopfes; außerdem meinte er, ein zartes Schmatzen gehört zu haben. War das ein Kuss? Egal, dachte er, der Deckel war drauf, den kriegten sie nicht wieder hoch.

Die Dunkelheit wurde jetzt nur noch von Lippes Stirnlampe erhellt. Der Lichtschein aus der Lampe in Jonas' Mund war kaum der Rede wert; ein trüber Fleck auf dem Beton.

Je tiefer sie die Krampen hinunterstiegen, desto kühler wurde es. Anfangs war es angenehm, eine Erfrischung nach der Hitze der Oberfläche, aber dann begann Jonas zu frösteln. Als sie das Sims in der trockenen Abwasserröhre erreichten, klebten die vom Schweiß feuchten Kleider kalt auf seiner Haut. Aber das spürte er schon gar nicht mehr.

Ein ungeheures Dröhnen, Brummen und Quietschen erfüllte die Röhre und verdrängte alle anderen Empfindungen. Die Baustelle. Obwohl es über hundert Meter sein mussten bis zur Baugrube, war sich

Jonas sicher, dass der Lärm hier schlimmer war als im Freien. Die Abwasserröhre wirkte wie ein Hörrohr. Jonas presste die Hände auf die Ohren und kämpfte gegen den Kopfschmerz. Lippe fummelte an der Brusttasche seiner Jacke herum. Endlich zog er etwas Weißes heraus, riss es in zwei Teile und verstopfte sich damit die Ohren. Er hielt Jonas den nach oben gestreckten Daumen entgegen, grinste und zog noch ein Papiertaschentuch heraus. Jonas nahm es, zerriss es und stopfte sich die beiden Fetzen in die Ohren. Der Lärm wurde erträglicher, der Schmerz hinter seinen Schläfen ließ nach. Jonas gab Lippe ein Zeichen und grinste zurück. Erst jetzt bemerkte er, dass er vor Kälte zitterte.

Sie sprangen von dem Sims auf den Grund der Röhre und suchten ihre Sachen. Lippes verschnürtes Bündel lag gleich unter dem Einstiegsschacht, die Schwimmwesten mussten sich im Fallen aufgefaltet haben; sie lagen etwas verstreut in der Röhre.

Sie gingen nach rechts, weg von der Baustelle, weg von dem Lärm, in die Richtung, aus der der Gestank kam. Es ging sanft abwärts.

Jonas erinnerte sich noch genau: Hier war er vor zwei Wochen entlanggeschlichen, es war genauso dunkel und kühl gewesen, aber trotzdem ganz anders. Stiller, unheimlicher, jeder Schritt hatte endlos gehallt. Damals waren sie aus Neugier und Langeweile hier heruntergestiegen, jetzt hatten sie ein Ziel: Sie mussten ins Klärwerk. Und Tante Tiger musste mit! Auch ihre Ausrüstung war besser, sie hatten

Schwimmwesten. Zwar waren sie nicht zu viert, wie damals sein Vater, aber hoffentlich bald zu dritt. Wo steckte nur der Tiger?

Jonas und Lippe gingen jetzt langsamer, leuchteten, so gut es ging, auch in die Nischen und kleinen Räume, die sich immer wieder auf Höhe des Simses in der Röhrenwand öffneten. Der Baulärm nahm allmählich ab, der Gestank zu. Sie näherten sich dem großen Abwasserkanal.

Lippe deutete nach rechts auf eine Nische, auf die der Schein seiner Stirnlampe fiel: eine Öffnung in der Betonwand, so groß wie eine Tür; dahinter war es dunkel. Aus der Öffnung hing etwas über das Sims. Ein Stück Schlauch. Aber der Schlauch zuckte. Und er war behaart!

Jonas und Lippe kletterten vom Boden der Röhre auf das Sims und leuchteten in den Raum hinter der Öffnung. Er war schmal, länglich und kahl. Ein großer Haufen alter Säcke lag am Boden. Von Tante Tiger war nichts zu sehen bis auf den gestreiften Schwanz, der sich aus dem Säckehaufen herausschlängelte. Lippe stand hinter Jonas und beleuchtete die Säcke. Jonas beugte sich zu dem hinteren Ende des Hügels, dorthin, wo er den Tigerkopf vermutete. »Tante Tiger! Wir sind's. Philipp und Jonas.«

Der Hügel rührte sich nicht.

»Nicht anfassen«, zischte Lippe. »Wer weiß, was sie da drunter gerade macht, vielleicht schläft sie ja.«

»Wir bringen Sie hier weg«, sagte Jonas jetzt etwas lauter.

»Genau!«, rief Lippe von hinten; weil er die Ohren verstopft hatte, schrie er fast. »Ich habe ein tolles Transportfahrzeug für Sie dabei, fast so bequem wie eine Matratze.« Wie immer, wenn Lippe aufgeregt war, hüpfte er von einem Bein aufs andere.

Plötzlich fuhr der Tigerkopf aus den Lumpen und brüllte so laut, dass Jonas das Gefühl hatte, gegen die Wand geblasen zu werden. Mit einer einzigen fließenden Bewegung wendete Tante Tiger ihren massigen Leib, duckte sich, riss das Maul auf und entblößte ihr Gebiss. Gleichzeitig drang ein heiseres Fauchen aus ihrer Kehle. Alles an dem Tiger war bedrohlich, gefährlich, tödlich. Jonas und Lippe traf die Aggression mit solcher Wucht, dass sie zu Boden sanken und sich wie Käfer zusammenrollten. Schlagartig brach das Fauchen wieder ab und Tante Tiger richtete sich aus ihrer geduckten Haltung zu voller Größe auf.

»Du bist mir auf den Schwanz getreten, Philipp«, krächzte sie weinerlich in Lippes Richtung und ließ sich beleidigt auf den Boden fallen.

»Tut mir leid«, stammelte Lippe und schob sich langsam aus dem kleinen Raum hinaus.

Jonas hatte sich so weit von dem Schreck erholt, dass er sich aufsetzen und anlehnen konnte. Im trüben Schein seiner Taschenlampe erkannte er immer nur Teile des Tigers. Als er seine Lampe auf den Tigerkopf richtete, sah er, dass Tante Tiger gerade versuchte, die Enden des rosaroten Schals, der nach wie vor um ihren Hals geschlungen war, zurück in ihre Ohren zu stopfen. Die Schalenden bestanden aber nur noch aus zerrupften Wollfäden, so stark hatten ihnen die Krallen schon zugesetzt. Die einzelnen Fäden in die Ohren zu stopfen, gelang ihr mit den großen Pranken nicht.

Jonas ging zu Lippe, der mit schreckgeweiteten Augen gleich neben der Raumöffnung an der Wand lehnte. Jonas zwinkerte ihm zu und zog ihm dabei die Packung Papiertaschentücher aus der Jackentasche. Damit ging er zurück zu Tante Tiger und stopfte in jedes ihrer wunderschönen Ohren ein ganzes Taschentuch.

»Hören Sie mich noch?«, fragte er und trat einen Schritt zurück.

»Ich bin ja nicht taub«, knurrte Tante Tiger. »Leider!« Sie ließ den Kopf sinken. »Das ist die Hölle. Alles vergeht einem, es gibt nur noch diesen Lärm und kein Entrinnen. Eisenstangen und Gitter haben sie angebracht, sodass ich nicht mehr raus kann.« Sie fletschte die Zähne. »Die können doch eine alte Frau nicht einfach einsperren. Das geht doch nicht! Aber ich hab's ja gesagt, hier muss ich sterben ... Aaaaarrrrr ... Ich hab so fürchterliche Kopfschmerzen, Jonas, es ist grauenhaft.«

Zum ersten Mal sah sie Jonas direkt an. Das Gelb ihrer Augen war nur noch ein kleiner Ring um die schwarzen Pupillen, so wenig Licht gab Jonas' Lampe; er ahnte den Tiger mehr, als er ihn sah.

»Ich hab gewusst, dass es ohne Medikamente nicht gutgehen kann«, fuhr Tante Tiger fort. »Nicht in meinem Alter. Habt ihr mir Kopfwehtabletten mitgebracht?«

Jonas schüttelte den Kopf: »Nein, aber wir können zusammen von hier verschwinden.«

»Ich springe auf keinen Fall mehr in diese zähe, stinkende Brühe, lieber werd ich hier verrückt.« Tante Tigers Tatzen zuckten und ihr Schwanz peitschte durch die Luft. Jonas ließ sich zur Seite fallen, sonst hätte es ihn erwischt.

»Sie brauchen nicht zu schwimmen«, rief da eine Stimme von außen in die Nische. »Sie werden auf einem Luftkissen übers Wasser schweben.« Lippes Gesicht war in der Öffnung erschienen. Er war noch aschfahl, aber in seinen Augen schimmerte schon wieder sein Plan. »Kommt!«, rief er und war verschwunden.

›Ein Glück‹, dachte Jonas, ›er will weiter.‹ Jonas wusste, dass Lippes Angst immer größer war als seine eigene; Lippe konnte einfach besser Angst haben, so wie manche Menschen besser Witze erzählen konnten als andere … Und er, Jonas, was konnte er? – Grübeln! Jonas stopfte sich das herausgenommene Taschentuch wieder ins Ohr und wollte Lippe folgen.

»Warte!«, raunte Tante Tiger. Sie schob ihren Kopf unter ein paar Säcke, die in der Ecke lagen, und als sie sich Jonas wieder zuwandte, hatte sie etwas im Maul. Es war dunkel und länger als eine Hand, aber nicht ganz so breit. Tante Tiger reckte Jonas den Kopf entgegen. Jonas verstand und griff nach dem Gegenstand. Es war der Kamm, den sie aus der Wohnung der alten Rosa mitgebracht hatten.

»Danke«, sagte Tante Tiger. »Kannst du ihn für mich einstecken?«

Jonas nickte und schob den Kamm in seinen Rucksack.

Dann folgten sie Lippe, dessen Lichtkegel ein gutes Stück vor ihnen durch die Dunkelheit schwankte.

Lippe erwartete sie direkt vor der eisernen Schleuse, durch die Tante Tiger vor zwei Wochen gespült worden war. Der Röhrenboden war noch immer bedeckt mit den getrockneten Resten des Abwassers, das damals mit dem Tiger hereingeschwappt war. Es stank. Obwohl Jonas diesen Geruch schon kannte und schon einmal ausgehalten hatte, wurde ihm wieder übel.

Lippe kniete am Boden der Röhre und hatte bereits den grünen Mundschutz über das Gesicht gezogen. Wie ein Arzt bei der Operation beugte er sich über das schwere Bündel, das er mitgebracht hatte. Tante Tiger setzte sich ein Stück entfernt auf den Röhrenboden. Jonas sprang jetzt ebenfalls hinunter in die Röhre und stellte sich neben Lippe.

»Jetzt kommt's«, sagte Lippe. Er zog eine orangefarbene Rolle aus dem Plastiksack und gab ihr einen Stoß, sodass sich die Wurst entrollte und Jonas endlich erkannte, was es war: ein Schlauchboot.

»Ist ein Familienstück«, sagte Lippe. »Da haben wir sogar schon zu sechst drin gesessen. Also wird es für Tante Tiger wohl reichen.« Er warf einen Blick in ihre Richtung. Tante Tiger sagte nichts, beobachtete nur, was vor sich ging. Lippe griff wieder in den Sack und zog einen Blasebalg heraus.

Sie wechselten sich ab mit dem Treten des Blase-
balgs, trotzdem schmerzte Jonas bald die rechte
Wade.

»Ich werde keinen Fuß in diese Gummiente setzen«, kam es da plötzlich aus der Dunkelheit. »Das
trägt mich nie und nimmer! Außerdem wird mir von
dem Geschaukel bestimmt schlecht.«

»Dann bleiben Sie eben hier und fressen Scheiße!«,
kreischte Lippe und schlug mit der flachen Hand auf
das Schlauchboot. So wütend hatte Jonas seinen
Freund noch nie gesehen. »Wir rackern uns hier ab
wie die dümmsten Deppen. Schleppen jeden Tag
Berge von Fleisch in diese stinkende Röhre, sterben
dabei halb vor Angst, beklauen und belügen unsere
Eltern. Dann zerbrechen wir uns noch den Kopf, wie
wir Sie hier rausbringen können, rüsten eine ganze
Rettungsexpedition aus, verschwinden von zu Hause
ohne ein Wort, riskieren Riesenärger und dann sagt
die liebe Tante: ›Das wackelt mir zu sehr.‹ Hier gibt es
leider keine Eisenbahn, mit der wir fahren können …
Ich mach jetzt überhaupt nichts mehr!«

Lippe ließ sich in das vollgepumpte Boot fallen.

Tante Tiger kam aus der Dunkelheit getrottet. Neben
dem aufgeblasenen Boot blieb sie stehen. »Entschul-
dige, Philipp!«, rief sie, um den Lärm der Baustelle zu
übertönen. »Aber ich kann nicht schwimmen.«

»Blödsinn!«, schrie Lippe. »Tiger können stunden-
lang schwimmen, wenn sie wollen.«

»Ich bin aber kein Tiger, sondern ein altes Weib im
Tigerpelz, das sich fürchtet.«

»Ich fürchte mich auch – und zwar vor Ihnen. Und trotzdem bin ich hier!«

»Du bist ja auch noch jung, da hat man noch was von seinem Mut.« Tante Tiger war kaum zu verstehen, so leise sprach sie. »Aber wozu soll ich altes Weib mich noch gegen meine Ängste wehren? Sind ja fast schon Freunde.«

»Solche Freunde möchte ich nicht haben«, sagte Jonas. »Die können einem ja nie helfen.«

Die Tigeraugen sahen Jonas an. Wie immer durchdringend und undurchdringlich zugleich. ›Können Tiger eigentlich lächeln?‹, fragte sich Jonas in diesem Moment. Er konnte sich an kein Lächeln erinnern, aber vielleicht ging das mit dem Tigermund auch nicht. Tante Tiger wandte den Blick von Jonas ab und beschnupperte das Boot.

»Ihr habt ja recht«, sagte sie dann. »Wagen wir also eine kleine Bootspartie.«

Lippe stöhnte auf und raufte sich mal wieder die Haare. Jonas zuckte die Schultern. Die Expedition begann anstrengender als gedacht, und das Anstrengendste war Tante Tiger.

Das Boot schwamm schon. Jonas hielt einen Strick, der am hinteren Ende befestigt war, Lippe einen, der vorn festgeknotet war. Neben ihren Füßen schob sich träge das Abwasser durch den großen Kanal. Sie hielten das Boot so, dass es genau vor der Schleuse schwamm. Dahinter, in der trockenen Röhre, kauerte Tante Tiger. Um den Hals trug sie außer dem rosa-

farbenen Schal noch eine der feuerroten Schwimmwesten.

Jonas und Lippe waren in die beiden anderen Westen geschlüpft; ein Zug an der Reißleine würde genü-
gen, um sie im Bruchteil einer Sekunde mit Luft zu
füllen. Tante Tiger hatte allerdings darauf bestanden,
ihre Weste gleich aufzublasen; zur Beruhigung, wie sie
sagte. Ein Tiger mit einem dick geschwollenen roten
Hals: Es sah komisch und schrecklich zugleich aus.
Jetzt musste sie nur noch springen.

»Sie dürfen auf keinen Fall die Krallen ausfahren,
wenn sie aufkommen«, rief Lippe. »Sonst haben wir
ein Loch im Boot!«

Tante Tiger stieß nur einen kurzen Knurrlaut aus
und sprang. Kaum sichtbar setzten die riesigen Pranken auf der Torschleuse auf. Sie schienen die eiserne
Kante kaum zu berühren. Der riesige Körper schwebte kurz auf dieser Kante, stieß sich wieder ab und landete mitten im Boot. Die Bewegung war so leicht und
flüssig, als wäre Tante Tiger ein Eichhörnchen, das
einen Ast höher springt.

Das Boot war mit diesem einzigen Passagier völlig
ausgefüllt. Den Schwanz hatte Tante Tiger um ihr
Hinterteil gerollt, damit er nicht in die Kloake hing;
der Kopf mit der Schwimmwestenkrause lag auf der
Schlauchbootwand.

»Wohin fahren wir eigentlich?«, fragte sie jetzt.

»Stromabwärts«, sagte Lippe.

»Zum Klärwerk«, fügte Jonas leise hinzu.

Tante Tigers Schwanz schlug dumpf gegen die

Schlauchbootwand. »Nein«, krächzte sie. »Was soll ich da?« Die Schwimmweste schien ihr doch etwas die Luft abzudrücken.

»Frei sein«, sagte Lippe. »Es gibt sowieso keinen anderen Weg. Wir müssen dahin, wo der ganze Mist hinfließt, und das ist das Klärwerk.«

Lippe ging voran, er hatte die bessere Lampe. Jonas folgte und leuchtete so gut es ging mit seiner Funzel. Da sie mit der Fließrichtung des Abwassers gingen, hatten sie keine Mühe, das Boot zu ziehen, im Gegenteil: Manchmal musste Jonas es sogar bremsen, damit es nicht zu schnell schwamm. Das Boot lag ziemlich tief im Wasser. Tante Tiger musste ein unglaubliches Gewicht haben.

»Seid vorsichtig!«, maunzte sie immer wieder.

So zogen sie hinein in die Finsternis des großen Abwasserkanals: zwei Jungen mit einem Tiger, der in einem Schlauchboot neben ihnen herglitt. Allen dreien ragten Papiertaschentücher aus den Ohren wie kleine weiße Flaggen, so als wollten sie sagen: ›Keine Angst – wir kommen in friedlicher Absicht.‹

Ewig ist die Dunkelheit

Sie folgten Lippes Lampe; alles außerhalb des Licht-kegels lag im Dunkeln. Jonas war sich plötzlich nicht mehr sicher, ob da überhaupt etwas war, er wusste auch nicht, ob sie vorankamen. Die einzige Abwechslung waren die Geräusche. Mal tropfte es leiser, mal lauter, mal schmatzte und gluckste es neben ihnen mehr, mal weniger. Die Taschentücher hatten sie sich schon längst wieder aus den Ohren gezogen. Es war sehr still, und der dumpfe Hall ihrer Schritte, ihres Atems und der Tropfgeräusche verstärkte die Stille noch. Fast wünschte sich Jonas den Baustellenlärm zurück.

Immer wieder überquerten sie kleinere Kanäle, die in den großen Abwasserkanal mündeten. Jeder Zu-fluss hatte eine eigene Geruchsnote. ›Wahrscheinlich riecht es immer nach dem, was am meisten gegessen wird‹, dachte Jonas. Er meinte Kohl, Fisch und Kote-lett zu erkennen. Jonas sah auf die Uhr an seinem Handgelenk. Eine halbe Stunde waren sie erst hier unten und das Glühbirnchen seiner Lampe glomm nur noch als dunkelorangener Punkt. Es hatte keinen Sinn mehr, Jonas schaltete die Lampe aus. Sofort nahm er andere Sinneseindrücke schärfer wahr. Ein Wassertropfen fiel auf seine Nase, teilte sich und lief den linken und den rechten Nasenflügel herab.

Genau in dem Moment, als der halbierte Tropfen

die Oberlippe erreicht hatte, kreischte Lippe auf und Tante Tiger fauchte wild. Jonas sah, dass Lippe nach etwas trat, gleichzeitig ruckte das Seil in seiner rechten Hand. Jonas starrte zum Boot hinüber, konnte aber nur dunkle Umrisse auf dem Wasser ausmachen, weil Lippes Lampe, die einzige Lichtquelle, nach unten gerichtet war. Immerhin erkannte Jonas, dass Tante Tiger sich im Boot aufgesetzt hatte und dass nur noch der Strick in seiner Hand das Boot hielt. Aus irgendeinem Grund hatte Lippe das Bugseil losgelassen. Hektisch begann Jonas, das Seil einzuholen, damit Lippe wieder an seinen Strick kam.

»Pass auf, sie kommt!«, rief Lippe plötzlich.

Jonas sah auf. Lippe lehnte bleich an der Wand, den Strahl seiner Lampe hatte er auf das schmale Stück Sims zwischen ihnen gerichtet. Jonas' Blick folgte dem Strahl der Lampe … Eine Ratte!

Zögernd und schnuppernd huschte sie auf ihn zu. Sie war viel kleiner, als er sich eine Kanalratte vorgestellt hatte. ›So lang wie mein Unterarm‹, hatte sein Vater gesagt. Diese Ratte war höchstens halb so lang, dunkelgrau, mit einem hellen nackten Schwanz. Die war bestimmt nicht allein, dachte Jonas und fühlte plötzlich Panik in sich aufsteigen. Wenn sie kamen, kamen Ratten immer in Massen und überfluteten alles; das war das Schlimmste an ihnen. Zum Glück hatten sie eine Katze dabei, sogar eine ziemlich große.

Jonas riskierte einen Seitenblick auf das Schlauchboot, das er fast bis an die Kanaleinfassung gezogen hatte. Tante Tiger saß steif aufgerichtet im Boot, das Nackenfell gesträubt und die Fangzähne entblößt. Wie gebannt starrte sie auf die Ratte. Die blieb stehen, schnupperte zu Jonas hinüber, wendete den Kopf, schnupperte in Lippes Richtung und sprang dann mit einer blitzartigen Bewegung auf das Schlauchboot.

»Hilfe! Ein Ratz, ein leibhaftiger Ratz! Rettet mich! Hilfe!«, brüllte Tante Tiger. Sie drückte sich an die äußere Bootswand, Abwasser schwappte herein und spritzte auf, als es von dem wild hin- und herpeitschenden Tigerschwanz getroffen wurde.

»Pack sie!«, schrie Lippe,

»Achtung das Boot!«, Jonas,

»Mach sie fertig!«, Lippe,

»Vorsicht mit den Krallen!«, wieder Jonas.

Verschreckt raste die Ratte den Rand des Schlauchboots entlang auf Tante Tiger zu. Aufbrüllend vor Schreck, holte die mit ihrer mächtigen Pranke aus und schlug nach der Ratte. Die wich aus und sprang auf den Boden des Bootes. Wie eine Wilde schlug Tante Tiger jetzt mit ihrer Tatze nach der Ratte. Auf einmal zischte es.

»Verdammt! Jetzt ist ein Loch im Boot!«, stöhnte Lippe.

Die Ratte war inzwischen wieder auf den Bootsrand gehüpft und wählte den einzigen Ausweg, der ihr noch blieb: den Strick, der vom Boot zu Jonas' Hand führte. Kopfüber krabbelte sie direkt auf Jonas verkrampfte Finger zu.

»Nein!«, hauchte Jonas und ließ los.

Die Ratte versank samt Strick in der braunen Flut. Stumm vor Schreck sahen Jonas und Lippe zu, wie das Boot mit dem Tiger in die Finsternis trieb.

Irgendwann sagte Lippe: »Es ist bestimmt nur ein kleines Loch in einer kleinen Kammer. Das Boot trägt sie bestimmt noch.«

»Sie hat ja auch die Schwimmweste.« Jonas sah seinen Freund an. Lippe sah Jonas an. Dann hasteten sie los, dem Boot hinterher.

Richtig rennen konnten sie nicht, dazu war das Sims zu schmal, zu glitschig, und es war zu dunkel. Lippes Lampe gab zu wenig Licht. Mit jedem Schritt glaubte Jonas ins Nichts zu treten. »Warte!«, keuchte er und Lippe blieb stehen. Er streckte die Hand aus und zog Jonas hinter sich her. So ging es besser.

Nach einer Weile hörten sie ein Rauschen, das nach und nach lauter wurde, bis es das Tropfen, Gurgeln und Schmatzen um sie herum übertönte; es klang wie eine riesige Klospülung, die ununterbrochen gezogen wurde. Noch ein paar Schritte, und die Tunnelwände wichen zurück. Das Rauschen war hier fast schon ein Tosen. Lippe drehte den Kopf von links nach rechts und der dünne Strahl seiner Lampe wanderte über gekrümmte Wände. Sie standen in einem hohen, kreisrunden Raum. Eine Tür war nirgends zu entdecken. Der Kanal verlief mitten durch den Raum, war aber deutlich schmaler, sodass die braune Brühe schäumend und strudelnd auf die Wand zuschoss. Dort verschwand sie zwischen Gitterstäben in einem schwarzen Loch. Als Lippes Lampenstrahl die Gitterstäbe streifte, machte Jonas' Herz einen Sprung. In den Strudeln vor dem Gitter schwankte der Tiger! Von dem Schlauchboot war nur noch ein dünnes orangenes Oval zu sehen, und in dem gefluteten Boot stand Tante Tiger und blinzelte jämmerlich in den Lampenstrahl: »Helft mir bitte! Es geht mir schon bis zum Bauch.«

»Warum springen Sie nicht?«, rief Jonas.

»Ich trau mich nicht«, brüllte Tante Tiger. »Es wackelt furchtbar und alles gibt nach. Wie soll ich mich da abstoßen?«

Das Boot war zwar nicht weit, aber doch so weit entfernt, dass sie es nicht erreichen konnten. Jonas malte sich schon aus, wie Tante Tiger von dem stinkenden Strom gegen die Gitterstäbe gepresst wurde, da fiel sein Blick auf den Tigerschwanz, der wie der Mast eines sinkenden Schiffes schräg in die Luft stand.

»Der Schwanz!«, rief Jonas. »Strecken Sie ihn zu uns rüber!«

Tante Tiger sah ihn ängstlich an, dann plötzlich hatte sie verstanden. »Ich will's versuchen. Wenn das vermaledeite Ding nur einmal machen würde, was ich will.«

Der Tigerschwanz fing an zu zittern, schlug dann wilde Figuren in die Luft, aber schließlich gelang es Tante Tiger, ihn waagrecht über das Wasser zu halten. Lippe hielt Jonas an der Hand. Jonas spürte, mit welcher Mühe Lippe die Hand festhielt, so feucht war sie. Jetzt stand Jonas nur noch auf einem Bein, sein Körper hing schräg über dem brodelnden Abwasser, Gischt benetzte seine Haut und der Gestank raubte ihm fast den Atem. Er konzentrierte sich auf die zitternde Tigerschwanzspitze, dachte nicht mehr an die glitschigen Hände und den rutschigen Boden. Immer weiter und weiter streckte sich Jonas – bis seine freie Hand nach vorn schoss.

»WUUUUHHHAAAAAAAA!«, brüllte Tante Tiger. »Du reißt mir ja das Hinterteil ab!«

Aber Jonas ließ den Tigerschweif nicht los, und Lippe ließ Jonas nicht los. Sie stöhnten vor Anstrengung und Schmerz, immer wieder drohte ihnen die starke Strömung den Tiger zu entreißen. Aber dann, mit einer letzten gewaltigen Anstrengung und einem lauten Schrei rissen sie Tiger samt Boot zu sich herüber, sodass Tante Tiger sich in die Steinfugen der Kanaleinfassung krallen und sich aus dem Boot ziehen konnte.

Eine Weile saßen sie nur da und keuchten.

»Schutzengel, das seid ihr«, schniefte Tante Tiger endlich, während sie nacheinander jede ihrer vier Pfoten schüttelte. »Ihr habt mich jetzt schon zum zweiten Mal aus dieser stinkenden Brühe gezogen.«

»Keine Ursache«, sagte Lippe. »Wenn Sie uns hier rausbringen – es gibt nämlich keinen Ausgang.«

Tante Tiger schloss die Augen und hob den Kopf. »Es zieht. Von oben!«

Lippe legte den Kopf in den Nacken. Der Strahl seiner Lampe fiel auf die eiserne Abdeckung des runden Raums, in dem sie standen. In dieser Abdeckung entdeckten sie eine Linie, die ein Rechteck bildete: eine Luke, die sich ungefähr vier Meter über ihnen befand. Aber es gab nichts, um hinaufzukommen: keine Leiter, keine Krampen – nur die feuchte Wand aus Beton. Jetzt saßen sie wirklich in der Scheiße.

Lippe starrte mit weit aufgerissen Augen nach oben. Jonas sah es ihm an: Er hatte nicht den kleinsten Funken einer Idee.

»Wir machen's wie die Bremer Stadtmusikanten«, brummte Tante Tiger auf einmal und stellte sich unter die Luke.

»Wir sollen Musik machen?«, fragte Lippe und runzelte die Stirn. Deutsche Märchen kannte er nicht besonders gut.

»Nein«, sagte Jonas. »Das ist ein Märchen mit vier so Tieren.«

»Ein Esel, ein Hund, eine Katze und ein Hahn«, brummte Tante Tiger. »Der Hund springt auf den Esel, die Katze auf den Hund, und der Hahn flattert auf die Katze, und so bezwingen sie die Bösewichte! Ich mach den Esel.«

»Und ich den Hund und du, Nase, die Katze«, rief Lippe, der jetzt verstanden hatte, was Tante Tiger wollte.

»Von mir aus«, sagte Jonas und setzte seinen Rucksack ab. »Brauchen wir nur noch einen Hahn.« Er zog die kleine Brechstange aus dem Rucksack und hielt sie hoch. »Wie wär's mit diesem Eisengockel?«, rief er und schob sich die Stange in den Hosenbund.

Lippe hatte inzwischen Schuhe und Strümpfe ausgezogen und mithilfe der Wand, an der er sich abstützen konnte, gelang es ihm, sich auf Tante Tigers Rücken zu stellen. Jetzt war Jonas an der Reihe. Er zog ebenfalls die Schuhe aus und setzte den nackten Fuß auf die Schultern des Tigers. Durch die Fußsohle spürte er die mächtigen Muskeln. Lippe lehnte sich an die Wand und legte die Hände zur Räuberleiter zusammen. Unter großem Zittern und Schwanken gelang es Jonas, Lippe auf die Schultern zu steigen und sich mithilfe der Wand aufzurichten. Während er sich mit einer Hand an der Betonmauer abstützte, streckte er die andere nach oben. Er war zu klein. Seine Fingerspitzen zitterten vielleicht eine Streichholzlänge unter der Luke in der Luft.

»Nimm den Hahn«, schnaufte Lippe unter ihm.

Jonas zog die Brechstange heraus. Das gebogene Ende hielt er wie den Griff eines Spazierstocks in der Hand und drückte mit der flachen Spitze von unten gegen die eiserne Luke. Sie gab nach! Ein Schwall warme Luft floss ihm entgegen. Er drückte stärker und sah jetzt ein Stück schwarzen Nachthimmel, gleichzeitig hörte er Fetzen einer Melodie, meinte auch eine Stimme zu hören, die dazu sang oder schrie. Die Kraft in seinem Arm ließ nach und die Luke sank wieder herunter.

»Ich kann bald nicht mehr«, stieß Lippe unter ihm hervor.

Jonas spürte selbst, wie ihm die Kraft ausging. Er setzte die Brechstange noch mal an die Luke. *Jetzt die härteste gerade Rechte, die du je geschlagen hast, Bloody Nose!* Und er stieß seinen Arm mit aller Kraft nach oben. Die Luke flog in die Höhe, blieb einen Augenblick senkrecht stehen und kippte dann zur

Seite weg. Mit ohrenbetäubendem Scheppern schlug sie auf Beton oder Stein. Hoffentlich hatte das niemand gehört! Sie mussten so schnell wie möglich ins Freie. Aber wie? Er kam nicht an den Lukenrand heran …

»Du musst jetzt runter«, stöhnte Lippe.

Mit Mühe gelang es Jonas, herunterzusteigen. Schwer atmend setzte er sich zu Lippe auf den Boden. Tante Tiger kauerte ebenfalls auf ihren Hinterpranken und blickte wie die beiden Jungen nach oben zu dem schwarzen Rechteck, in dem zwei Sterne wie ein spöttisches Augenpaar blitzten. Ihre Ohren drehten sich die ganze Zeit hin und her.

»Ich höre Musik«, schnurrte sie plötzlich. »Ein Akkordeon.«

»Ja«, sagte Jonas, »ich hab's auch gehört. Da ist irgendwas los.«

»Bestimmt die Klärwerksparty, vor der uns die Kaugummihühner gewarnt haben«, grinste Lippe. »Tante Tiger, haben Sie eigentlich die Ratte erlegt? Ich brauch nämlich ihren Skalp.« Er zwinkerte Jonas zu.

»Erinnere mich nicht an dieses schreckliche Tier«, fauchte Tante Tiger.

»Entschuldigung!« Lippe schwieg einen Moment und sah Tante Tiger dann ernst an. »Könnten Sie vielleicht da oben rausspringen?«

»Ich meine doch«, sagte Tante Tiger und wiegte ihren mächtigen Schädel sanft hin und her.

Lippes Augen leuchteten. »Ich hab da eine Idee. Komm, Nase, wir müssen das Boot rausziehen.«

Jonas glaubte weder, dass Tante Tiger durch die enge Luke springen konnte, noch dass Lippe eine brauchbare Idee hatte, aber etwas tun war besser, als Löcher in die Luft zu starren.

Sie zogen das vollgelaufene Boot, das sie nach Tante Tigers Rettung notdürftig gesichert hatten, aus dem Kanal und leerten es aus. Zum ersten Mal musste Jonas die stinkende Brühe nicht nur riechen, sondern auch berühren. Zum Glück zog Lippe zwei Paar weiße Gummihandschuhe aus seiner Jacke. »Die benutzen sie im Krankenhaus auch beim Operieren«, sagte er dazu. »Schützt vor Infektionen.«

Sie tasteten in der trüben Soße nach den Stricken, um das Boot aus dem Kanal zu ziehen. Ihre Gummihände waren schon nach den ersten Handgriffen braun verschmiert. Jonas hätte sich bestimmt übergeben, wenn ihm nicht noch der Gedanke gekommen wäre, dass auch eine Menge Erbrochenes in dem Kanal war; das hielt ihn aus irgendeinem Grund zurück. Schlecht war ihm trotzdem.

Als sie das Boot umdrehten, fiel ein Schuh heraus.

»Du willst doch die ganze Zeit andere Schuhe«, sagte Lippe. »Hier ist schon mal einer.« Zum ersten Mal, seit sie den schmalen Schacht hinuntergestiegen waren, mussten sie lachen. Dann knoteten sie die beiden Seile vom Schlauchboot ab und banden sie aneinander. Das zusammengebundene Seil triefte nur so und überall hingen Papierfasern – aber es hielt. Ein Ende knüpften sie zu einer großen Schlinge, das andere zu einer kleinen.

»Ich nehm das auf keinen Fall in den Mund«, meldete sich plötzlich Tante Tiger. »Auf gar keinen Fall!«

»Nicht nötig«, sagte Lippe. »Sie müssen nur Ihren Kopf durch die große Schlinge stecken.«

Tante Tiger knurrte unwillig, ließ sich dann aber doch die größere Schlinge um den Hals legen, nachdem Jonas die Luft aus der Schwimmweste gelassen hatte. So schützte die leere Weste den Tigerhals vor dem Seil. Tante Tiger kauerte sich zusammen, die Vorderpfoten dicht unter den Leib gezogen. Der große Tigerkörper wurde fast zu einer Kugel, aus der nur noch der Kopf ragte; die Augen waren starr auf die Luke über ihr gerichtet. Auch Jonas stand reglos da. Was Lippe tat, wusste er nicht, er konnte den Blick nicht von dem Tiger wenden. Die einzige Bewegung, die Jonas wahrnahm, war das wechselseitige Auf und Ab der beiden hinteren Tatzen, wodurch das Hinterteil des Tigers langsam hin und her schwang.

Plötzlich schnellte der gewaltige Körper senkrecht nach oben, streckte sich so weit es nur ging in die Länge und verschwand. Es war wie eine Explosion ohne Knall. Jonas sah gerade noch, wie der gestreifte Schwanz durch die Luke gezogen wurde, dann baumelte die kleine Schlinge vor ihm in der Luft. Das war alles, was daran erinnerte, dass hier gerade noch ein Tiger gesessen hatte. Die Fähigkeiten von Tante Tiger waren fast schon unheimlich.

Jonas griff nach der Schlinge, spürte durch seine Gummihandschuhe, wie glitschig das Seil war, und klammerte sich mit aller Kraft fest. Es gab einen Ruck und er wurde nach oben gezogen. Auch das schien für Tante Tiger kein Problem.

Wie ein Sack, der einem über den Kopf gestülpt wird, umschloss Jonas die Hitze der Nacht. Er rang nach Luft, zog sich den Mundschutz vom Gesicht und sank auf den Boden. Die warme Luft roch nach Moder, Erde, Rauch und Honig. Jonas sog diese Gerüche ein und war fast betäubt, so ungeheuer gut roch das alles nach der Kanalisation. Da unten, dachte er, da war alles für immer: die Dunkelheit, der Gestank, der schmatzende Kanal, die huschenden Ratten. Dagegen war die Nacht um Jonas herum licht und freundlich. Sein Blick fiel auf die Uhr an seinen Arm. Es war nur eine Stunde vergangen, seit er in dem Loch im Asphalt verschwunden war. Eine Stunde so lang wie die Ewigkeit.

Jonas richtete sich langsam auf und sah sich um.

Die Klaue mit der Plastikgabel

Als Lippe endlich auftauchte, stand Jonas' Mund noch immer vor Staunen offen.

Zwischen kniehohen Pflanzen, die nur aus spitzen gefiederten Blättern zu bestehen schienen, lagen vier kreisrunde Teiche. Zum Mittelpunkt der Teiche führte jeweils ein stählerner Steg mit einem Geländer. Jonas wurde bald klar, dass es künstliche Becken waren. Jeweils zwei der Becken waren genau gleich groß. Die beiden kleinen Becken lagen glatt und schwarz zwischen den Pflanzenwedeln. Die Flüssigkeit in den großen Becken schien zu brodeln.

Nur einige Meter entfernt lag eines dieser Becken; ein blubberndes Zischen stieg von dort auf. Das Geräusch mischte sich mit der Musik, die noch immer wie Rauchschwaden über das Gelände wehte, mal lauter, dann wieder leiser.

Jonas drehte sich um, hinter ihm stand Lippe. In seinen weit aufgerissenen Augen spiegelten sich die vier Becken und darüber strahlte ein weißes Licht.

»Mensch, Lippe, mach die Lampe aus!«, flüsterte Jonas. »Das sieht doch jeder.«

»Hast recht«, sagte Lippe nach einem Moment, griff sich mit einem Ruck an die Stirn und drehte das Licht ab. »Wir müssen aufpassen.«

»Ja, aber worauf?«

»Auf alles.« Lippe starrte noch immer auf die Becken. »Alles kann damit zu tun haben. Vielleicht ist das da ein Verwandlungsbad, du steigst als Mensch rein und kommst als Tiger wieder raus … oder als Ziege.«

Wo steckte eigentlich der Tiger? Jonas riss sich vom Anblick der Becken los. Zum Glück stand noch immer der Mond am Himmel. Sein Licht fiel auf das Dickicht aus Blättern, das sich hinter ihnen erhob. Alles schien miteinander verflochten und im fahlen Mondlicht warfen die seltsamen Blätter noch seltsamere Schatten, dazwischen helle Flecken, groß wie Teller. Wahrscheinlich Blüten. Jonas glaubte sogar, ihren schweren Duft zu riechen. Das war der Dschungel, den sie schon von der anderen Seite des Zauns gesehen hatten. Aus diesem Pflanzengewirr war der Tiger gesprungen, als die alte Rosa mit Herrn Teichmann am Klärwerk spazieren gegangen war. Eine Gänsehaut breitete sich zwischen Jonas' Schulterblättern aus. Was, wenn es hier noch mehr Tiger gab? Da zwischen den Pflanzenwedeln … da war etwas Großes! Zwischen den vielen Schatten war es kaum zu erkennen. Jonas packte Lippe am Arm.

»Das ist Tante Tiger«, raunte Lippe, während er Jonas den Ellbogen in die Seite rammte.

Jonas holte tief Luft. Die Hitze, die Feuchtigkeit, das fahle Licht und dieser Ort verwirrten ihn. Ein Glück, dass Lippe und Tante Tiger da waren. Auch wenn sich der Tiger seltsam benahm.

Sein Kopf war weit nach vorn in Richtung der Gebäude gestreckt, die Augen waren geschlossen, die Nase kraus gezogen. Die Lefzen waren nach oben gerollt, sodass die Reißzähne im Mondlicht leuchteten, aus dem halb geöffneten Maul hing die Zungenspitze. Es sah aus, als müsste Tante Tiger gleich fürchterlich niesen.

»Brauchen Sie ein Taschentuch?«, flüsterte Lippe. »Ich hab noch welche.«

Tante Tiger entspannte sich und wendete den Kopf. »Danke, Philipp, aber ich bin nicht erkältet. Im Gegenteil: Mir geht es sehr gut. Wisst ihr, ich habe festgestellt, dass ich mit dem Mund fast noch besser riechen kann als mit der Nase.«

»Mit dem Mund?« Jonas betrachtete das noch immer offene Tigermaul. »Wie machen Sie das?«

»Ich weiß es nicht genau. Aber ich kann mit dem Gaumen riechen, fast so, als ob ich die Luft so lange kauen würde, bis sie in ihre einzelnen Geruchsnoten zerfällt. Es ist doch ungeheuer, was in so einem Katzenbiest steckt, findet ihr nicht?«

Im Gegensatz zu Jonas schien sich Tante Tiger ausgesprochen wohl zu fühlen.

»Ich schmecke Menschenschweiß, gebratenes Fleisch, Wein«, fuhr Tante Tiger mit rauer Stimme fort. »Pflanzen und Blüten, die ich noch nie gesehen habe, die feuchte Erde … und Schnee.«

»Schnee?«, riefen Jonas und Lippe gleichzeitig.

»Ja. Schnee und Leder. Ein wunderbarer Geruch …« Sie hob wieder den Kopf, zog die Lefzen zurück und die Nase kraus. »Und noch etwas liegt in der Luft …«

»Au!« Das war Lippe. Der wild hin und her schlagende Tigerschwanz hatte ihn mal wieder erwischt.

Tante Tiger schien es nicht bemerkt zu haben, sie hatte schon wieder das Maul offen und die Augen geschlossen. »Ich glaube, es ist der Geruch von einem Ziegenbock oder einem Hammel. Wir sollten uns einmal dort hinüberschleichen.«

Sie meinte offenbar die Richtung, in die ihr geöffnetes Maul zeigte: zu den flachen Gebäuden.

»Na gut«, brummte Lippe noch immer verärgert über den Schlag. »Aber zuerst müssen wir mal die Expeditionsausrüstung ablegen und uns möglichst gut tarnen.« Er öffnete die Verschlüsse der roten Schwimmweste, deren phosphoreszierende Aufschrift FEUERWEHR im Dunklen schimmerte, und warf sie Jonas zu. Jonas ging zu Tante Tiger und zog ihr die Schwimmweste über den Kopf.

»Danke, Jonas«, schnurrte sie. »Könntest du mich vielleicht etwas kämmen?«

»Jetzt?«

»Mein Fell ist bestimmt ganz zerzaust nach dieser fürchterlichen Bootspartie«, raunte Tante Tiger. »Und ich hab mich doch jetzt fast zwei Wochen lang nicht gekämmt, immer nur mit der Zunge geputzt. Ich würde gerne einfach etwas gepflegt auftreten, verstehst du?«

Jonas verstand nichts. Seine Frisur war das Allerletzte, woran er im Moment dachte – trotzdem zog er den Kamm aus seinem Rucksack.

»Vor allem den Kopf«, schnurrte Tante Tiger. »Denn da komm ich nicht mal mit der Zunge hin.«

Also kämmte Jonas den Kopf. Es war erstaunlich,

wie weich und dicht das Fell hinter den Kiefern war, ein richtiger Backenbart, und Jonas kämmte ihn so, dass er weit vom Kopf wegstand – so sah es am gefährlichsten aus.

»Der ganze Boden hier ist bedeckt mit Farn«, sagte Tante Tiger plötzlich. »Ich liebe Farn. Schon als Kind war das so, weil mich die zartgefiederten Blätter immer an Federn erinnert haben.«

Jonas fiel das dicke Buch ein, das auf dem Nachtkästchen in der Wohnung der alten Rosa lag; irgendwas mit *Kosmos* und *Farnen*.

»Es könnte dorniger Wurmfarn sein«, fuhr Tante Tiger fort, »aber es ist zu dunkel, um das genau zu sagen. Es gibt sehr viele verschiedene Arten, weißt du. Den borstigen Schildfarn zum Beispiel oder den herablaufendgefiederten Sumpffarn. Aber alle mögen sie es feucht und düster. Deshalb begreife ich nicht, warum er hier so prächtig wächst, unter freiem Himmel, bei der mörderischen Hitze jeden Tag. Und nicht nur eine Sorte, sondern viele, das kann ich riechen … Danke, Jonas, das hat gutgetan. Jetzt hat der Pelz doch wieder mehr Form und Fülle.« Ohne sich noch einmal umzusehen, schritt sie auf das Blätterdickicht zu.

Mit dem Kamm in der Hand sah Jonas ihr nach. Wie sehr sich ihr Gang verändert hatte! Leicht geduckt mit einer einzigen fließenden Bewegung glitt Tante Tiger durch die Nacht. Ihr gestreiftes Fell verschwamm mit den Farnwedeln und vollkommen lautlos schob sich der große Leib zwischen die schwarzen Blätter des

Dickichts – so wie ein Finger geräuschlos in einem Schokoladenpudding verschwinden kann.

»Mensch, Nase, schnell hinterher!«, rief Lippe hinter ihm und hastete los.

»Warte!«, zischte Jonas, aber da war Lippe schon losgestolpert. ›Blödmann‹, dachte Jonas, schob den Kamm, den er noch immer in der Hand hielt, in die hintere Hosentasche, kauerte sich auf den Boden und stopfte, so schnell er konnte, die beiden Schwimmwesten in seinen Rucksack. Er war gerade dabei, die Schnallen zu schließen – da hörte er ein Knacksen oder Rascheln. Es war so leise, dass Jonas nicht genau sagen konnte, aus welcher Richtung das Geräusch gekommen war. Er hob den Kopf.

Ein Stück von der Stelle entfernt, an der Tante Tiger und Lippe verschwunden waren, stand eine Gestalt. Sie musste fast im selben Moment aus dem Dickicht getreten sein, in dem Lippe darin verschwunden war. Jonas dachte zuerst, es sei ein Tier. Allerdings fiel ihm kein Tier ein, das so aussah, bis er erkannte, dass es ein gebückter Mensch war. Der eine Arm berührte den Boden, der andere hielt etwas Weißes umklammert. Zwischen den Armen pendelte der Kopf. Das Gesicht konnte Jonas kaum erkennen, weil das Haargestrüpp um den Kopf einen tiefen Schatten warf. Jetzt setzte sich die Gestalt in Bewegung. Sie ging mit kleinen Schritten und tief gebeugten Knien. Der Oberkörper hing vornüber und der Kopf mit dem wirren weißen Haar streckte sich auf Höhe der Hüfte nach vorn. Jonas entgegen.

Obwohl die Schritte sehr steif waren, kam es Jonas vor, als ob sich die Gestalt an ihn heranschlich. Er ließ den Rucksack los und richtete sich auf. Die Gestalt kam näher. Manchmal zuckte sie zusammen, als ob sie Schmerzen hätte; dabei richtete sie sich kurz auf, sodass Jonas ein faltiges altes Gesicht erkennen konnte. Manche der Bewegungen erinnerten ihn an seine Oma, wenn sie mit einem Stock durch die Wohnung humpelte. Von dieser Gestalt ging aber etwas ganz anderes aus, etwas Lauerndes. Trotz ihrer Gebrechlichkeit war sie bedrohlich. Jonas' Herzschlag beschleunigte sich.

Obwohl er größer, schneller und wahrscheinlich stärker war, hatte er Angst. Und je näher die Gestalt kam, desto schlimmer wurde es. Unwillkürlich wich Jonas zurück. Die Gestalt folgte ihm. Plötzlich hörte Jonas hinter sich ein Zischen und Blubbern. Er warf einen Blick über die Schulter und sah, dass er am Rand des großen Klärbeckens stand.

Die Gestalt war jetzt nur noch ein paar Meter entfernt. Jonas meinte trotz des Zischens der Blasen einen rasselnden Atem zu hören. Er sah jetzt auch, dass die Gestalt ein zerfetztes Kleid trug und darüber eine Art dünne Strickjacke, die noch mehr in Fetzen hing als das Kleid. Eine alte Frau!

Die Alte stand jetzt vor ihm. Er konnte die einzelnen steifen Haarzotteln unterscheiden, die in Stacheln und dicken Nestern von ihrem Kopf abstanden. ›Warum kämmt sie sich nicht?‹ Wie ein Kreisel drehte sich diese Frage in Jonas' Kopf: ›Warum kämmt sie sich nicht?‹, ›Warum, warum, warum‹ …

Jetzt hob die Gestalt den Kopf, sodass Jonas zum ersten Mal ihre Augen sah. Sie schimmerten wässrig und trüb, aber ihr Ausdruck hatte nichts Freundliches, Trauriges oder Wirres, wie Jonas es von alten Menschen kannte, sondern sie fixierten ihn mit kalter Aufmerksamkeit. Jonas starrte in diese Augen und verstand überhaupt nichts mehr. Es war der Blick des Tigers! Nur dass hinter diesen Augen eine Wildheit lauerte, die Tante Tiger fehlte.

Da richtete sich die Alte etwas auf, ein eigenartig dumpfes Krächzen kam aus ihrer Kehle, gleichzeitig fiel ihr der Mondschein ins Gesicht. Das Gesicht erinnerte Jonas an etwas, aber er wusste nicht, an was.

»Brauchen Sie vielleicht einen Kamm?« Jonas wusste selbst nicht, warum er das sagte. Er zog den Kamm aus der Hosentasche. Die Alte stieß eine Art brüchiges Fauchen aus und warf den Kopf in den Nacken. »Hier, bitte. Sie können ihn mir später wiedergeben.« Jonas streckte der Alten die Hand mit dem Kamm entgegen.

Mit einer Schnelligkeit, die Jonas ihr nicht zugetraut hätte, riss die Alte ihren Arm nach oben. Der Schreck lähmte Jonas, es war, als ob die Zeit für einen Augenblick stillstünde, und in diesem einen Moment erkannte Jonas jede Einzelheit: die Rosenblüten, mit denen das zerrissene Kleid bestickt war; die wenigen Zahnstümpfe, die in dem entblößten Kiefer der alten Frau steckten; die Zinken an dem weißen Plastikgegenstand, den die Hand über ihm umklammert hielt …

Ein brennender Schmerz auf der linken Wange ließ

Jonas taumeln. Er ruderte mit den Armen durch die Luft, balancierte einen Moment auf der Kante des Beckens – und kippte langsam nach hinten. ›Das war eine Gabel‹, dachte er im Fallen. ›Die Alte hat mir eine Plastikgabel übers Gesicht gezogen!‹

Dann spürte er Nässe und unzählige sprudelnde Blasen. Die Flüssigkeit um ihn herum brodelte und knatterte, als ob er in einen Topf mit kochendem Wasser gefallen wäre. Gleichzeitig war es kühl. Jonas konnte nichts sehen, Schwärze umgab ihn. Kleine Teilchen oder Fasern, ähnlich wie Schneeflocken, legten sich auf seine Haut. ›Scheiße‹, schoss es ihm durch den Kopf. ›Das ist ein Klärwerk und das ist die Scheiße.‹ Er schob den Gedanken weg und zwang sich, Grünkohl zu denken: Es ist Grünkohl. Jonas strampelte mit Händen und Füßen, um wieder nach oben zu kommen, aber seine Tritte und Schläge fanden einfach keinen Widerstand. Zu viel Luft war im Wasser. Jonas sank tiefer und tiefer. Seine Lungen fingen an zu brennen. ›LUFT!‹, war Jonas' einziger Gedanke. Gleichzeitig hörte er ein Brummen und spürte, wie er von einem Wirbel erfasst wurde. Jonas wusste nicht mehr, wo oben und unten war, wusste überhaupt nichts mehr, nur, dass er gleich den Mund aufreißen und Atem holen würde … Da huschte ein Lichtpunkt an seinem Auge vorbei; Jonas konnte ihn steuern. Der Lichtpunkt klebte an seinem Arm, nicht nur einer, sondern mehrere, die einen Kreis bildeten. Die Taucheruhr! Sein Vater! Die Schwimmweste! Er trug noch immer die Schwimmweste! Jonas tastete verzweifelt nach der Reißleine an seiner Schulter, fand sie endlich und zog. Mit lautem Zischen füllt sich die Weste mit Luft. Fast im selben Moment verebbte das Brodeln und Blubbern, die Wirbel ließen nach und Jonas schoss, von der Schwimmweste gezogen, nach oben.

Am ganzen Leib schlotternd, genoss Jonas jeden Atemzug.

›Fast wäre ich tot …‹ Sonst dachte er nichts.

Nach einer Weile, die wie eine Ewigkeit war, die allmählich schrumpfte, bis Jonas wieder spürte, wie die Zeit verstrich und wie kalt ihm war, paddelte er zum Beckenrand und zog sich mühsam heraus.

Die Alte war verschwunden. Jonas schauderte bei dem Gedanken an ihren Gesichtsausdruck, als sie die Gabel gehoben hatte. Das war nicht Wut oder Hass gewesen wie in Veras Gesicht, wenn sie nach ihm schlug, sondern ein eiskalter, berechneter Angriff und deswegen so überraschend.

Jonas tastete nach seiner Wange und fühlte drei geschwollene Striemen. Ganz klar, die Alte war gefährlich. Jonas überlegte noch einmal, woran ihn ihr Gesicht erinnert hatte, aber andere Gedanken schoben sich dazwischen: Wo steckte bloß Lippe? Wenn er ihn brauchte, war er nicht da!

Jonas ließ den Kopf auf die Knie sinken, dabei stieß sein Kopf an etwas Hartes: die Armbanduhr. Der Sekundenzeiger wanderte gleichmäßig über das Zifferblatt.

»Danke, Papa«, murmelte Jonas und spürte, wie ihm Tränen in die Augen stiegen; meistens verkniff er sich das Weinen, half ja sowieso nichts. Jetzt war es ihm egal.

Jonas erhob sich erst, als er keine einzige Träne mehr in seinen Tränensäcken hatte. Er fühlte sich leicht und frei wie lange nicht mehr, und Zuversicht stieg in ihm auf.

›Wasser‹, dachte er. ›Einfaches, klares Wasser.‹ Jonas wollte sich das Gesicht waschen; außerdem hatte er festgestellt, dass seine ganze Kleidung mit dunklen schmierigen Flocken bedeckt war. Mit ein paar Farnwedeln wischte sich Jonas das dunkle Zeug, die Tränen und den Rotz aus dem Gesicht. Er war sich sicher, dass er nicht besonders gut roch. Egal, sagte er sich, stank ja sowieso alles hier.

Er ließ die Luft aus seiner Schwimmweste und ging zu seinem Rucksack. Der stand noch genauso da, wie er ihn verlassen hatte. Jonas verstaute auch die dritte Weste und setzte ihn auf. Er musste Lippe und Tante Tiger wiederfinden. Aber wo? Auf keinen Fall wollte er sich in das Dickicht schlagen, in dem die beiden verschwunden waren. Irgendwo da drinnen, zwischen den schwarzen Blättern, saß die Alte und lauerte mit ihrer Gabel, da war sich Jonas sicher. Direkt auf die Musik zu wollte er auch nicht gehen. Aber dorthin musste er, von dort mussten die Gerüche kommen, die Tante Tiger so angezogen hatten.

Jonas zögerte kurz, dann schlich er zur Rückseite des nächstgelegenen Gebäudes. Es stand längs des Dickichts, lediglich ein schmaler, farnbewachsener

Streifen blieb zwischen der weißen Wand und den verschlungenen Ästen. Jonas zog die Brechstange aus
seinem Rucksack. Sollte wieder jemand mit einer Gabel auf ihn losgehen, würde er sich wehren.

Fest an die Mauer gepresst, das Dickicht immer im
Blick, schob sich Jonas die Wand entlang. Am Ende
der Wand sah er einen flackernden, bunten Lichtschein. Je näher Jonas der Mauerkante kam, desto
lauter und klarer wurde die Musik. Sie war wild und
betörend: Trommeln und darüber eine Melodie aus
heulenden, fast klagenden Tönen. Es war, als würde
auf einmal Musik statt Blut durch seine Adern pulsie-
ren. Jonas zwang sich, nicht mit den Armen und
Beinen zu zucken, während er in die Hocke ging und
vorsichtig um die Gebäudekante spähte.

Eine gepflasterte Fläche lag vor ihm. In der Mitte der
Fläche war ein Berg Glut aufgehäuft, von dem kleine
Flammen aufzüngelten. Über der Glut drehte sich ein
großes Tier an einem Spieß.

Auf dem Boden um die Glut herum standen dick-
bauchige Fässer auf Gestellen und flache Schalen mit
Weintrauben, Käse- und Brotlaiben. Dazwischen lagen Menschen. Manche auf Kissen oder Jacken, manche auf dem blanken Stein. Einige saßen auch auf
Bürostühlen.

Zwischen den Menschen bewegte sich ein riesiger
Mann mit einem Instrument, das er wie einen Blasebalg vor seinem Bauch auf- und zuzog. Ein Akkordeon. Stirn und Nase des Hünen glänzten rötlich, der

Rest des Gesichts verschwand in einem wüsten Bart. Schwere Locken fielen ihm bis auf die Schultern. Seine nackten Arme waren so behaart, dass Jonas keine Haut erkennen konnte. Der Rest des Mannes steckte in einer blauen Latzhose, wie sie Arbeiter tragen. Die Hose wiederum steckte in schwarzen Stiefeln, mit denen er kleine und große Sprünge machte. Dazu stieß er meckernde Schreie aus oder lachte laut. Einige der Menschen drehten sich in wildem Tanz um ihn herum.

Plötzlich ließ der Riese das Akkordeon sinken, nur die Trommeln waren noch zu hören. Er hob die Arme und begann, sich im Takt zu wiegen. Ein breites Grinsen lag auf seinem Gesicht. Er packte eine der Tänzerinnen, eine große schwere Frau, und wirbelte sie durch der Luft. Die Frau trug ein geblümtes Kleid und eine Küchenschürze, die wild flatterte. Ihr Gesicht mit den kleinen Augen glänzte vor Vergnügen.

In diesem Moment erkannte Jonas die Frau: Es war Frau Fischler, der Schwergewichtschampion aus der Keunerstraße. Selig lag sie in den pelzigen Armen des Musikers. War das ihr Mann? Aber so benahmen sich Ehepaare normalerweise nicht. Wenn sie nicht zankten, schwiegen sie oder kümmerten sich nicht umeinander. Und in die Luft warfen sie sich nie! Wie ein Hut wurde Frau Fischler gerade in den Himmel geschleudert und wieder aufgefangen. Sie kreischte, der Riese lachte.

Jonas fiel auf, dass er viele der Leute hier schon einmal gesehen hatte. Sie wohnten alle in der Siedlung. Einige knieten vor einer Schale mit gebratenem Fleisch und stießen weiße Plastikgabeln in die gebratenen Fleischstücke. Andere stopften sich das Essen mit bloßen Händen in den Mund. Einer goss sich eine dunkle Flüssigkeit aus einem der Fässer über den Kopf und prustete und lachte. Ein Paar kniete vor einer Schale, die mit etwas Goldenem gefüllt war. Die beiden tauchten ihre Finger in die Schale und ließen sich gegenseitig eine zähe Flüssigkeit auf Nase und Mund tropfen. Jonas starrte die beiden an. Konnte das sein? Vera? Und neben ihr Igor, der Schweinskopf!

Igor trug ein weißes Hemd, in dem er festlich und fröhlich aussah. Kaum etwas erinnerte an den rohen Kerl in dem verschmierten Metzgerkittel, der sie jeden Tag hinter dem Supermarkt erwartet hatte.

Vera war leichter zu erkennen. Wie immer trug sie eine schwarze Kutte. Kaum wiederzuerkennen war allerdings ihr Gesicht, das vor Wonne glühte. Vera hatte also gelogen! Sie war das Wochenende nicht bei ihrer Freundin, sondern hier. Gut zu wissen, dachte Jonas, das nächste Mal würde ihr die Petze im Hals stecken bleiben. Plötzlich stieg in Jonas die Erinnerung hoch. Er sah sich zusammen mit Lippe auf dem warmen Asphalt der Straße sitzen, bleich, verdattert und verwirrt von der ersten Begegnung mit dem Tiger. Über ihnen die zornige Vera, wie eine aufgerichtete schwarze Viper: ›Du hast Glück, dass ich's eilig hab und mir jetzt nicht die Hände an euch beiden Scheißhaufen schmutzig machen will. Obwohl – so ein Hauch Kanalisation wäre heute vielleicht sogar ganz passend ...‹ Diese Worte waren damals einfach durch Jonas hindurchgegangen, aber jetzt kamen sie wieder, stiegen wie Luftblasen aus einem dunklen Gewässer auf und sammelten sich unter seiner Schädeldecke – *so ein Hauch Kanalisation wäre heute vielleicht sogar ganz passend ...* Was hatte Vera damit gemeint? Konnte es sein, dass sie schon an diesem Abend vor fast genau zwei Wochen auf dem Weg ins Klärwerk gewesen war, um hier fette Orgien zu feiern?

»Ssssssssssst«, zischte es in diesem Moment dicht hinter Jonas. Mit erhobener Brechstange fuhr er herum. Lippe riss die Arme vors Gesicht und sah Jonas erschrocken an, grinste aber sofort wieder. »Gut so, Nase, immer auf der Hut vor verdächtigen Gestalten, ich mein, Gerüchen.« Er rümpfte die Nase. »Hast du ein Moorbad genommen, oder was?«

»Mensch Lippe«, flüsterte Jonas zurück. »Wo wart ihr bloß? Mich hat eine verrückte Alte angegriffen und in eins der Becken gestoßen. Fast wär ich ersoffen.«

»Eine verrückte Alte?«

Jonas nickte. »Nicht nur verrückt. Brutal und gefährlich! Sie hat mir eine Gabel über die Wange gezogen.«

Lippe schürzte die Lippen, sodass sie einen dicken Ring in seinem Gesicht bildeten. »Eine Hexe. Hat sie irgendwas gemurmelt, während sie dich angegriffen hat?«

»Nein. Nur gefaucht. Aber schlimmer als die Alte

war das Klärbecken – ich hab gedacht, ich ertrinke … Und jetzt noch diese Orgie, und Vera und Igor, die sich mit Honig beschmieren. Was ist das, Lippe? Ein verrückter Alptraum?«

»Vielleicht ist das hier der Tanz der Vampire und Fleischhauer«, sagte Lippe. »Und der behaarte Dickwanst da ist Graf Kackula.«

Jonas kicherte.

»Den hab ich schon mal gesehen«, flüsterte Lippe. »Das ist die tanzende blaue Ziege.«

Jonas schüttelte grinsend den Kopf. »Du spinnst.«

Lippe grinste zurück. »Die Welt spinnt, Nase, das ist das Problem. Du wirst es gleich sehen. Da ist nämlich noch jemand, den du kennst. Tante Tiger sitzt schon auf seinem Schoß. Los, komm!« Er nahm Jonas bei der Hand und zog ihn zu dem verschlungenen Gebüsch mit den dunklen Blättern. ›Ein Freund ist einfach besser als alles andere‹, dachte Jonas, als er hinter Lippe in das verschlungene Dickicht stolperte.

Ulla und Amba

Wie kühle feuchte Hände strichen Jonas große Blätter übers Gesicht. Andere raschelten und knisterten, wenn er sie berührte, als ob sie aus hauchdünnem Papier wären. Ranken und Wurzeln griffen nach seinen Füßen, Blüten verströmten betäubende Düfte.

Jonas hielt Lippes Hand fest und ließ sich ziehen. Es war warm und feucht. Die Musik und die Schreie wurden gedämpft und schienen plötzlich von weit her zu kommen. Und doch gingen sie nur ein kleines Stück durch die Hecke, eigentlich waren es nur ein paar Schritte, dann teilte Lippe die Blätter wieder und sie standen auf einem farnbewachsenen Streifen.

Links erhob sich die Schmalseite eines Häuschens und vor ihnen eine etwas höhere Wand. Das Eck, in dem sich die beiden Mauern trafen, lag im Schatten. Der flackernde Schein einer Fackel, die im Farn steckte, huschte über ein halb von einer Hutkrempe verborgenes Gesicht voller Falten. Zwischen den Lippen glomm eine Zigarette. Die Gestalt saß mit dem Rücken an die Wand gelehnt, unter sich hatte sie einen hölzernen Schlitten. Der Schlittenfahrer!

Er saß genauso da wie in der Baugrube. Nur dass jetzt ein mächtiger Tigerkopf auf seinen Beinen ruhte. Tante Tiger hatte sich neben dem Schlittenfahrer hingestreckt und den Kopf auf seinen Schoß gebettet.

Das scharfe, sägende Geräusch, das sie von sich gab, kannte Jonas: Sie schnurrte, während der Schlittenfahrer sie hinter den Ohren kraulte. Er hatte überhaupt keine Angst.

»Das ist Ulla«, flüsterte Lippe neben ihm.

Obwohl Lippe ganz leise gesprochen hatte, hob der Schlittenfahrer den Kopf und sah Jonas mit seinen schrägen Augen an. Junge Hunde schauen manchmal so, oder kleine Kinder, obwohl der Mann auf dem Schlitten weder jung noch kindlich wirkte. Er lächelte nicht einmal und der traurige Zug spielte noch immer um seinen Mund.

»Mein Name ist Uganulla Quai«, sagte er jetzt. »Ulla rufen sie mich hier.« Seine Stimme war weich, ein gedämpfter Singsang, der tief aus seinem Inneren kam. Jonas starrte ihn an. Jedes Wort hatte Ulla verstanden; er musste ein ungeheuer gutes Gehör haben.

»Dein Freund nennt sich Lippe. Wie nennst du dich?«

»Ich heiße Jonas. Aber manche sagen Nase ... Sie können auch Nase sagen.« Jonas wusste nicht, was mit ihm los war: Er hatte noch nie einem Erwachsenen angeboten, ihn Nase zu nennen!

»Nase«, sagte Ulla ernst.

»Ulla«, sagte Jonas ebenso ernst.

»Tante Tiger«, sagte Lippe noch ernster.

»Lippe«, brummte Tante Tiger – und verfiel in grollendes Gelächter.

Jonas und Lippe kicherten ebenfalls, nur der Schlittenfahrer verzog keine Miene: »Nase und Lippe sind gute Namen für große Taten. Habt ihr den Tiger gezähmt und ihm das Sprechen beigebracht?«

Jonas und Lippe sahen Ulla an und schüttelten den Kopf.

»Sprechen konnte ich schon, bevor die beiden Buben überhaupt geboren wurden«, sagte Tante Tiger. »Nur hatte ich früher keine so raue Stimme.«

Der Schlittenfahrer sagte etwas in einer Sprache, die dunkel und jaulend klang; Jonas musste an einen Wolf denken.

»War das Chinesisch?«, fragte Lippe.

Jonas sah, wie die Neugier seinen Freund zum Zappeln brachte.

»Das war die Sprache der Nanai. Das sind die Menschen, von denen ich komme«, sagte Ulla und sah dabei Tante Tiger an. »Verstehst du die Worte?«

»Nie gehört, das Kauderwelsch«, brummte Tante Tiger. »Klingt trotzdem vertraut. Genauso vertraut ist dein Geruch.«

»Schnee und Leder?«, fragte Jonas, der nichts verstand, aber spürte, dass da ein Geheimnis war.

»Ja«, sagte Tante Tiger. »Schnee und Leder. Ein Gefühl, ein Geruch wie … wie die eigene Küche.«

»Ich habe nur diese Sprache gesprochen mit dir«, sagte Ulla. »Eure hastigen Laute kannte ich damals nicht und hätte auch nicht glauben können, dass jemand damit spricht.« Seine Augen waren jetzt schmal wie Knopflöcher.

»Früher war ich anders«, sagte Tante Tiger und

schüttelte unwillig ihren Kopf. »Eigentlich weiß ich überhaupt nicht, wie …«

»Sie kennen Tante Tiger schon länger?« Lippe konnte sich nicht mehr zurückhalten, seine Hände zuckten durch die Luft und hielten sich nur ab und zu in seinen Locken fest. »Erzählen Sie! Woher kennen Sie sich? Wie kommt der Tiger hierher? Wir haben da nämlich ein kleines Problem zu lösen, wir …«

»Grrrrrrrrrroooooooooooohhhh…« Ein gereiztes Knurren unterbrach Lippe. Er verstummte und sah zu Jonas. Der zuckte mit den Schultern, Tante Tiger wollte scheinbar nicht, dass sie erzählten, was hier im Klärwerk passiert war.

Sie schwiegen. Von der anderen Seite des Mauerwinkels hörte Jonas wildes, fast schon unheimliches Gelächter, Trommelwirbel und das atemlose Akkordeon.

»Nase«, sagte Ulla nach einer Weile, »du riechst nach Belebungsbecken. Kein guter Geruch für andere Nasen.«

»Belebungsbecken?« Jonas schämte sich etwas. »Was ist da drin?«, fragte er, war sich aber nicht sicher, ob er es wissen wollte.

»Kleine Tiere, die Kot fressen«, sagte Ulla. »Es ist gefährlich. Du ertrinkst, weil es voll Luft ist.«

»Ich weiß«, sagte Jonas und sah Ulla an.

Die Falten in seinem Gesicht zogen sich etwas zusammen; er lächelte zum ersten Mal. »Wenn du diese Mauer entlanggehst, kommt sauberes Wasser aus einem Rohr.« Er wies mit seiner Hand die längere

Mauer entlang. »Und komm zurück. Ich erzähle von dem Tiger und mir.«

Jonas fand einen Wasserhahn und ließ sich das Wasser über den Kopf laufen. Während das Wasser über seine Haut rann, sickerte in seinen Körper ein Glücksgefühl. Klares Wasser war das Beste, dachte er, das Allerallerbeste. Er öffnete den Mund und trank, bis er nicht mehr konnte. Dann wusch er sich noch so gut es ging die schleimigen Flocken von den Kleidern und ging zurück.

Der Schlittenfahrer und Tante Tiger saßen noch immer genauso da, wie Jonas sie verlassen hatte. Lippe hatte sich einfach in den Farn gekauert.

»Ihr könnt euch ruhig wieder anlehnen«, schnurrte Tante Tiger, als Jonas bei ihnen war. »Ich beiße nicht. Obwohl ich schon langsam ein kleines Nackensteak vertragen könnte.«

Lippe sah misstrauisch zu Tante Tiger, aber Jonas zog ihn einfach mit. Der Geruch des Tigers kam Jonas inzwischen wie ein seltenes Gewürz vor, das erst schmeckt, wenn man ein paar Mal davon gegessen hat. Da fiel ihm etwas ein. Er öffnete seinen Rucksack und zog die Schokolade heraus. Durch die Kälte in der Kanalisation war sie einigermaßen hart geblieben. Lippe schob sich eine ganze Rippe in den Mund, Ulla nahm ein kleines Stück und legte es vorsichtig auf seine Zunge. Nur Tante Tiger verschmähte ihren Anteil: »Scheußlich süßes Zeug!«

Als sich die Schokolade zwischen Jonas' Zunge und

Gaumen auflöste und der Geschmack sich langsam ausbreitete, ging es ihm so gut wie lange nicht mehr. Er sank in das dichte Fell, spürte durch seine Kleidung den mächtigen Tigerkörper und hörte zu.

»Ich komme aus einem Land, das ich nur noch im Traum betreten kann, so weit weg ist es …«, begann Ulla leise. Seine Augen waren fast geschlossen; das Einzige, was in seinem Gesicht glomm, war die Glut der Zigarette. »Es ist ein wildes Land voller Wasser, Bäume, Gräser und Tiere. Es gibt Nebel, so dick und weiß, dass du ihn wie Milch trinken möchtest. Klare Tage, da erkennst du den Mäuseschwanz im Schnabel des Adlers. Im Sommer gibt es mehr Mücken als Blätter an den Bäumen. Um ihnen zu entkommen, musst du ein Fisch sein. Mein Volk, die Nanai, sind Fische. Wir leben an den Ufern des Flusses Ussuri und aus den Häuten seiner Bewohner machen wir Röcke und Handschuhe. Deswegen heißen wir auch die Fischhäutigen. Im Sommer gehen wir durch die Wälder, im Winter auf den Flüssen. Wenn das Wasser steigt, tragen wir unser Leben auf dem Rücken zum nächsten Ufer. Unsere Flüsse und Wälder liegen an der Grenze einer Gegend, die bei euch Sibirien heißt.«

Jonas wusste nichts von Sibirien. Er stellte sich riesige Eiszapfen vor, viel Wind, endlose Wüsten aus Schnee und Eis und vielleicht ab und zu die Spitze einer Tanne, die aus dem Schnee ragte.

»Wie kalt ist es da?«, fragte Lippe plötzlich. »Mehr als minus fünfzig Grad Celsius?«

»In bitteren Wintern ist es an den kalten Tagen so kalt, dass dir die Augen zufrieren, wenn du sie nicht oft genug auf und zu machst«, sagte Ulla und blinzelte Lippe zu.

»Aaaaaaah«, seufzte Tante Tiger. »Klingt nach einem angenehmen Klima.«

»Ja«, entgegnete Ulla. »Hier ist es zu warm, um froh zu sein.« Er schwieg kurz und der Lärm der wilden Feier schien lauter zu werden.

»Uganulla Quai war einer der besten Jäger der Nanai«, fuhr Ulla nach einer Weile fort. »Er hatte noch viel Kraft, trotz vieler Jahre, und wusste fast alles, weil er schon fast alles gesehen hatte. Er jagte den Fisch und den Bär, den Wolf und den Axishirsch und jedes andere Tier, dessen Spur er sah. Die Erde und der Schnee sind wie eine Zeitung, in der jeder lesen kann, was vor Kurzem geschehen ist. Nur einer Spur, der folgte Uganulla nie. Wenn er sie sah, presste er das Gesicht in den Pfotenabdruck, um seine Achtung auszudrücken, und ging in eine andere Richtung davon. Es waren die Abdrücke des mächtigsten Wesens der weiten Wälder: Amba, der Tiger. Er ist der Geist meines Landes und die Nanai jagen und töten ihn nicht. Er ist heilig. Wer ihn sieht, stirbt oder ist ein begnadeter Mann, dem in Zukunft keine Beute mehr entgehen kann.«

Tante Tiger, Lippe und Jonas saßen bewegungslos da und lauschten dem Singsang von Ullas Stimme, fast war es ein Lied, eine Ballade aus dem fernen Land Sibirien.

»Es war ein schöner Tag im Winter. Über Nacht war

frischer Schnee gefallen und bedeckte alles wie ein
großer glitzernder Pelz. Ich ging allein in den Wald.
Ich hatte ein Gefühl, als ob ich heute große Beute
machen würde. Meine Nase«, Ulla sah kurz auf und
blickte Jonas an, »zog mich in eine felsige Gegend,
in die wir nicht gerne gingen, weil dort der Tiger
herrscht. Um aber seltene Beute zu machen, musst du
seltene Wege gehen. Plötzlich sah ich eine Spur im frischen Schnee. Es waren die Pfoten einer Katze, so
groß wie ein Ohr. Zu klein für einen Tiger. Es war
aber auch kein Luchs, die Abdrücke waren zu rund
und die Katze zu klein. Sie hatte sich richtig durch
den frischen Schnee gekämpft. Ein Luchs mit seinen
langen Beinen geht anders. Ich folgte der Spur und
wusste, dass es falsch war. Aber es trieb mich den kleinen Pfoten hinterher. Ich musste nicht weit gehen.
Auf einem umgestürzten Stamm saß es und kämpfte
gegen die toten Äste: ein Tigerkind, nur halb so groß
wie unsere Hunde. Es war nur einige Monate alt. Ich
glühte vor Freude. Kaum jemand bekommt Amba zu
Gesicht und seine Kinder vielleicht ein Mann in hundert Jahren. Es war ein besonderer Tag. Ein schlimmer
Tag. Ein Grollen wie von einem Gewitter zerriss
meine Freude. Hinter mir, nur einen Steinwurf weit,
saß Amba mit peitschendem Schwanz und geducktem
Kopf. Es war die Mutter und ich stand zwischen ihr
und ihrem Kind – der schlimmste Platz, den es für
einen Nanai gibt. Flucht war unmöglich. Friede auch.
Der Tiger musste mich töten, ich war seinem Kind
zu nahe. Ich sah den Angriff in seinen Augen. Als er

sprang, riss ich mein Gewehr hoch und schoss. Ich konnte nicht anders, ich war wie jemand, der die Hand hochreißt, weil die Sonne ihn blendet ... Ich war ein guter Jäger, aber kein guter Mann meines Volkes. Ich erlegte Amba, den großen Tiger, mit diesem einen Schuss.

Ich fiel neben ihm in den Schnee und weinte, bis ich den kleinen Tiger hörte, der schreiend neben seiner Mutter saß ...

Ich hatte ein großes Verbrechen begangen und mein Volk, die Nanai, verbannten mich dafür aus meinem Land. Nie mehr darf ich die Wellen des Ussuri sehen.« Ulla saß bewegungslos auf seinem Schlitten. Die Zigarette war ausgegangen und sein Gesicht war völlig ruhig.

»Aber der Tiger wollte Sie umbringen. Hätten Sie sich fressen lassen sollen?«, fragte Jonas.

»Ja«, sagte Ulla. »Ein Nanai darf Amba nicht töten. Nie.«

»Der kleine Tiger«, brummte Tante Tiger plötzlich, »war das ich?«

»Ja«, antwortete Ulla ruhig. »Das warst du.« Er blickte Tante Tiger an. Jonas fand, dass sein faltiges Gesicht jetzt nachdenklich aussah, obwohl er kaum eine Miene verzog.

»Ich folgte dem Ussuri nach Norden, ging dann nach Westen, der Quelle des großen Amur entgegen, bis ich das Land der Nanai verlassen hatte. Das Tigerkind nahm ich mit. Ich wusste, dass ich viel Geld dafür bekommen könnte. So waren meine Gedanken, als wir zusammen in die Einsamkeit zogen. Ich ging auf die Jagd und Amba hielt mich warm in der Nacht. Es war ein Mädchen und es stank nicht so wie junge Tigermänner.« Jonas fragte sich kurz, ob es für Tante Tiger einen Unterschied machte, ob sie in einem männlichen oder weiblichen Körper steckte. »Irgendwann nahm ich den Tiger mit auf die Jagd. Er lernte schnell und wurde ein guter Jäger. Besonders in der Nacht, wenn ich nichts erlegen konnte. Das war gut, denn Amba wurde schnell groß und fraß so viel Fleisch, dass selbst der beste Jäger es nicht jagen konnte. Wir zogen durch das riesige Land Sibirien immer weiter nach Norden und Westen. Siedlungen und Zeltlager besuchten wir nie. Wenn Jäger oder Nomaden auf uns trafen, versteckte sich Amba im Wald oder im Zelt. Wenn wir weiterzogen, ging ich immer hinter ihr, um ihre Spur zu verwischen. So zogen wir Jahr um Jahr durch Taiga, Tundra und den Schnee. Amba riecht ihn immer noch an mir und ich an ihr.« Er beugte sich hinunter und versenkte sein Gesicht im dichten Backenfell von Tante Tiger. »Schnee und das Leder der Rentierhäute, aus denen unser Zelt war.«

Jonas' gesamter Oberkörper vibrierte, so heftig schnurrte Tante Tiger.

Ulla hob den Kopf aus dem Fell. »Wir zogen immer weiter nach Westen, schließlich nach Süden, bis es wärmer wurde und Schnee nur noch selten fiel. Das Jagen wurde schwieriger. Überall lebten Menschen. Amba wäre fast erschossen worden. Ich baute einen Käfig und zog sie auf einem Wagen durch die Dörfer und

Städte. Gegen Geld zeigte ich den Tiger und ließ ihn vor den Augen der Menschen ein Stück Fleisch fressen. Von dem Geld kaufte ich Fleisch für den nächsten Tag. Nur nachts konnte Amba manchmal heraus, wenn ein Wald in der Nähe war. Sie kam jedes Mal zurück. Amba und ich waren Freunde geworden. Trotzdem schämte ich mich. Denn die Welt, durch die wir zogen, hatte einen mächtigeren Gott als Amba, den Tiger: Geld. Ohne Geld konnte man hier nicht leben. Und Amba war das Einzige, wofür mir die Menschen Geld geben wollten. Für ihr Fell, ihre Zähne und Knochen. Aber das wollte ich nicht. Ich bin ein Nanai. Der Tiger ist heilig. Nie mehr werde ich ihn töten.

Doch ohne mein Volk und ohne mein Land brauchte ich Geld, um zu leben. Deshalb wollte ich den Tiger verkaufen. An einen Menschen, der ihn pflegen und füttern würde. Ich ging nach Odessa. Eine große Stadt in einer heißen Gegend, weit im Süden. In Odessa, sagten mir Menschen, gibt es alles und jeden, auch jemanden, der einen lebenden Tiger kauft. Ein Meer war da. Das Schwarze Meer. Und es gab Schiffe, mit denen man in die ganze Welt fahren konnte. Dort hörte ich zum ersten Mal von Funakis.«

»Der Direktor des Klärwerks!« Lippe beugte sich über Jonas' Schulter und starrte Ulla an. »Warum hat er nur den einen Namen?«

»Funakis ist ein seltsamer Mensch. Er trägt immer Stiefel. Auch bei großer Hitze, wie heute. Er sagt, er ist ein Gott, kein Mensch. Und es ist zu trocken geworden, sagt er, in seinem Götterland, das heute Grie-

chenland heißt. Die Nymphen, die weiblichen Was-
sergeister, würden immer weniger, der Wein auch.
Deshalb ist er in ein feuchtes Land gegangen, hierher
zu euch.«

»Glauben Sie das? Ich meine, dass er kein Mensch
ist?« Jonas wusste, woran Lippe bei dieser Frage dachte: Wenn Funakis kein Mensch war, hatte er vielleicht
etwas mit der Verwandlung der alten Rosa zu tun.

Ulla schwieg einen Moment, bevor er antwortete.
»Ich weiß es nicht. Unsere Götter sind nicht so dick
und nicht so laut … Hört ihr?«

Von jenseits des Mauerwinkels drang ein hämmern-
des Heulen herüber, das immer lauter wurde. Das Akkordeon wimmerte in den höchsten Tönen, wurde
aber noch übertönt von einem langsam anschwellen-
den brüllenden Gelächter, und Jonas beschlich eine
Ahnung: Der Riese in der blauen Latzhose …

»Die Ziege«, flüsterte Lippe neben ihm. Sie sahen
sich an und nickten.

»Funakis ist groß und stark wie ein Bär«, sagte Ulla.
»Er isst für vier und trinkt für sieben und hat mehr
Frauen als jeder andere Mann.«

»Das ist ein gewöhnlicher Säufer«, fauchte jetzt
Tante Tiger. »Dieser Funakis, der ist mir schon früher
über den Weg gelaufen und er war mir von Anfang an
verdächtig. Er hat uns immer so wild angestarrt, mich
und Herrn Teichmann. Das ist kein Gott, das ist ein
Lüstling.«

»Woher wollen Sie das wissen?«, fragte Jonas. »Kennen Sie Götter?«

»Ach, Götter!«, knurrte Tante Tiger. »Funakis, dass ich nicht lache. Der Unhold möchte wohl einen Faun vorstellen.«

»Was ist das?«, fragte Lippe.

»Eine Sagengestalt aus der Antike«, brummte Tante Tiger. »Manche sagen auch Satyr. Ein Quälgeist, und wenn schon ein Gott, dann ein mickriger, halb Tier, halb Mensch. Er springt auf zwei Bocksbeinen übers Land, um arme Hirten und ihre Herden zu erschrecken mit seinem Geschrei. Es heißt auch, dass er böse Träume bescheren kann, vor allem zur Mittagsstunde, wenn seine Macht am größten ist.«

»Das könnte er sein«, rief Lippe, dessen Gesicht glühte. »Er trägt immer Stiefel, um seine Hufe zu verbergen.«

Jonas, der es sich gerade noch bequemer machen wollte, wurde hin und her geschüttelt. Die Flanke des Tigers bebte. Tante Tiger lachte. »Wenn dieser Trunkenbold ein Faun ist, bin ich ein …«

»… altes Mütterchen!«, rief Lippe. Seine Augen funkelten vor Zorn.

»Wie sind Sie denn auf der Baustelle in unserer Siedlung gelandet?«, fragte Jonas schnell, um von Lippes Bemerkung abzulenken. Ulla saß auf seinem Schlitten und sah in die Flamme der Fackel. Er schien nicht einmal zu atmen, so regungslos saß er da, bis die Glut der Zigarette in seinem Mundwinkel aufleuchtete.

»Das ist der letzte Teil meiner Geschichte«, sagte Ulla, während Rauch aus seiner Nase quoll. »In Odessa hörte ich von einem Mann vom Volk der Griechen, der einen Tiger suchte, um ihn in ein kälteres Land mitzunehmen. Kälte war gut. Und so traf ich Funakis. Die Sonne stand hoch am Himmel, wir waren auf einer Wiese am Rand der großen Stadt Odessa. Amba schlief in ihrem Käfig und auch ich war müde. Ein blauer Lastwagen fuhr auf die Wiese. Funakis sprang heraus und hüpfte um den Käfig herum. Er hatte überhaupt keine Angst vor Amba und sagte, dort, wo er jetzt hinführe, gäbe es nur zahme Tiere. Die Menschen hätten dort sogar riesige Herden winziger Tiere gezähmt, die Dreck aus schmutzigem Wasser fressen. Und er sei jetzt der Herr über diese Tiere. Um das Gleichgewicht zu halten, wollte er etwas Großes, Wildes. Das habe ich verstanden. Als er dann noch gefragt hat, ob ich mitkomme, um mich um Amba zu kümmern, hab ich Ja gesagt. Du bist das Letzte, was ich noch greifen kann, von meinem Land und meinem Volk.« Ulla legte eine Hand behutsam zwischen die Tigerohren. »Ich habe Funakis im Klärwerk geholfen und Amba war faul und hat Schmetterlinge gejagt. Aber am Wochenende war es anders, da feiert Funakis immer. Wie heute. Und ich sperrte den Tiger ein. Er mochte die Menschen, die dann ins Klärwerk kamen, nicht. Seine Augen, seine Ohren, seine Stimme, alles zeigte seine Wut, und ich wusste, dass er sie angreifen würde. Heute oder morgen oder übermorgen. Der Tiger ist ein wildes Tier.« Die dunkle Hand strich jetzt zart über Tante Tigers Nase. »Der Gestank hat dich so wütend gemacht. Überall hat es nach diesen

Menschen gestunken, und Amba konnte es nicht mit eigenem Geruch überdecken. Ich habe mit Funakis gesprochen, aber er fing an zu streiten. ›Der Gestank ist noch das Beste am Menschen‹, hat er gesagt, ›alles andere ist falsch und künstlich‹. Er wollte, dass der Tiger während der Feste frei ist. Er sollte die Menschen erschrecken. ›Ein großer Schreck ist ein großes Vergnügen‹, sagte Funakis, und ich sah, dass er Gut und Böse nicht kennt. Nur Spaß und Langeweile. Da bin ich fortgegangen.«

»Und der Tiger?«, fragte Lippe.

Ulla sah in die Flamme der Fackel. Bevor wieder der Qualm seiner Zigarette aufstieg, meinte Jonas die Traurigkeit in seinem Gesicht deutlicher zu sehen, als ob sie kurz Feuer gefangen hätte und aufloderte, bevor sie wieder verlosch. »Der Tiger gehört sich selbst. Er ist ein mächtiges Wesen und hat keinen Herrn. Aber Funakis hat für ihn bezahlt. Ich konnte den Tiger nicht mitnehmen. Manchmal ist es schwer, einen guten Weg zu finden.« Er nahm die Zigarette aus dem Mund. »Ich habe auf der großen Baustelle eine Arbeit gefunden. Das war gut. So war ich in der Nähe und wartete.«

In Gedanken sah Jonas Ulla, wie er auf dem Schlitten in der Baugrube saß. Sein breites, lederfarbenes Gesicht im Schatten der Hutkrempe, und plötzlich wusste Jonas, was so ungewöhnlich an diesem Gesicht war, woher das innere Strahlen kam. Es war die Kraft, das eigene Schicksal zu ertragen. ›Ulla hält das alles aus‹, dachte Jonas, ›ohne wütend zu werden. Anders als mein Vater, der will immer noch nicht glauben, dass er ein kaputtes Bein hat, und das macht ihn so unzufrieden und alt.‹ Jonas warf einen Blick auf die Uhr an seinem Handgelenk; es war kurz vor Mitternacht. Die Eltern mussten schon längst entdeckt haben, dass sie verschwunden waren.

»Eines Morgens entdeckte ich Ambas Spur im Kies hinter dem Klo. Sie war zu einer Baggerschaufel gegangen. Neben Ambas Abdrücken waren die Spuren von zwei kleinen Menschen, die nicht auf der Baustelle arbeiteten.« Ulla zwinkerte Jonas und Lippe zu. »Ich verwischte die Spuren und wartete. Am Abend sah ich zwei Jungen, die mich beobachteten. Ich tat, als ob ich sie nicht bemerken würde, und ging. Da verschwanden sie in dem Tunnel, in dem auch Ambas Spuren verschwunden waren. Ich bewunderte den Mut der Jungen. Der Tiger vom Ussuri ist ein starkes und gefährliches Tier.«

Jonas merkte, wie gut ihm das Lob tat, und auch Lippe war auf einmal vollkommen still und zappelte überhaupt nicht mehr.

»Die Jungen kamen wieder aus dem Tunnel und ich beschloss, weiter zu warten. Ich setzte mich jeden Abend neben den Tunnel und sprach mit Amba in der Sprache der Nanai, wie ich es früher getan hatte. Einige Male auch in eurer Sprache. Bei Sonnenaufgang war ich immer der Erste auf der Baustelle. Ich verwischte Ambas Spuren, wenn sie nachts unterwegs war.«

»Mensch, Nase!« Lippe packte Jonas' Arm. »An die Spuren haben wir überhaupt nicht gedacht.«

»Hatten Sie keine Angst, dass Amba jemanden aus der Siedlung angreift?«, fragte Jonas.

»Nein«, sagte Ulla. »Wenn sie Menschen hätte töten wollen, hätte sie zuerst euch getötet.«

»Soweit kommt's noch«, knurrte Tante Tiger. »Den beiden verdank ich mein neues Leben als monströses Katzenvieh. Ich hab mich noch gar nicht vorgestellt!« Sie hob den Kopf und sah Ulla an. »Kunigunde Ohm – inzwischen bekannt als«, sie warf den Kopf in den Nacken und stieß ein dunkles Grollen aus, »Tante Tiger!«

»Du bist nicht Amba«, sagte Ulla und ließ die Reste des zerfetzten rosa Schals, der noch immer um Tante Tigers Hals geschlungen war, durch seine Hände gleiten. »Amba mochte keine Wolle. Aber du hast ihr Gesicht.«

»Ich war mein Lebtag nicht in Sibirien«, sagte Tante Tiger. Und dann erzählte sie endlich, wer sie war und was ihr am Zaun des Klärwerks begegnet war. Jonas lehnte mit geschlossenen Augen an der Flanke des Tigers, hörte aber kaum zu. In seinem Kopf klang immer noch Ullas Stimme: ›Du hast ihr Gesicht.‹ Immer wieder dieser eine Satz. Gleichzeitig erschienen hinter Jonas' geschlossenen Lidern die wutverzerrten Züge der Alten im Mondschein, ihr aufgerissener zahnloser Mund. Und in diesem Mund sah er auf einmal Tante Tigers Reißzähne blitzen … Der Gedanke, der ihn quälte, seit er aus dem Becken geklettert war, stieg langsam nach oben. Wenn er diesem Gesicht eine große Brille aufsetzte …

»Tante Tiger!«, rief Jonas und riss die Augen auf. »Hatten Sie an dem Tag, als es passierte, ein Kleid an, mit Rosen drauf?«

Die Erzählung des Tigers brach ab und er schwieg. »Ja«, sagte er endlich mit einem heiseren Ton, der fast etwas brüchig klang. »Mein schönes Sommerkleid mit den Rosen und darüber eine dünne weiße Strickjacke.«

»Ich bin Ihnen hier begegnet«, sagte Jonas. »Vorhin, da hinten an dem großen Becken, das war die alte Rosa. Ich meine, das waren Sie, also Frau Ohm. Sie kamen zwischen den Büschen hervor in einem zerfetzten alten Kleid und haben mich mit einer Gabel angegriffen.«

»Aber ich …« Tante Tiger war verwirrt.

»Es war Ihr alter Menschenkörper«, flüsterte Jonas. »Nicht Sie. Er lebt noch und schleicht hier rum.«

»Und in dem Körper von Frau Ohm steckt Amba, der Tiger!« Lippe war aufgesprungen, seine Augen glühten, er schmiss seine Locken in den Nachthimmel und war außer sich. »Warum bin ich da nicht draufgekommen? Ein Tausch, ein Tausch, ein Tausch!«

Tante Tiger saß da, schüttelte den mächtigen Kopf und grollte vor sich hin. »Ich kann das nicht glauben, das ist doch sowieso alles verrückt genug … Ich alte Schachtel laufe immer noch herum. Wie sah ich denn aus?«

»Schlecht«, sagte Jonas. »Als ob Sie sich seit Wochen nicht gekämmt und gewaschen hätten. Sie waren ungeheuer wütend und hatten keine Zähne und keine Brille.«

»Oh Gott, oh Gott«, jammerte Tante Tiger. »Ich hab bestimmt mein Gebiss verloren, das ist ja fürchterlich, da kann ich ja höchstens Brei und Quark essen.«

»Kann die alte Frau gut riechen und hören?«, fragte jetzt Ulla.

»Erbärmlich«, sagte Tante Tiger. »Ich hab ja kaum gerochen, wenn mir in der Küche die Milch angebrannt ist, und zum Radiohören musste ich so laut drehen, wie es nur ging, damit ich wenigstens die Hälfte verstanden habe.«

»Dann ist der Geist des Tigers in einem Körper, der schlecht sieht, schlecht riecht und schlecht hört«, sagte Ulla. »Es ist für ihn wie ein Zimmer ohne Fenster und Türen, aus dem er nicht herauskann. Das macht ihn rasend. Jetzt tötet er, wenn er kann.« Ulla sah Tante Tiger an. »Du musst Amba befreien.«

»Rrrrrrrrrrrrmmmmm«, knurrte Tante Tiger, spreizte die rechte Pfote, dass die Krallen wie Klingen aus der Tatze fuhren, dann leckte sie die Fellbüschel dazwischen.

»Aber wie soll das gehen?«, rief Lippe. »Mit einer Operation? Mit Magie? Oder vielleicht mit einem Köder, der Amba wieder aus der alten Rosa rauslockt?«

Ein Schatten fiel plötzlich über Lippes Gesicht.

Jonas fiel auf, wie still es auf einmal war. Keine Musik, kein Geschrei, nur eine einzige zart geschlagene Trommel. Ein strenger Tiergeruch hing auf einmal in der Luft. Im selben Moment sagte eine Stimme, tief und voll wie eine Glocke: »Hallo Tiger. Hallo Nanai. Hallo Knaben.«

Jonas hob den Blick. Vor ihnen stand Funakis. Breitbeinig in seinen schwarzen Stiefeln und der blauen Latzhose ragte er wie ein Baumstamm in den Nachthimmel. Der Mond stand hinter seinem Kopf, sodass seine Lockenmähne wie eine silberne Wolke leuchtete.

In diesem Moment war Jonas überzeugt, einen Gott vor sich zu haben.

Das Brüllen der Königin

Herr Funakis, nur Funakis oder Faun? Egal. Sein Benehmen jedenfalls war für ein erwachsenes Wesen ausgesprochen eigenartig. Zunächst führte er einen kleinen Tanz auf, wobei er seinen riesigen Körper auf kleinen Schritten im Kreis schwang. Dazu sang er: »Tiger Tiger Tiger, oh Tiger Tiger Tiger, oh Tiger Tiger Tiger …« Das sang er schneller und schneller und schneller und drehte sich dazu immer rasender im Kreis, bis er langsam und ohne einen einzigen Laut in den Farn plumpste.

Jonas beschloss, genauso wie Ulla, einfach ruhig sitzen zu bleiben. Er fand noch ein Stück Schokolade, das steckte er sich in den Mund.

Es war still, bis Funakis auf die Seite rollte und seinen Kopf in die Hand stützte. »Eine wunderschöne Nacht!«, rief er. »So lau und lustig. Wie geschaffen für die Königin auf leisen Tatzen.« Er lachte sein meckerndes Lachen.

Das Gelächter passte überhaupt nicht zu seiner schönen Stimme, fand Jonas. Auch Tante Tiger störte das Lachen; ihr Leib vibrierte von einem Grollen, das so tief war, dass Jonas es mehr spürte als hörte. Er konnte nicht erkennen, ob Funakis das Grollen auch wahrnahm. Der lag da und sah sie alle der Reihe nach gleichmütig an. Seine Augen hatten dieselbe Farbe wie das Harz, das manchmal aus den Rinden der Kiefern tropft: ein wässriges Gold. Augen wie Sterne, dachte Jonas, schwer zu sagen, ob er einen ansah oder durch einen hindurch.

»Ich stehe mit meiner Quetsche verborgen im Farn, als ein altes Weib, ein kleiner Hund und ein Tiger sich am Zaun meines Klärwerks begegnen«, hob Funakis mit seiner glockenreinen Stimme an.

»Ich weiß es, wenn ein Tier mein kleines Reich verlässt, schlendere also zum Zaun und sehe Amba, den mächtigen Geist und Beherrscher der Wälder, wie er vor einem kleinen weißen Hund kauert. Der Hund stirbt fast vor Angst und bellt um sein Leben …«

Tante Tiger stöhnte auf. »Grausamer Wüstling! Warum haben Sie Herrn Teichmann nicht geholfen?« Ihre Augen blitzten und Jonas duckte sich vorsichtshalber, um nicht von ihrem peitschenden Schwanz getroffen zu werden.

Funakis blieb ruhig liegen. Die Wut des Tigers ließ ihn kalt. »Der Natur lasse ich immer ihren Lauf.« Er lachte, diesmal gackernd wie ein Huhn. »Ich bin weder gut noch böse, ich bin nur leise oder laut. Dort am Zaun, vor dem die Alte, der kleine Hund und der Tiger sitzen, bin ich leise, weil die Sonne gerade den Horizont berührt. Es scheint ein mächtiger Moment zu werden.«

»Nein!«, brüllte Tante Tiger. »Nein!«

Jonas merkte wie der mächtige Leib in seinem Rücken zitterte. Tante Tiger hatte Angst.

»Es kommt, was kommen muss«, erzählte Funakis, ohne sich von dem Gebrüll aus der Ruhe bringen zu lassen. »Der große Tiger frisst den kleinen Hund – haps! –, wie ein Schaf ein Büschel Gras verschlingt ...«

Tante Tiger stieß einen langgezogenen heulenden Schrei aus. Ein unmenschlicher Laut. Danach sackte sie in sich zusammen. Nicht einmal ihre Schwanzspitze zuckte.

»Der kleine Hund war ein großer Freund«, brummte Ulla und legte seine Hand auf Tante Tigers Nacken. Da war sie wieder: Ullas Kraft. Und diese Kraft lag nicht in seinen Fäusten, sondern in seinem Herzen. ›Wie bei Muhammed Ali‹, schoss es Jonas durch den Kopf, und er begriff, dass große Kämpfer für ihr großes Herz geliebt werden und nicht für die Kunst ihrer Schläge.

»Der mächtige Moment bricht an«, fuhr Funakis fort, »als die alte Frau und der Tiger sich gegenüberstehen. Der Tiger brüllt, die Alte schreit. Lange und immer länger. Und es geschieht, was sehr selten geschieht: Sie brüllen sich die Seele aus dem Leib. Eine uralte Technik, die heute keiner mehr beherrscht. Und es ist gefährlich. Denn was, wenn die herausgeschrieenen Seelchen von einem mutwilligen Luftgeist gepackt und entführt werden?«

Jonas starrte auf die breiten roten Lippen, die aus den Farnwedeln heraus zu ihnen sprachen. Gleichzeitig sah er vor seinem inneren Auge die alte Rosa und den Tiger: Mit aufgesperrten Mündern stehen sie sich gegenüber, über ihren Köpfen wirbeln zwei radiergummigroße Gespenster mit tiefblauen Augen durch die Luft. Und diese Augen sind vor Schreck weit aufgerissen …

Dann hörte Jonas wieder Funakis: »Zum Glück bin ich in der Nähe. Ich drück meine Quetsche und entlocke ihr einen wilden wundervollen Laut. Die Seelen bekommen einen solchen Schreck, dass sie einen Riesenhüpfer zurück machen. Nur verwirrt von der frischen Luft, dem Wind und dem Duft aus meinem Garten, schlüpft die Tigerseele in den Menschen, und die Menschenseele in den Tiger. Die Sonne sinkt, die Zeit verrinnt und beide sitzen fest … Hops!« Mit einem einzigen Satz sprang Funakis auf die Füße und lachte schallend.

Jonas stand vor Staunen der Mund offen. Warum redete Funakis so, als ob das alles jetzt gerade passieren würde? Hatte er sich das ausgedacht oder war es die Wahrheit? Meinte er es gut mit ihnen oder schlecht? Und wer war er? Fragen, die Jonas' Kopf wie lästige Fliegen umschwirrten. Bevor er aber auch nur versuchen konnte, darüber nachzudenken, spürte er, wie seine weiche Lehne in Bewegung geriet. Tante Tiger erhob sich. Sie starrte Funakis an und knurrte: »Ich habe einen fürchterlichen Hunger …«

Funakis' Gesicht begann zu strahlen. »Ja?«, rief er. »Das trifft sich. Ich auch!« Mit einem Sprung stand er neben dem Tiger, bückte sich, schob seinen Nacken und die Schultern unter den massigen Leib und richtete sich auf.

Tante Tiger war so verdattert, dass sie bewegungslos

alles hängen ließ. Wie ein großer Sack hing sie über den Schultern. Plötzlich begann sie zu zappeln und zu fauchen. »Hände weg, du Wüstling! Hammel! Ziegenbock! Lass mich sofort runter!« Sie strampelte, wand sich und schimpfte, während Funakis lachend mit ihr davonstolzierte.

»Das geht nicht«, stammelte Lippe. »Die Tante ist ein ausgewachsener Tiger, die können dreihundert Kilo wiegen. Das kann kein Mensch hochheben. Das geht nicht.«

»Und was macht er mit ihr?«, flüsterte Jonas.

»Funakis ist der stärkste Mann, den ich kenne«, sagte Ulla und erhob sich von seinem Schlitten. »Er tut, was er will. Aber er weiß nicht, was er will, bis er es tut. Ein Mann wie der Sturm. Stark und unberechenbar. Ich schaue nach der Tante.« Langsam und lautlos verschmolz Ulla mit den Schatten und der Dunkelheit.

Es war, als sei Jonas aus einem Traum erwacht. Er sah auf die Stelle, an der Ulla um das langgestreckte Gebäude gebogen war, er sah die Fackel, den Farn, den Mond. Er sah Lippe, der neben ihm stand. Sein Gesicht war wie ein Spiegel, Jonas erkannte darin seine eigenen Gefühle: Verwirrung, Entsetzen und Erleichterung.

Wortlos setzten sie sich auf Ullas Schlitten. Jonas sog die Luft durch die Nase, roch den süßen fremden Blütenduft, die faulige Note des Klärwerks und den Tiergeruch von Funakis. »Also ich hab mir das Klärwerk anders vorgestellt«, sagte er müde. »Mehr Technik und weniger Verrückte.«

»Glaubst du, Funakis ist durchgeknallt?«, fragte Lippe.

»Ich weiß nicht. Wenn er nicht so groß wäre, würde ich sagen, er ist nicht verrückt, sondern ein sprechendes Schaf.«

»Oder eine tanzende Ziege.«

»Hast du gesehen, wie behaart er überall ist? Sogar auf den Schultern wachsen Haare.«

»Und hast du seine Ohren gesehen?« Lippe grinste. »Spitzohren, wie bei Elfen, nur viel dicker.«

»Oder Schlitzohren«, sagte Jonas und fing an zu lachen.

Lippe fiel ein und sie krähten vor Lachen, bis sie sich beide auf dem Schlitten vor Bauchweh krümmten. Jonas merkte, wie gut ihm das tat.

»Was ist eigentlich ein Faun?«, fragte Jonas schließlich.

»Keine Ahnung« sagte Lippe. »Ein Fabeltier, glaube ich.«

»Funakis könnte aber auch ein Mensch sein.«

»Spinnst du?«, rief Lippe. »Er hat Tante Tiger wie ein Miezekätzchen hochgehoben. Und er war dabei, als die alte Rosa und der Tiger ihre Körper getauscht haben. Ich sag dir was, Nase: Dieser Tausch ist nur passiert, weil Funakis dabei war.«

Jonas stierte in die Flamme der Fackel. Vielleicht hatte Lippe ja recht, vielleicht war es einfacher, sich Funakis nicht als Mensch vorzustellen … Er schien sich auch über nichts Gedanken oder Sorgen zu machen; das musste man bei einem Erwachsenen schon fast übermenschlich nennen. Plötzlich kam Jonas ein Gedanke: »Was glaubst du, wie alt er ist?«

»Ich weiß es nicht«, sagte Lippe. »Kann man nicht sehen, unter den ganzen Haaren.«

»Weißt du, ich glaube, für Funakis gibt es keine Zeit. Deswegen hat er den Kampf am Zaun so erzählt, als ob er gerade jetzt im Moment passieren würde. Verstehst du? Vielleicht ist ein Faun ein zeitloses Wesen? Und vielleicht hat er die Fähigkeit, die Zeit anzuhalten … Das könnte es doch sein! Und genau das hat er gemacht, als die alte Rosa und der Tiger sich angebrüllt haben. Und dabei ist es dann passiert. Die Tigerseele und die Menschenseele haben die Plätze getauscht.«

Lippe starrte Jonas mit großen Augen an. »Mensch, Nase! Das ist unglaublich hirnrissig und unwahrscheinlich, aber eine großartige Idee! Wenn die Zeit stehen bleibt, ist es, als wenn man stirbt, und dann können die Seelen aus ihren Körpern, und wenn sie dann wieder lostickt, wird man als Seele in den nächstbesten Körper gesaugt.«

»Aber es ist nur eine Idee, vielleicht stimmt's ja gar nicht.«

»Aber eine großartige«, rief Lippe. »Von wegen Seele aus dem Leib brüllen, hab ich mir gleich gedacht, dass das Blödsinn ist, ich glaube ja …« Lippe war aufgesprungen, als auf einmal ein gewaltiges Brüllen die Luft erfüllte. Vollkommene Stille folgte, sogar die Flamme der Fackel schien kurz zu erstarren.

»Bist du sicher, dass es Blödsinn ist?«, fragte Jonas.

Lippe zuckte die Schultern.

»Jetzt jedenfalls freut sie sich«, sagte Jonas leise.

Ein zweites Gebrüll ließ die Luft erzittern, noch wilder und lauter als das erste. Dann brach ein Tumult menschlicher Stimmen los: Schreie, Kreischen, verzweifeltes Lachen und Schluchzer waren zu hören. So musste es sein, wenn ein Schiff sank oder ein Haus brannte, dachte Jonas.

»Tigerpanik«, sagte Lippe. »Kenn ich, geht vorbei.«

Jonas meinte ein Platschen zu hören, und malte sich aus wie Vera auf ihrer Flucht zuerst in die Schale mit Honig trat, dann bei jedem Schritt am Boden kleben blieb und sich nur mühsam losriss, dabei stolperte und in eins der großen runden Becken stürzte … Als sich Jonas aber an die schwarze brodelnde Nässe und die Atemnot erinnerte, stellte er sich vor, dass Igor Vera gerade noch an ihrer schwarzen Fledermauskutte zu fassen bekam und aus dem Becken zerrte.

Das Stimmengewirr wurde leiser und entfernte sich langsam.

»Meinst du, wir sollten mal schauen?«, fragte Lippe mit leuchtenden Augen. Er genoss es, einmal keine Angst zu haben.

Jonas schüttelte den Kopf. »Ulla ist ja da.« Er lehnte sich zurück und merkte kaum, wie ihm die Augen zufielen.

Als er sie wieder öffnete, saß Ulla vor dem Schlitten. Vor ihm stand eine Schale mit Weintrauben, Oliven, frischen Feigen, einem Kanten Brot, einem Stück Käse und einem Brocken Fleisch. Der Duft war verführerisch. Lippe schob sich gerade Weintrauben, Käse und Brot gleichzeitig in den Mund.

»Iss«, sagte Ulla. »Die Gäste sind alle gegangen. Die Tante hat sie verjagt.« Er schien ganz und gar zufrieden.

Jonas nahm ein Stück Brot, ein paar Oliven, riss mit bloßen Händen einen Fetzen Fleisch herunter. Es schmeckte. Vor allem das Fleisch. »Und Tante Tiger?«, fragte er mit vollem Mund.

»Isst Fleisch, wie du«, sagte Ulla.

»Und Funakis?«, fragte Lippe, dessen Backen ausnahmsweise noch dicker waren als seine Lippen.

»Schwimmt mit einer dicken Frau im Nachklärbecken.«

Jonas sah, wie sich Ullas Lippen kräuselten, als ob ein sachter Wind über sie striche und in Bewegung brächte: Ulla amüsierte sich. Jonas stellte sich Frau Fischler vor, wie sie auf dem Rücken liegend mit Funakis in einem der kreisrunden Becken trieb – zwei bauchige Inseln, die Händchen hielten …

Kurz darauf kam Tante Tiger durch den Farn getrottet und ließ sich auf ihren alten Platz neben dem Schlitten fallen. »Uuuuuuaaaah, war das ein Vergnügen«, brummte sie. »Frischer Ochse, nur etwas stark durchgebraten für meinen Geschmack. Ich bevorzuge es ja in letzter Zeit eher blutig.« Sie räkelte und streckte sich und die gelben Augen blinzelten zufrieden. Jonas verstand das nicht, irgendwo hier lief ihr alter Menschkörper herum und sie hatte nichts Besseres zu tun, als einen halben Ochsen zu fressen und Leute zu erschrecken.

»War die Angst, die Sie den Leuten eingejagt haben, auch ein Vergnügen?«, fragte Jonas und beobachtete die Schwanzspitze des Tigers, die leicht zu zucken begann.

»Und was für eines!«, sagte Tante Tiger mit einem unergründlichen Schimmer in den Augen. »Das war noch besser als das Festmahl. Dieser Grobian hat mich ja mitten unter die Leute geschleppt. Zuerst hat uns keiner beachtet, waren alle viel zu betrunken und was weiß ich noch alles. Dachten wahrscheinlich, ist nur ein Sack neuer Leckereien, den der Klärwerksdirektor da wieder anschleppt. Aber dann hat der Herr Direktor die Katze aus dem Sack gelassen.« Ein glucksendes Grollen rollte durch ihren Körper. »Er hat mir ins Ohr geflüstert: ›Brüll, dass die Welt wackelt!‹, und mich dann abgesetzt.« Sie leckte sich über die Schnauze. »Aaarrrrrrr, wie lange ich das schon einmal tun wollte: diese elende Menschenbande anbrüllen. Sie mussten sich duckten unter meiner Stimme, die wie ein Sturm über ihre Köpfe gebraust ist. Sogar die fette Fischler, die Herrn Teichmann am liebsten den Hals umgedreht hätte, wenn er im Hausgang gekläfft hat … Wie ein Häschen hat sie mich angeglotzt und als ich dann noch einmal aus tiefster Seele gebrüllt habe, ist sie dem Direktor an den Hals gesprungen.« Wieder lachte Tante Tiger. »Dann sind sie gerannt, als ob es um ihr Leben ginge …«

»Sie hatten Angst!«, sagte Jonas.

»Todesangst«, fügte Lippe düster hinzu. »Und ich weiß, von was ich rede.«

Tante Tiger schwieg kurz, hob den Kopf und sah nach oben in den schwarzen Nachthimmel. »Ach Gott, ist das eine Hitze«, stöhnte sie dann. Nach einer Weile sagte sie leise: »So ein Gefühl hatte ich noch nie. Ich war stärker, wilder, schneller und gefährlicher als jeder andere.« Sie riss ihr Maul auf, sodass die mächtigen Reißzähne im Mondlicht glänzten und eine Schwade Fleischgeruch zu Jonas herüberzog. Gleichzeitig hob sie die Tatze vor das geöffnete Maul. Sie gähnte.

›Solange sie beim Gähnen noch die Pfote vor den Mund hält‹, dachte Jonas, ›kann es ja nicht so schlimm sein.‹ Er starrte vor sich hin. Lippe auch. Ulla saß ihnen gegenüber und beobachte sie ohne jede Regung.

›Tante Tiger genießt es eben, ein Tiger zu sein‹, dachte Jonas. Aber Tiger waren Raubtiere und ein Mensch musste sich anders benehmen, auch wenn er in einem Tiger steckte. Aber warum eigentlich? Weil der Mensch ein Mensch ist – eine bessere Begründung fiel Jonas nicht ein. Aber was war eigentlich ein Mensch Besonderes, außer dass er kein Fell, keine Federn und keine Schuppen hatte …

Lippe unterbrach seine Gedanken. »Tante Tiger, erinnern Sie sich noch, wie Nase und ich Herrn Teichmann mit dem ferngesteuerten Auto erschreckt haben?«

»Was denkst du denn?«, brummte Tante Tiger. »Dumme Lausebengel ... Aber erinnerst du dich noch, Philipp, wie es war, das Auto zu steuern?«

»Ja«, sagte Lippe, »aber jetzt schäme ich mich dafür.«

»Das vergeht mit dem Alter«, knurrte Tante Tiger. Sie lachte leise. »Ich habe mich lange genug geschämt in meinem Leben.«

»Sie müssen wieder zurück.« Jonas' Stimme bebte. »Sonst fressen sie irgendwann noch jemanden auf.«

Tante Tiger sah Jonas lange an. Jonas starrte zurück, bis er spürte, dass ihm eine einzelne Träne über die Wange lief. Als sie sein Kinn erreicht hatte, sagte Tante Tiger: »Jonas, ich werde nie einen anderen Menschen fressen, egal in welchem Pelz ich stecke. Das verspreche ich dir.«

Jonas schluckte. »Werden Sie zurückgehen, wenn es geht?«

»Kommt Zeit, kommt Rat.« Tante Tiger räkelte sich.

»Als Sie vorhin so laut gebrüllt haben, ähm, ist da was in Ihrem Inneren locker geworden?«, hakte Jonas nach.

Ein Schlag traf ihn an der Schulter. Er fuhr herum. Lippe hatte ihn auf den Oberarm geboxt und grinste. »Hey Nase.« Er beugte sich ganz nah an Jonas' Ohr, sodass seine krausen Haare Jonas kitzelten. »Tante Tiger ist fast achtzig, viel älter geht's nicht, sie muss selbst wissen, was sie tut.«

Jonas wollte etwas sagen, aber da erhob sich Ulla

mit einer fließenden Bewegung und breitete eine Decke vor Tante Tiger auf dem Boden aus. »Die Nacht ist nicht mehr lang«, sagte er. »Nase und Lippe können schlafen, solange es noch kühl ist. Die Tante und ich werden euch bewachen.«

Jonas war hundemüde, Lippe gähnte auch schon. Sie erhoben sich von dem Schlitten, sanken auf die Decke und schmiegten sich in das weiße zottige Bauchfell. Tante Tiger machte sich rund und legte ihre Pranken um sie herum. Sie lagen wie in einem Nest. So geborgen hatte sich Jonas lange nicht mehr gefühlt. Selbst der strenge Raubtiergeruch hatte etwas Vertrautes. Er schlief schon fast, da hörte er Tante Tigers Stimme. Fast war es, als ob sie aus dem Bauch käme, an den er seine Wange presste. »Wisst ihr, schlimmer als die Schmerzen und die morschen Knochen ist die Einsamkeit. Der Mann, die Freunde, die Geschwister sind tot oder fast tot, und da ist keiner mehr, mit dem man richtig reden kann, weil es niemanden mehr gibt, der sich an dieselben Dinge erinnert wie ich … Oft bin ich allein mit meinen ganzen Erinnerungen in der Keunerstraße gesessen und habe mich immer wieder gefragt, warum ich mir überhaupt noch die Mühe mache, Kartoffeln zu schälen oder Tee zu kochen …«

Jonas hörte das alles und wollte etwas sagen, wollte sagen: ›Wir sind doch da, wir kommen Sie besuchen.‹ Aber es ging nicht, es war, als ob er schon bis zur Nase im Schlaf steckte, die Lippen konnte er schon nicht mehr bewegen, nur seine Ohren hörten noch: »… Und jetzt, wo ich auch noch Herrn Teichmann verloren habe, was soll ich da den ganzen Tag? Warum soll ich noch vor die Tür gehen? Was bleibt, ist stricken, stricken, stricken. Einen immer längeren und längeren rosa Schal. So lang, dass er bis an mein Lebensende reicht. Wolle hätte ich genug. Soll ich dahin zurück? … ›Zur Mittagsstunde bin ich stark‹, hat Funakis mir ins Ohr geraunt. ›Dann kannst du zurück, wenn du willst. Wenn nicht, dann bleib und geh auf die Jagd.‹ Dann hat er mich von seiner Schulter gehoben, als ob ich eine Feder wäre.«

Jonas gelang es mit einer letzten ungeheuren Anstrengung, ein Augenlid zu heben und einen Blick auf das bläulich schimmernde Zifferblatt an seinem Handgelenk zu werfen: Es war fast drei Uhr nachts. In neun Stunden würde es zwölf Uhr sein, die Mittagsstunde …

Ihm fielen endgültig die Augen zu und er sank in das tiefe rhythmische Schnurren wie in ein riesiges nachtblaues Federbett.

Zwerg Nase schlägt zu

Es kitzelte und krabbelte in der Nase. Jonas dachte zuerst, eine geträumte Fliege würde ihm ins Nasenloch kriechen, und er versuchte, etwas anderes zu träumen, irgendwas, nur ohne diese lästige Fliege – es ging nicht. Also öffnete Jonas die Augen und sah nichts als blaugrünschillernde Schlieren und violette Punkte. Als er blinzelte, zitterten die Punkte und entfernten sich.

Ein Schmetterling, dessen Flügel so groß waren wie Hände, schwebte direkt über Jonas' Gesicht. Jetzt torkelte der Schmetterling nach links, Jonas folgte ihm mit den Augen und entdeckte Lippe. Sein bleiches Gesicht war entspannt, die Augen geschlossen; er schlief noch. ›Nicht mehr lange‹, dachte Jonas, als der Schmetterling sich auf Lippes Stirn niederließ.

Jonas wandte sich nach rechts und sah den Tigerschädel, der auf den beiden Vordertatzen ruhte. Auch Tante Tigers Augen waren geschlossen. Jonas sah auf seine Armbanduhr: Es war kurz vor zehn. Er setzte sich auf, streckte sich, gähnte und sah sich um.

Der Winkel zwischen den Mauern lag noch im Schatten, trotzdem lief Jonas schon der Schweiß über den Rücken. Seine Kehle war rau und trocken. Er stand auf. Die Ohren des Tigers zuckten und ein gelbes Auge blinzelte Jonas an.

»In zwei Stunden ist es Mittag«, sagte Jonas.

Das Tigerauge schloss sich wieder.

Jonas nahm aus seinem Rucksack das Stück Seife, das er eingepackt hatte, und machte sich auf den Weg zum Wasserhahn. Jetzt bei Tageslicht wollte er sich noch einmal richtig waschen. Die Dschungelhecke vor dem Zaun, an der er entlangschlenderte, war längst nicht mehr so unheimlich und undurchdringlich wie in der Nacht. Zwischen den fremden Blüten und Blättern segelten Schmetterlinge in allen Farben und Größen. Jonas entdeckte eine riesige Zitrone und hatte große Lust, einfach hineinzubeißen – aber sie hing zu hoch. ›Wie im Paradies‹, dachte er, während er sich unter den Wasserhahn beugte und aufdrehte.

Durch das Plätschern hörte er plötzlich eine Stimme. Er drehte den Hahn zu und lauschte. Sie drang aus einem kleinen Kippfenster, ein ganzes Stück über ihm in der Mauer.

»... Komm mit! Ich hau ab hier. Ist kein guter Platz ... Ja, schlimmer als hundert tote Schweine stinkt es! Das ist ein Scheißhaus. Hält kein Mensch aus hier. Da ist mir das Kätzchen lieber ...«

Die Stimme klang hohl und verzerrt. Trotzdem, Jonas kannte sie, ihm fiel nur nicht ein, zu wem die Stimme gehörte. Er schlich die Mauer entlang und spähte um die Ecke. Parallel zu dem langgestreckten Gebäude, an dessen Kopfseite er stand, erstreckte sich ein schmales, mit einer Metallplatte abgedecktes Becken. Am Rand des Beckens verlief ein dickes Rohr, in das in regelmäßigen Abständen schwarze Schläuche mündeten. Jonas hatte keine Ahnung, was das war. Er betrat den gepflasterten Weg zwischen dem Gebäude und dem Becken. Unter der Abdeckung des Beckens hörte er lautes Gurgeln, Blubbern und Plätschern. Jonas ging langsam weiter. Bis zu einer Tür, die links von ihm in das Gebäude führte:

RECHENGEBÄUDE
1. mechanische Reinigungsstufe

stand auf einem gelben Blechschild.

Während Jonas noch das Schild anstarrte und überlegte, was eine mechanische Reinigungsstufe war und ob das ganze Gebäude voller Rechen stand, flog die Tür auf. Igor, der Schweinskopf, stand vor ihm. Sein kugelrunder Kopf leuchtete rot und sein weißes Hemd klebte am Körper.

Seine Stimme war es, die Jonas gehört hatte. Igor starrte Jonas wütend an. Die kleinen Äuglein wurden noch kleiner und er ging vor Jonas in die Hocke, sodass ihre Nasen sich fast berührten.

»Du gehst jetzt da rein«, sagte er mit heiserer Stimme, »und sagst ihr, dass das Kätzchen brav ist, auch wenn es brüllt, weil es dich und den anderen Schafskopf auch nicht gefressen hat, sondern mein Fleisch. Seit zwei Wochen. Ist richtig, oder? Und wenn es eine wilde Bestie wäre, hättet ihr das Kätzchen nicht füttern können. Ist auch richtig, oder? Ja, glotz nur. Igor ist nicht so ein Dummkopf, wie du glaubst. Na was? Was wartest du? Geh rein und sag's ihr. Und wenn du sie nicht rausbringst, komm ich wieder rein und mach Hackfleisch aus euch beiden!«

Er packte Jonas mit seiner rosigen Pranke und schob ihn an sich vorbei durch die Tür, die hinter Jonas mit lautem Krachen ins Schloss flog. Einen winzigen Moment lang dachte Jonas, Igor hätte ihn zurück in die Kanalisation geschubst, mit solcher Wucht traf ihn der Gestank.

Jonas stand in einem hohen Raum. Boden und Wände waren weiß gekachelt. Durch die schmalen Fenster, die knapp unter der Decke lagen, fiel etwas Tageslicht; ein gedämpftes Licht, das manche Winkel im Düstern ließ. Bis auf ein kleines Becken im Boden war der Raum leer. Aus dem Becken ragte so etwas wie eine Rolltreppe. Nirgends stand ein Rechen.

Das Becken war gefüllt mit einer bräunlichgrünen Flüssigkeit. Jonas wusste sofort, was es war: genau dieselbe stinkende Brühe, die durch den großen unterirdischen Kanal floss. Er ging näher an das Becken heran. Die Rolltreppe war ein Förderband, auf dem ein Netz oder Sieb lief, in das in regelmäßigen Abständen eine Reihe Metallzinken montiert war. Alles, was in der Kloake mitschwamm, verfing sich in dem Sieb und den Zinken: aufgeweichtes Klopapier, Essensreste, Jonas erkannte Spaghetti, Gurken und Orangenschalen, außerdem etwas, das aussah wie ein Strumpf, und natürlich jede Menge Kacke. Das Förderband endete über einem Metallcontainer, in den der ganze Dreck fiel. ›Das Förderband ist der Rechen‹, schoss es Jonas durch den Kopf. ›Es recht mit seinen Zinken das Zeug aus dem Wasser.‹ Jonas wurde allmählich flau im Magen und er sah woanders hin.

In der Wand, die der Tür, durch die er gekommen war, gegenüberlag, entdeckte Jonas ein großes Tor. ›Dort muss es auf den Platz gehen, wo gestern die Orgie war‹, dachte er und ihm fiel wieder ein, warum Igor ihn hier hereingestoßen hatte … Auf der anderen Seite des Beckens entdeckte Jonas eine schwarze Gestalt, die in einer Ecke kauerte, den Kopf auf die Knie gelegt und die Arme um die Beine geschlungen. Jonas ging um das Becken herum und blieb ein Stück entfernt von ihr stehen. »Hallo Vera«, sagte er leise.

Langsam hob sie den Kopf. Ihre Augen waren rot geschwollen, das Gesicht verschmiert von schwarzer Schminke und grünem Lippenstift, die Haare klebten ihr in feuchten Strähnen am Kopf. »Der kleine Hosenscheißer«, sagte sie träge. »Hätt ich mir denken können, dass es dich hierherzieht. Bei deinem Näschen für feine Würste!« Sie lachte meckernd.

In Jonas begann es zu brodeln. »Du hast doch Schiss! Du traust dich hier nicht raus, weil du Angst hast, dass Tante Tiger dich frisst. Du kannst nur petzten und Schwächere verdreschen.«

»Zu irgendwas muss man ja gut sein, Zwerg Nase«, sagte Vera, rappelte sich schwerfällig auf und machte einen großen Schritt auf Jonas zu. Jonas duckte sich an Vera vorbei. Sie fuhr herum und stand jetzt mit dem Rücken zu dem kleinen Becken. Jonas zitterte, unterdrückte aber den Reflex, zur Tür zu rennen. Er hatte Angst, aber er wollte sie nicht zeigen. ›Deckung hoch!‹, dachte er und hob die Fäuste. Die Taucheruhr rutschte klirrend nach unten.

Vera stutzte. »Wo hast du die Uhr her?«

»Von Papa«, sagte Jonas.

Veras verschmierte Lippen verzerrten sich zu einem Grinsen. »Geklaut. Du hast meinem Vater die Uhr geklaut. Dafür hau ich …« Vera kam nicht mehr dazu, zu Ende zu sprechen.

In Jonas explodierte etwas. Er schrie: »Das ist mein Vater! Meiner! Meiner! Meiner! …« Zwei tänzelnde Schritte und er schlug Vera die rechte Faust mitten in den Magen. Sie riss Augen und Mund weit auf, sog pfeifend Luft ein und taumelte rückwärts. Jonas sah es kaum. Er starrte auf seine Hand. ›Ich habe zugeschlagen‹, dachte er. ›Einfach so, voll zugeschlagen, eine richtige rechte Gerade, mitten rein. Sie hatte keine Deckung, keine Chance.‹ Er war entsetzt über die Gewalt, die ihn wie eine starke Strömung fortgerissen hatte, aber gleichzeitig stolz, dass er sich gewehrt hatte.

Ein Röcheln ließ ihn hochschrecken. Vera hing halb in dem Becken; mit einer Hand und einem Fuß klammerte sie sich noch an der Beckenkante fest. Jonas sah ihr verzweifeltes Gesicht – gleich würde sie abrutschen.

Durch seinen Kopf schoss kurz die Erinnerung an den Moment, als er Tante Tiger allein in der Hängematte gehalten hatte und kurz davor war, das Gleichgewicht zu verlieren … Jonas sprang zum Beckenrand und fasste Vera an der Schulter. Als sie ihre zweite Hand nach oben riss, packte er das triefende, glitschige Etwas und zog mit aller Kraft.

Keuchend saß Vera auf den Kacheln. Ihr rechter Arm und ihr rechtes Bein sahen aus, als ob man sie in flüssige Schokolade getaucht hätte, wenn man die Klopapierfetzen übersah, die an ihr klebten. Sie starrte vor sich hin.

»Verdammte Scheiße!«, schrie sie plötzlich und fing an zu schluchzen. Jonas griff mit seiner sauberen Hand in die Hosentasche und zog das Stück Gewürzseife heraus, das er nach dem Aufstehen eingesteckt hatte. Er hielt es Vera hin. Sie rührte sich nicht. Aber als das Schluchzen schwächer wurde, nahm sie das Seifenstück mit der sauberen Linken und hielt es an die Nase.

»Riecht komisch«, sagte Jonas. »Nach Kirche, aber immer noch besser als das …« Er hob seine verschmierten Hände.

Vera sog den Duft der Seife ein. »Riecht nicht schlecht«, sagte sie mit rauer Stimme. »Wie Weihnachten.«

»Kannst es behalten.«

Vera sah ihn an. Mühsam wuchtete sie sich in die Höhe. »Da hinten ist ein Wasserhahn mit Schlauch, da können wir uns waschen.« Sie stapfte los. »Komm schon, kleiner … «, sie zögerte kurz. »Schläger«, sagte sie dann und ging weiter.

Jonas stutzte. ›Kleiner Schläger‹. Aus Veras Mund war das fast ein Kompliment.

Sie wuschen und schrubbten sich, so gut es ging mit dem kalten Wasser. Als Vera endlich fertig war, war die Seife nur noch halb so groß und Vera sah wieder aus wie immer. Bleich und schwarz, nur dass ihre Klamotten pitschnass waren und ihr Gesicht ungeschminkt. Sah fast schon wie ein Mensch aus, fand Jonas.

Vera bückte sich nach einem schwarzen Stoffbeutel, den sie als eine Art Handtasche mit sich herumschleppte. »Jetzt ist ein kleiner Anruf fällig«, sagte sie und zog aus dem Beutel ihr Handy. Sie lächelte Jonas zu und Jonas' Kehle wurde enger und enger.

Das ging nicht, das konnte sie nicht machen …

Vera drückte ein paar Knöpfe und hielt sich das Handy ans Ohr.

»Hier ist Vera, kannst du mir mal Papa geben?« Pause, dann: »Ja, ich weiß, dass er weg ist, deswegen ruf ich ja an … Kannst du mir jetzt meinen Vater geben?!« Kein Zweifel, das war seine Mutter, mit der Vera gerade sprach. Jonas war fassungslos. Ohne mit der Wimper zu zucken, verpetzte Vera ihn ein zweites Mal! Jonas ballte die Fäuste. Hätte er sie doch nur in der stinkenden Brühe gelassen. »Hallo Papa«, sagte Vera jetzt. »Jonas und sein komischer Freund sind bei mir … Ja, wir sind zum Zelten an einen See rausgefahren. Wir kommen gerade aus dem Wasser.« Vera warf Jonas einen Blick zu. »Nein, geht nicht, der Akku ist gleich leer … Ja, ich sag's ihm … Wir kommen am Nachmittag. Bis dann.«

Sie drückte einen Knopf und ließ das Handy wieder

in dem schwarzen Stoffbeutel verschwinden. »Du sollst das nächste Mal verdammt noch mal anrufen, wenn du woanders schläfst«, sagte sie und zog eine Grimasse.

»Danke …«, stammelte Jonas.

Veras Augen wurden schmal. »Jetzt sind wir quitt.« Sie starrte auf den roten Boxhandschuh und die Aufschrift auf Jonas' Sweatshirt. »Beat it!«, schrie sie plötzlich, packte ihren völlig verdreckten Stiefel und schleuderte ihn mitten in das Becken, wo er mit einem schmatzenden Geräusch versank. Jetzt nahm sie den sauberen Stiefel in die Hand. »Einer ist keiner, zwei sind mehr als einer!« Und sie schmiss den zweiten Stiefel hinterher.

Jonas sah Vera so verdattert an, dass ihm der Mund offen stand.

»Kannst du Schuheputzen vielleicht leiden?«, fuhr sie ihn an.

Jonas starrte auf die Stelle, wo die Stiefel verschwunden waren, bückte sich, zog seine Schnürsenkel auf, riss sich die verhassten Schuhe von den Füßen und schmiss sie Veras Stiefeln hinterher. Ein kurzes Blubbern und weg waren sie! Nie mehr würde er mit roten Herzchen auf den Füßen herumlaufen.

Vera begann zu lachen, Jonas fiel ein. Es war das erste Mal, dass sie zusammen lachten. Barfuß gingen sie auf das Tor zu, hinter dem der Festplatz liegen musste. Vera wurde immer langsamer und blieb zurück. »Der Tiger …« Sie blieb stehen.

»… ist uralt«, sagte Jonas. »Fast achtzig«, er zögerte, »und ein guter Mensch.« Er schob das Tor zur Seite und kniff die Augen zusammen.

Die Sonne stand hoch am Himmel und schien ihm mitten ins Gesicht.

Die Farbe des Todes

Vor Jonas breitete sich ein großartiges Durcheinander aus. Plastikbecher, Messingschalen, Essensreste, verkohlte Holzstücke, Flaschen, Jacken, Hemden, Hüte, alles lag kreuz und quer über den Platz verstreut. Vieles war grau von Asche. Asche, die von einer breitgetretenen Feuerstelle in der Mitte des Platzes stammte. Daneben lag etwas, das Jonas schaudern ließ: die zerrissenen und zerbissenen Reste eines Ochsenskeletts. Die Reste von Tante Tigers Nachtmahl.

In dem ganzen Durcheinander standen ein paar Bürostühle und ein großes Sofa. Über die Sofalehne ragte ein Paar schwarzer Stiefel – Funakis. Sein mächtiger Bauch hob und senkte sich regelmäßig unter der blauen Latzhose. Schlief er? Jetzt, wo es gleich so weit war? Jonas sah auf die Uhr. Noch eine Stunde. Und wo steckte Lippe? Jonas entdecke ihn auf einem der Bürostühle. Neben ihm saß Igor. Beide hielten Weintrauben in der Hand und futterten vor sich hin. Hinter den beiden im Schatten des gegenüberliegenden Gebäudes saß Ulla auf seinem Schlitten. Er beugte sich über seine Hände, die irgendetwas knüpften oder flochten. Eine eigenartig friedliche Stimmung lag über dem Chaos.

»Da hinten ist er«, flüsterte Vera. Die Panik in ihrer Stimme war nicht zu überhören.

Jonas sah nach rechts. Tante Tiger saß ein Stück entfernt vor einem der großen kreisrunden Becken und schnupperte an den Farnwedeln. Jetzt, bei Licht, sah Jonas, dass die Flüssigkeit in den Becken dunkelbraun war und ständig Blasen warf.

»Wir nennen sie Tante Tiger«, sagte Jonas. »Sie ist wirklich harmlos.«

»Du spinnst doch.« Vera musste plötzlich gähnen.

Auch Jonas spürte eine leichte Müdigkeit. Er rieb sich die Augen, ließ Vera zurück und ging auf Tante Tiger zu.

Sie hob den Kopf aus dem Farn und blinzelte ihm entgegen. Die Sonne brannte herunter. Die Hitze schien ein eigenes Gewicht zu haben, so schwer lastete sie auf Jonas. Er ließ sich neben Tante Tiger auf den Boden fallen.

»Du hast dich mit deiner Schwester gestritten«, sagte Tante Tiger. »Ich habe es bis hierher gehört.«

»Stimmt. Aber jetzt vertragen wir uns besser, glaub ich.«

War das wirklich so? Oder war es nur Veras Furcht vor dem Tiger? Seinem Tiger. »Sie hat Angst vor Ihnen.« Jonas grinste.

»Hätt ich auch«, brummte Tante Tiger und lachte grollend. »Soll ich noch mal?«

»Was?«

»Brüllen.«

»Wenn Sie sich wirklich die Seele aus dem Leib brüllen können, wäre das vielleicht eine Möglichkeit.«

Tante Tiger fixierte Jonas eine Weile, dann steckte

sie den Kopf in den Farn. »Weißt du, dass hier zerbrechlicher Blasenfarn wächst?« Sie schnupperte. »Er hat einen ganz eigenen Geruch. Ein Hauch von Urin. Fällt in einem Klärwerk nicht besonders auf, aber mit dieser Katzennase riech ich alles. Sogar den Achselschweiß der Schmetterlinge.« War das ein Witz oder meinte sie es ernst? Das Tigergesicht verriet wie immer nichts. »Und hier«, sie fuhr mit ihrer Pfote durch eine Reihe kleinerer hellgrüner Farnwedel. »Siehst du diese zartgefiederten Stängel? Das ist anmutiger Frauenhaarfarn. Mein Lieblingsfarn. Und da, wo wir heute Nacht gelegen haben, wuchert der borstige Schildfarn. Es ist ein Paradies.«

»Nur lebensgefährlich.« Jonas ärgerte sich. »Hier läuft nämlich ein vor Wut und Hunger halb verrückter Tiger rum, der aussieht wie die alte Frau Ohm aus der Keunerstraße.«

Bei diesem Namen zuckte Tante Tiger zusammen und starrte ihn mit ihren gelben Augen aus dem Farn heraus an.

»Wo ist sie?«, fragte Jonas. »Sie können sie doch riechen.«

»Sich selbst kann man nicht riechen, Jonas.« Tante Tiger blinzelte ihm zu. »Ist dir das noch nicht aufgefallen? Die Kleider deiner Mutter riechen nach deiner Mutter, aber deine eigenen riechen nach niemandem. Euch alle kann ich riechen, aber mich selbst, Kunigunde Ohm, rieche ich nicht.«

»Aber Sie sind nicht mehr Frau Ohm.«

»Oh doch«, knurrte Tante Tiger. »Ich stecke nur in

einer anderen Haut, wie ein Buch, das neu gebunden wird. Der Einband ist neu und anders, aber es steht immer noch genau dieselbe Geschichte drin. Und diese Geschichte, das sind die Erinnerungen an mein Leben als Kunigunde Ohm, auch an die Gerüche aus diesem Leben.«

»Aber dann müssen Sie sie doch wenigstens hören! Sie keucht und hinkt«, rief Jonas.

Tante Tiger drehte die Ohren. »Deine Schwester schleicht sich die Wand entlang zu ihrem Freund, der leise schmatzt. Philipp steht gerade von seinem Stuhl auf, Funakis schnauft wie ein Walross und Ulla summt vor sich hin … Sonst ist kein Mensch zu hören, auch kein Tiger.«

Sie schwiegen und plötzlich wurde Jonas klar, dass die Blasengeräusche des großen Beckens verschwunden waren.

»Es hat aufgehört«, murmelte Jonas. »Wie gestern Nacht.«

»Wie jede Viertelstunde«, brummte Tante Tiger. »Funakis hat mir verraten, dass da drin Bakterien leben, die sich nur von Luft und Kot ernähren. Deswegen blasen sie immer eine Viertelstunde lang Luft in das Becken, dann ist wieder eine Viertelstunde Pause.«

Jonas sah auf die jetzt spiegelglatte braune Fläche. Dann hatte er letzte Nacht einfach Glück gehabt, dass genau in dem Moment, als er die Leine seiner Schwimmweste zog, die Viertelstunde zu Ende gewesen war.

»Werkschutz! Haben Sie einen Betrachtungsschein für das Belebungsbecken zwei? Nein? Dann müssen wir Sie leider einer biologischen Reinigung unterziehen.« Lippe stand vor ihnen.

Und jetzt entdeckte auch Jonas das gelbe Schild auf dem Beckenrand:

BELEBUNGSBECKEN 2
Biologische Reinigungsstufe

»Hast du Hunger?« Lippe hielt Jonas dunkelrote Weintrauben vors Gesicht. Jonas griff zu, er hatte vor allem Durst. Die Trauben schmeckten süß und saftig, die besten, die er je gegessen hatte.

Plötzlich blendete ihn etwas. Das Stahlgehäuse seiner Armbanduhr. Jonas zuckte zusammen; es war schon halb zwölf.

»Wir müssen Funakis wecken«, rief er. »Er verschläft alles.«

»Den kriegst du nicht wach«, sagte Lippe. »Außer Tante Tiger brüllt ihm ins Ohr oder, noch besser, beißt rein.«

Tante Tiger riss das Maul auf, sodass ihr fürchterliches Gebiss kurz aufleuchtete, hielt aber sofort die Pranke davor. »Jetzt machen wir erst mal ein Nickerchen und dann sehen wir weiter«, gähnte sie.

Auch Jonas musste ein Gähnen unterdrücken. Warum war er nur so müde? Er war doch gerade erst aufgestanden?! Plötzlich kam ihm etwas in den Sinn, das er schon gestern Nacht hatte fragen wollen: »Tante

Tiger, wissen Sie, wie die Seele aussieht? Sie müssen sie doch gesehen haben?«

Der Tiger schüttelte kaum merklich den Kopf.

»Wahrscheinlich ist sie unsichtbar. Ich stelle sie mir aber vor wie ein sehr fein gewebtes Taschentuch, das mit kunstvollen Mustern bestickt ist. Und wenn man gestorben ist, trägt der Wind das Taschentuch davon, und durch die Bewegungen werden die Stickereien zu einem Lächeln, dem schönsten Lächeln des Verstorbenen. Man könnte also sagen: Die Seele sieht aus wie ein Lächeln.« Tante Tiger erhob sich und trottete zu Ulla hinüber. Ihr Gang war weich und geschmeidig, die Schwanzspitze schwang gleichmäßig im Rhythmus ihrer Schritte hin und her. Sie bewegte sich inzwischen mit der aufreizenden Lässigkeit eines großen Raubtieres. Kein Zweifel, sie hatte sich verändert.

»Ich bin auch müde«, sagte Lippe neben Jonas. »Lass uns in den Schatten gehen. Wir können ja Funakis vorher noch die Nase zuhalten, vielleicht wacht er auf.«

»Gute Idee«, sagte Jonas und wunderte sich über sich selbst. Ohne Nachzudenken ließ er sich auf Lippes Ideen ein, fand sie sogar gut – das konnte, nein, das musste schiefgehen.

Wie eine Landschaft lag Funakis auf dem Sofa vor ihnen. Die höchste Erhebung waren die beiden ineinander verschränkten Hände, die auf dem riesigen Bauch lagen, über den sich die blaue Latzhose spannte.

Der zugewucherte Kopf, aus dem die Nase wie ein einsamer nackter Fels ragte, war der wildeste Teil dieser Landschaft.

»Greif zu«, flüsterte Lippe und deutete auf die Nasenspitze.

Jonas zögerte. Wer weiß, was Funakis tun würde? Wenn er wollte, könnte er Jonas und Lippe gleichzeitig, jeden mit einer Hand, über den ganzen Platz in eines der Belebungsbecken schleudern.

»Herr Funakis«, rief Jonas gedämpft.

Nichts geschah.

»Herr Funakis!« Jonas schrie lauter.

Nichts regte sich, nur die Hände auf dem Bauch hoben und senkten sich gleichmäßig.

»Die Nase, Nase.« Lippe grinste.

»Feigling«, flüsterte Jonas und drückte die beiden riesigen Nasenflügel mit Daumen und Zeigefinger zusammen.

Es gab einen Ruck und ein leichtes Beben erschütterte die Landschaft, dann klappte der Mund auf und ein so lautes Knarzen, Ächzen und Sägen erfüllte die Luft, dass das Sofa wackelte. Gleichzeitig wurde Jonas von einer Schwade Alkoholdampf eingehüllt. Der Geruch war so stark und scharf, dass Jonas schwindelig wurde. Er ließ die Nase los. Der Mund klappte wieder zu und das Schnarchen war vorbei.

»Du hast recht«, flüsterte Jonas. »Den kann man nicht wecken.« Im Sonnenlicht sah Jonas, wie dreckig die Latzhose war und wie verfilzt der zottelige Bart und die dicken Locken. Das Wesen auf dem Sofa erinnerte Jonas überhaupt nicht mehr an einen Gott. »Ein Tier«, murmelte er.

»Ein Schaf«, sagte Lippe. »Wie der Hammel meiner Oma in Russland: dünne Beine, dicker Bauch und überall Wolle.«

»Glaubst du, er ist gefährlich?«, fragte Jonas, als sie sich neben Tante Tiger und Ulla in den Schatten setzten und an die kühle Mauer lehnten.

»Weiß nicht«, sagte Lippe und gähnte. »Meine Oma sagt immer: ›Behalt den Hammel im Auge, dann macht er keine Zicken.‹«

Jonas beobachtete Funakis. Die Luft flimmerte und die Müdigkeit lag auf ihm wie eine schwere Decke, die er nicht abwerfen konnte. Was war nur mit ihm los? War das die Hitze? Und was war mit den anderen? »Hey Lippe«, murmelte er.

Aber Lippe war schon in den Farn gesunken. Ulla saß an die Wand gelehnt auf seinem Schlitten, die Hände mit dem Flechtwerk lagen ruhig in seinem Schoß, der Kopf lag auf der Brust. Das Gesicht wurde von der Hutkrempe verdeckt, sodass Jonas die Augen nicht sehen konnte, er war sich aber sicher, dass auch Ulla schlief. Igor und Vera hatten sich in das hinterste Eck des Platzes verzogen. Sie saßen aneinandergelehnt auf dem Boden und schliefen. Um sich hatten sie eine Art Barrikade aus Bürostühlen errichtet. Wenn er nicht so müde gewesen wäre, hätte Jonas gelächelt. Funakis schlief sowieso. War er, Jonas, der Einzige, der ... Etwas Haariges klatschte gegen seine Wange und ließ ihn die Augen aufschlagen. Tante

Tigers Schwanz. Tief geduckt stand sie mit zuckendem Schweif im prallen Sonnenschein. Der vorgereckte Kopf pendelte hin und her. Die Spannung, die von ihr ausging, war so groß, dass es Jonas trotz seiner bleischweren Lider gelang, die Augen offen zu halten.

Noch immer tief geduckt, kroch Tante Tiger hinter Funakis' Sofa, kauerte dort eine Weile, schlich sich dann in den Schatten des Rechengebäudes, wurde selbst fast zu einem Schatten und glitt die Wand entlang. Jonas konnte ihr kaum mit den Augen folgen, so sehr kämpfte er gegen die Müdigkeit. Mit allergrößter Anstrengung gelang es ihm, den Kopf zu wenden, um zu sehen, an was sich Tante Tiger heranpirschte.

Er sah den geteerten Weg, der zwischen den vier Becken verlief. Die beiden großen Becken glänzten dunkelbraun in der Sonne, die beiden kleineren dahinter strahlten grell wie zwei kreisrunde Spiegel. Jonas musste die Augen zusammenkneifen.

Und dann sah er sie.

Eine Gestalt stand zwischen den gleißenden Becken. Krumm und gebückt. Sie machte ein paar Schritte auf dem geteerten Weg in Richtung Rechengebäude. Jonas erkannte den eigenartig steifen und trotzdem schleichenden Gang. Das Gesicht war unter dem wirr aufstehenden Haargestrüpp kaum zu sehen, aber Jonas meinte ein paar wild funkelnde Augen zu erkennen. Ein Arm hing weit herunter, wurde immer wieder aufgestützt, fast wie ein drittes Bein. Der andere Arm war vor die Brust gezogen und umklammerte etwas Weißes. Die Gabel. In diesem Moment spürte Jonas, dass die Striemen auf seiner Wange noch immer brannten.

Vor Müdigkeit konnte er kaum noch denken, mit allerletzter Kraft hielt er die Augen offen. Tante Tiger stand jetzt ebenfalls auf dem Teerweg. Langsam bewegten sich beide aufeinander zu. Das weiße Bauchfell des Tigers schleifte über den Teer, so tief geduckt schob er sich vorwärts. Die Alte setzte vorsichtig Schritt vor Schritt, ihr zahnloser Mund stand offen. Jetzt blieben beide stehen. Kein Laut war zu hören bis auf das Sirren und Zischen der Bläschen in den Belebungsbecken, das plötzlich abbrach. Es herrschte vollkommene Stille.

Unter größter Mühe gelingt es Jonas, einen Blick auf seine Uhr zu werfen: genau zwölf Uhr mittags. Jonas schafft es nicht mehr, den Kopf zu heben. Aus den Augenwinkeln nimmt er wahr, wie Tante Tiger sich zusammenkauert, die Ohren eng an den Kopf gelegt, die Schwanzspitze peitscht wild nach links und rechts. Jonas will schreien, aber er ist wie gelähmt. Er sieht den Absprung, den lang gestreckten gestreiften Leib wie einen orange-schwarzen Pinselstrich, die ausgefahrenen Krallen, die in der Sonne blitzten … Das Letzte ist das flatternde Ende des rosa Schals, dann fallen ihm endgültig die Augen zu.

Jonas träumt.

Es ist dunkel. Er fühlt sich geborgen. Ihn stört nur, dass er nichts sehen kann, obwohl seine Augen offen sind. Er tastet vorsichtig mit der linken Hand neben sich und spürt ein Fell. Jonas ertastet einen kurzen Schwanz, eine feuchte Schnauze und ein weiches Hängeohr. Er starrt in die Dunkelheit, sieht aber nichts als schwarze Schwärze. Jonas tastet nach rechts. Seine Hand berührt Stoff. Etwas Gestricktes, darunter eine magere Schulter. Ein Mensch. Genau wie das Tier auf seiner linken Seite fühlt sich der Mensch lebendig an. Jonas tastet den Arm entlang, bis er das Handgelenk und eine zierliche knochige Hand spürt, die zu einer Faust geballt ist. Jonas betastet die Faust. Sie hält etwas umklammert, einen schmalen Stiel aus Plastik, der sich plötzlich verbreitert und in drei spitzen Zinken endet. Eine Gabel! Jonas fährt hoch und stößt mit dem Kopf gegen eine weiche feuchte Wand. Auch der Untergrund, auf dem er sitzt, ist weich und fleischig, mit seinen nackten Füßen fühlt Jonas, wie glitschig der Boden ist ... Plötzlich weiß er, wo er ist: in einem Magen. Neben ihm liegen die alte Rosa und ihr Hund Herr Teichmann! Ein fürchterliches Gefühl breitet sich in Jonas aus. Panik. Er will raus, nur weg hier, raus! Fliehen! Aber das Schlimmste ist die völlige Finsternis. Jonas wird fast schlecht vor Angst. Er schlägt und tritt um sich. Dabei stößt er mit seinen Füßen an ein anderes Paar nackte Füße. Diesmal weiß Jonas sofort, wer das ist: Vera. Wahrscheinlich liegen sie alle hier: Lippe, Ulla, Igor ... In das Gefühl der Angst mischt sich jetzt noch eine ungeheure Traurigkeit: Sie sind alle tot, aufgefressen. Er greift nach der Schulter auf seiner rech-

ten Seite und schüttelt sie. »Warum haben Sie das gemacht? Warum? Warum? Warum?«

Da erfüllt auf einmal eine dröhnende Stimme die
Dunkelheit: »Erst kommt das Fressen, dann kommt
die Moral.« Es folgt ein grollendes Gelächter, das alles
zittern und beben lässt. Jonas wird nach vorn geschleudert und rutscht durch die Dunkelheit, begleitet von dem Gelächter. Plötzlich sieht er wieder etwas. Schummriges grünes Licht. Jonas kriecht darauf
zu, bis ihm zwei dicke Gitterstäbe den Weg versper-
ren. Wieder ertönt die Stimme, jetzt allerdings hinter
Jonas: »Mach dir keine Sorgen, ich bin ein Pflanzen-
fresser, Farne sind meine Leib- und Magenspeise.«
Die Gitterstäbe klappten auseinander und Jonas erkennt, dass es vier mächtige Fangzähne sind, die jetzt
in das Grün geschlagen werden. Jonas ist umgeben
von Farnwedeln. Sie sind überall, kratzen ihn, kitzeln
ihn und geraten in seinen Mund. Aber da fühlen sie
sich gar nicht an wie Pflanzen, sondern wie Haare.
Anmutige Frauenhaare, denkt Jonas, das müssen anmutige Frauenhaare sein und er kaut sachte darauf
herum, sie schmecken süßlich und ein wenig nach
Butter …

»HILFE!«

Jonas fuhr hoch. Sein eigener Schrei hatte ihn ge-
weckt. Neben ihm lag Lippe und starrte ihn entsetzt
an. Jonas hatte Haare im Mund. Lippes Haare! »Ent-
schuldige«, keuchte er. Jonas war noch ganz benommen, klatschnass geschwitzt und erschöpft.

Lippe war ebenfalls verschwitzt und kreidebleich, sogar die sonst leuchtend roten Lippen waren blass. »Mensch, Nase, das war der schlimmste Traum, den ich je hatte. Ich war ein Schnitzel. Und ich hatte keine einzige Idee mehr, weil ich eben ein Schnitzel war. Mit aller Kraft wollte ich mir etwas einfallen lassen – normalerweise funktionieren meine Ideen nirgends so gut wie im Traum –, aber es ging nicht. Alles, was ich denken konnte, war: Werde ich gebraten oder roh gegessen? Sonst nichts. Und das Allerschlimmste war, ich konnte mich überhaupt nicht bewegen. Ich war ja ein Schnitzel ohne Arme und Beine. Ich hatte nicht mal einen Kopf, den ich hätte drehen können. Und auch keinen Mund, um zu schreien. Alles was ging, war, senkrecht nach oben schauen. Gleichzeitig wusste ich, dass jemand in der Nähe ist, der mich fressen will. Und dann kaust du plötzlich an mir herum! Kannst du dir vorstellen, wie fürchterlich das war?«

»Ja«, sagte Jonas. »Ich hab nämlich geträumt, dass wir aufgefressen in dem Magen von Tante Tiger liegen.«

»Hab ich es dir nicht gesagt? Irgendwann frisst sie uns. Wo ist sie eigentlich?«

Sie sahen sich um.

In der gegenüberliegenden Ecke, hinter den Bürostühlen, lagen Vera und Igor. Jonas konnte nicht erkennen, ob sie wach waren oder schliefen. Auf dem Sofa lag Funakis. Ansonsten sah der Platz zwischen den Gebäuden genauso aus wie vor dem Traum: ein mit Asche bestäubtes Schlachtfeld. Nur die Schatten waren länger. Jonas warf einen Blick auf die Uhr an seinem Handgelenk. Es war drei Uhr nachmittags. Drei Stunden hatten sie geschlafen! Jonas war es vorgekommen, als wäre er nur kurz eingenickt. Der Sekundenzeiger auf der Uhr rückte gleichmäßig weiter ... zuck – zuck – zuck ... Das war beruhigend. Die Zeit war nicht stehengeblieben.

»Der Schlittenfahrer und sein Schlitten sind auch weg«, unterbrach Lippe seine Gedanken. »Hier ist was faul, Nase. Riechst du's nicht?« Er sprang auf und fuchtelte mit den Händen.

Jonas sagte nichts. Er versuchte, sich zu erinnern: Tante Tiger hatte sich davongeschlichen und zwischen den Becken war die Alte aufgetaucht. Jonas warf einen Blick in die Richtung. Die vier Becken lagen ruhig in der brütenden Hitze; die Luft über dem geteerten Weg zwischen den Becken flimmerte. Dort hatten sich der Tiger und die alte Frau gegenübergestanden und dann war Tante Tiger gesprungen ...

»Ich hab was entdeckt«, rief Lippe. »Hier, zwischen den Abdrücken der Schlittenkufen.« Er hielt zwei grüne Schnüre in die Höhe. Jonas stand auf und ging zu ihm hinüber. Es waren aus Farn geflochtene Bänder, die Lippe gefunden hatte. Jedes so breit wie ein Finger und sie hatten sogar einen Verschluss aus einem hölzernen Knebel und einer geflochtenen Schlinge, sodass man sie um den Hals befestigen konnte. In der Mitte der Bänder war jeweils ein Buchstabe befestigt: ein N in dem einen Band, ein L in dem anderen. Sie waren aus dunklem, ölig glänzendem

Holz und die Buchstabenenden waren kleine hölzerne Tatzen.

»N wie Nase und L wie Lippe«, sagte Lippe und gab Jonas das Band mit dem N.

Jonas staunte. Das sah nach einer Menge Arbeit aus. Ulla musste die Buchstaben in der Nacht geschnitzt haben. Und die Bänder hatte er am Vormittag geflochten; Jonas erinnerte sich an etwas Grünes zwischen Ullas Fingern. Das hieß, Ulla hatte gewusst, dass er gehen würde und er hatte nichts gesagt. Jonas spürte einen Stich irgendwo zwischen Herz und Magen. ›Vielleicht ist das genau die Stelle, wo die Seele sitzt‹, dachte er kurz.

Aber die Buchstaben waren nicht alles. In beide Halsbänder war ein rosa Wollfaden eingeflochten. Jonas erkannte sie sofort: Sie stammten aus dem Schal um Tante Tigers Hals. »Sie sind beide weg«, murmelte er. »Das ist ihr Abschiedsgeschenk.«

Lippe sah ihn erstaunt an. »Sie könnten auch irgendwo hier in diesem Dschungel stecken und die Alte mit der Gabel suchen.«

Jonas schluckte. »Ich glaube, die Alte gibt es nicht mehr.« Und er erzählte Lippe, was er gesehen hatte, bevor er eingeschlafen war.

Lippes starrte vor sich hin, sein Gehirn arbeitete. »Aber da kann alles Mögliche passiert sein. Verstehst du, sie könnte über sie drübergesprungen sein oder durch sie hindurch oder in sie hinein.« Seine Stimme wurde etwas leiser. »Wenn Funakis ein Faun ist, dann könnte alles passiert sein.«

»Wenn, wenn, wenn!« Jonas spürte Zorn in sich aufsteigen. »Und wenn Funakis nur ein besoffener Klärwerksdirektor ist? Außerdem hat er geschlafen wie ein Toter, er schläft immer noch, was soll er da machen? Und Tante Tiger wollte nicht zurück. Verstehst du, Lippe, sie hat ihren alten Körper aufgefressen, damit sie nicht zurück muss in die Keunerstraße zu den Tabletten und Rückenschmerzen, in die Einsamkeit und alles.«

»Na ja«, sagte Lippe. »Kann man verstehen.«

›Nein, nein, nein!‹, dachte Jonas. Er wollte das nicht verstehen und war verzweifelt: »Sie hat mir versprochen, nie einen anderen Menschen zu fressen.«

Lippe schürzte die dicken Lippen. »Sie hat ja keinen anderen gefressen, sondern sich selbst. Ich kann mir zwar nicht vorstellen, dass das wirklich schmeckt, aber …«

»Und der Tiger?«, fiel ihm Jonas ins Wort. »Ich meine den richtigen Tiger, den Ulla hierhergebracht hat?«

»Der hat Pech gehabt«, sagte Lippe. »Genau wie Herr Teichmann.«

»Weißt du, was der Tiger in meinem Traum gesagt hat?« Jonas streifte mit seinem Blick kurz den Knochenhaufen neben der Feuerstelle. »Erst kommt das Fressen, dann kommt die Moral. Komisch, oder? Moral … Weißt du, was das genau ist?«

Lippe überlegte kurz und zog dabei an seinen Haaren. »Also, wenn es nach dem Essen kommt, ist es so was Ähnliches wie Zähneputzen, also nichts Angenehmes.«

»Aber notwendig«, sagte Jonas.

»Putzt du dir immer die Zähne?«

Vielleicht war es das, dachte Jonas. Tante Tiger hatte einfach keine Lust, wieder die alte Rosa zu sein, sie wusste aber, dass sie ihren alten Körper nicht einfach mit einer Tigerseele herumlaufen lassen konnte, also blieb nur eine Möglichkeit … Jonas fielen die Teeblätter auf dem Blech in Tante Tigers Küche ein. Er wollte sie doch unbedingt noch fragen, warum sie die Teeblätter trocknete. Aber eigentlich war es ja egal, ob die alte Rosa in einem Menschen steckte oder in einem Tiger, Hauptsache, sie würde ihm mal die Sache mit dem Tee erklären. Und da war ja noch eine Frage, die Lippe und er noch nicht geklärt hatten, die Frage, welche Farbe …

»Na, gut geschlafen, hübsch geträumt?« Vera stand auf einmal vor ihnen. Barfuß, in schwarzen, inzwischen wieder trockenen Klamotten, bleich mit dunklen Ringen unter den Augen. Sie grinste. Neben ihr stand Igor in seinem durchgeschwitzten weißen Hemd, mit rotem Kopf; er zwinkerte Jonas zu.

»Lasst uns abhauen. Solange die Bestie weg ist und er noch schläft.« Vera zuckte mit dem Kinn in Richtung Sofa.

»Wieso, was passiert denn, wenn er aufwacht?«, fragte Lippe. »Frisst er uns dann?«

»Psssssssst!«, zischte Igor und hielt einen Finger an die Lippen. »Da kann alles passieren, nie weißt du, was er treibt. Nachts feiert er, aber am Tag macht er Dummheiten.«

»Hat dir der Traum nicht gereicht?«, sagte Vera. »Den hat er dir geschickt. Er weiß alles und tut schreckliche Dinge im Schlaf.«

»Weiß er auch, welche Farbe der Tod hat?«, fragte Jonas und zwinkerte Lippe zu.

Vera sah ihn verdutzt an, bevor sie sagte: »Der Tod hat keine Farbe, das weiß doch jeder. Er ist schwarz oder weiß. Los jetzt, lasst uns verschwinden.«

»Falsch!« rief Lippe. »Schwarz sind nur die Streifen, der Rest ist mal rötlichbraun, mal orange, manchmal sogar gelb. Und wir können noch nicht verschwinden. Zuerst müssen wir unser Kätzchen suchen.«

»Vielleicht habt ihr es schon gefunden«, brummte Igor. »Da kommt wer.«

Auf der Teerstraße zwischen den Klärbecken waren zwei Gestalten erschienen. Die Sonne stand in ihrem Rücken, deshalb konnte Jonas nur die schwarzen Silhouetten erkennen, schmal und dünn die eine, kleiner und rundlich die andere. Keine von beiden war ein Tiger, soviel war zu erkennen.

»Das könnten Funakis' Nymphen sein«, flüsterte Lippe. »Just dem Klärbecken entstiegen.«

»Blödsinn!«, zischte Jonas zurück. »Das sind …«

»… die Kaugummihühnchen!«, ergänzte Lippe, der die beiden jetzt auch erkannt hatte.

»Was wollen die denn hier?«, fragte Vera mit finsterem Blick.

Nur Igor lachte. »Hallo, ihr beiden Täubchen!«

»Ich heiße Bschu«, sagte Bschu und schaute noch finsterer als Vera.

»Ich heiße Büm«, sagte Büm. Jonas sah, dass sie sich schon wieder zusammenreißen musste, um nicht zu kichern. Und schon musste er selbst ein Grinsen unterdrücken.

»Wir wollen die Bezahlung holen«, sagte Bschu und stellte sich direkt vor Lippe. »Den Skalp von einer Ratte …«

»… und ein Schnurrhaar vom Tiger.« Büm war neben Jonas getreten. »Außerdem sind wir neugierig, was ihr so lange hier drin treibt«, flüsterte sie Jonas zu.

Vera warf einen Blick zu dem Sofa in ihrem Rücken. Die Stiefel ragten noch genauso nach oben wie seit Stunden. Mit einem Seufzer ließ sie sich auf einen Stuhl fallen. Igor setzte sich neben sie.

Lippe zog die Stirn kraus und wickelte sich eine seiner Locken um den Finger. »Ja, weißt du, das war so: Wir hatten die Ratte eigentlich schon und wollten gerade den Skalp nehmen, da haben wir einen kleinen Moment nicht aufgepasst und schon hat unser Tiger die Ratte gepackt und verschlungen. Er ist nämlich ganz versessen auf Ratten. Und dann gab es mehrere Zwischenfälle und dann war keine Zeit mehr, eine zweite Ratte zu fangen.«

»Ach, der böse Tiger«, grinste Bschu. »Riesendumme Sache.«

»Aber bestimmt hast du dann das Schnurrhaar vom Tiger für mich«, sagte jetzt Büm mit ihrer tiefen Stimme zu Jonas.

Jonas wurde rot. »Also weißt du …«, stammelte er endlich, »mit dem Tiger ist das nicht so einfach. Er ist sehr eigenwillig und groß und auch reizbar … Jedenfalls haben wir im Moment keine Ahnung, wo er steckt. Obwohl ich nicht glaube, dass er noch hier im Klärwerk ist …«

Die beiden Mädchen warfen sich einen Blick zu und fingen plötzlich an zu lachen.

»Sollen wir sagen?«, kicherte Bschu.

Büm nickte nur prustend.

»Vor einer Stunde haben wir einen kleinen, bisschen chinesischen Mann gesehen mit einem sehr großen Hund …«

»… mit einem Schleier über dem Hund, auch über dem Kopf«, fiel ihr Büm ins Wort.

»So groß, dass von dem ganzen Hund nichts zu sehen war. Nur einmal hat es geflattert und da haben wir einen Fuß gesehen, groß wie ein Pfannkuchen …«

»… und mit gelbem Fell«, flüsterte Büm.

»Solche Füße haben Hunde nicht«, sagte Bschu auf einmal ernst. »Aber Tiger.«

»Könnte sein«, sagte Lippe. »Wo sind der Mann und der Hund hin?«

»In die U-Bahn runter«, sagte Bschu.

Jonas umklammerte das geschnitzte N, das er noch immer in der Hand hielt. Er hatte es gewusst. Tante Tiger war mit Ulla verschwunden.

»Ihr schuldet uns also den Rattenskalp und das Tigerhaar«, sagte Bschu.

»Wir können das in Eis umrechnen«, sagte Büm und lächelte Jonas an. »Das macht umgefähr zwei große Becher mit fett Sahne und Schokolade.«

»Na, ausgeturtelt?« Das war Vera, die von ihrem Stuhl aus dazwischenrief. »Können wir jetzt los?«

Jonas war sich nicht sicher, aber er glaubte, ein feines Lächeln um ihren Mund zu sehen, und er fühlte sich leicht und frei, als wäre seinem Herzen ein schwerer Mantel von den Schultern gerutscht.

»Bschu und Büm«, sagte in diesem Moment Igor. »Das sind doch keine Mädchennamen.«

»In Wirklichkeit seid ihr Nymphen – stimmt's?!«, fragte Lippe und riss die Augen auf. Das tat er, wenn er jemanden überrumpeln wollte.

»Wenn das was Schmutziges ist, kriegst du was vor die Eier«, fauchte Bschu und wandte sich zum Gehen.

»Ist nichts Schmutziges, warte, ich erklär's dir …«, rief Lippe und lief ihr nach.

Igor gluckste und machte sich mit Vera auf den Weg.

»In Wahrheit heißen wir Burçu und Begüm.« Büm sah Jonas wieder mit ihren violetten Augen an. »Ist aber altmodisch und … langweilig!« Sie drehte sich um und folgte den anderen.

Jonas warf noch einen letzten Blick auf den schlafenden Funakis.

Die Behaarung schien jetzt noch dichter und dunkler, weil das Sofa inzwischen im Schatten lag. Mehr denn je erinnerte er Jonas an ein Tier, das jemand in eine blaue Latzhose gesteckt hatte. Jonas wunderte sich, dass er keine Angst vor Funakis hatte, obwohl er furchterregender aussah als alle Menschen, die Jonas bisher über den Weg gelaufen waren. Ob das wirklich ein Faun war? Eigentlich wusste Jonas nichts und für nichts gab es Beweise.

In der verstreuten Asche entdeckte er einen mächtigen Pfotenabdruck und setzte seinen nackten Fuß hinein: fünf Zehen, ein Ballen und eine Ferse. Ein Abdruck, wie ihn nur ein Mensch hinterlassen konnte, und er passte genau in den Abdruck der Tigerpranke. Das zumindest war sicher: Tante Tiger und er waren Freunde geworden.

»JONAS!«

»Jetzt mach schon, Nase!«

»Komm, Nase, komm!«

Die Rufe von Vera, Lippe und Büm rissen Jonas aus seinen Gedanken. »Komm wieder, Tante Tiger«, murmelte er und trat aus dem Schatten hinaus in die ungeheure Hitze, die für die Jahreszeit wirklich ungewöhnlich war.

Epilog

Einige Wochen später, irgendwo in Sibirien, auf der Zugstrecke zwischen Irkutsk und Wladiwostok.

In einem Zwei-Bett-Zugabteil der Transsibirischen Eisenbahn sitzen sich ein kleiner Mann mit faltigem Gesicht und traurigem Lächeln und eine Gestalt, die in einen weiten Mantel gehüllt ist, gegenüber.

Groß und massig liegt die Gestalt mehr auf ihrem Bett, als dass sie sitzt. Ihre Füße verschwinden unter einer Decke, die Hände in den weiten Mantelärmeln. Auf dem Kopf trägt sie eine eigenartig ausgebeulte Strickmütze und um den Hals hat sie einen zerfetzten rosa Wollschal geschlungen. Sie scheint zu schlafen, jedenfalls dringt regelmäßig eine Art Brummen aus dem Mantel. Da klopft es an der Tür und ein schnauzbärtiger Mann in Uniform betritt das Abteil. Auf einer Hand balanciert er ein Tablett, auf dem einige Gläser mit einer dampfenden dunklen Flüssigkeit stehen. »Heißer Tee, bitte schön!«

»Vielen Dank«, sagt der kleine Mann und nimmt sich eines der Gläser.

»Und Ihr Freund?«, fragt der Schaffner. »Möchte der keinen Tee?«

»Das ist meine Tante«, antwortet der Kleine. »Sie trinkt nur Wasser.«

»Mütterchen«, sagt der Schaffner und beugt sich

etwas herunter, um besser unter die Mütze sehen zu können. »Soll ich Ihnen etwas heißes Wasser bringen?« Er zuckt zurück. »Das ist ja ein Bart!«

»Nur ein kleines Damenbärtchen«, sagt der Kleine und zwinkert dem Schaffner zu. »Besser, Sie sprechen Sie nicht darauf an, das Tantchen ist etwas eitel, Sie verstehen schon …«

Der Schaffner nickt; er ist bleich geworden.

»Wollen Sie sich nicht etwas zu mir setzen, junger Mann?«, fragt die mächtige Gestalt plötzlich mit einer Stimme wie ein Donnergrollen, sodass die Gläser auf dem Tablett leise klirren.

Es folgt Stille – bis die Gläser wieder anfangen zu scheppern, weil die Hände des Schaffners zittern, während er langsam rückwärts aus dem Abteil geht. Mit einem Krachen fliegt die Türe ins Schloss.

»Macht nichts«, brummt die große Gestalt. »Wir sind auch so genug. Du, ich …«, sie klopft sich auf den Mantel, dort, wo ihr Bauch sein muss. »Und die alte Rosa.«

»Und der Geist von Amba, der jetzt frei ist.« Der Kleine blickt die große Gestalt mit seinen dunklen Augen an.

»Ich freu mich schon auf den Schnee«, kommt es grollend unter der Strickmütze hervor.

Sie schauen beide aus dem Fenster des Zuges, hinter dem nichts anderes zu sehen ist als ein wüstes Durcheinander wild tanzender weißer Flocken.

Dank

Mein erstes DANKE SCHÖN! gilt Hans Schödel, zum einen für den Anstoß, diese Geschichte überhaupt zu beginnen, zum anderen und vielleicht noch mehr für die Weigerung, die ersten drei Kapitel in seiner Kinder- und Jugendzeitschrift zu drucken – mit dem Hinweis: »Das wird zu lang, da steckt ja ein ganzer Roman drin.« Er hatte recht.

Danken möchte ich außerdem der Lektorin eines bekannten Kinderbuchverlages, die zu den ersten drei Kapiteln (mehr war noch nicht fertig) Folgendes mailte: *Klingt interessant, kann mir aber nicht so recht vorstellen, wie sich die Geschichte entwickelt. Schicken Sie uns doch den Rest.* Also hab ich ein Jahr lang den Rest geschrieben. Es hat sich dann erst mal nichts entwickelt, jedenfalls nicht bei diesem Verlag, aber das Manuskript war fertig.

DANK an Claudia Schöll, Bernhard Jugel, Marianne Nienaber, Kai Frohner, Cornelia Neudert (dir verdanke ich die Idee für den Epilog), Silke Wolfrum, Romin Hess und natürlich Anja für die kritische Lektüre. Eure Anmerkungen haben mitgeholfen, dass sich eine Agentur für Kinder- und Jugendliteratur der Geschichte und Ihres Autors angenommen hat.

Deshalb: VIELEN, VIELEN DANK an meine ›Agentinnen‹ Susanne Koppe und Mirjam Schubert, deren

Vertrauen in die Geschichte und mehr noch die intensive Arbeit am Text dazu geführt haben, dass wir nach ungefähr zwei Jahren eine Lektorin gefunden haben, die aus dem Manuskript unbedingt ein Buch machen wollte: Steffi Schnürer. Auch bei ihr möchte ich mich HERZLICH BEDANKEN für die Begeisterung, die Beharrlichkeit und den letzten Feinschliff.

Auch bei Heike Clemens – dafür, dass sie das Buch in die neue Reihe des Aufbau Verlags mit erzählender Kinderliteratur aufgenommen hat.

DANKE! auch an die, die in dieser Aufzählung fehlen.

Wie zum Beispiel Vitali Konstantinov. Er hat nicht nur ein sehr schönes Cover mit einem wunderbar geknickten Tiger gezeichnet, sondern auch den Hinweis gegeben, dass die Figur des Schlittenfahrers mit seiner Tigergeschichte aus dem Osten Sibiriens stark an den Taigajäger Dersu Uzala erinnert. Dersu Uzala gab es wirklich, er hat den zaristischen Leutnant Wladimir Arsenjew in den ersten Jahren des 20. Jahrhunderts auf mehreren Expeditionen durch das Ussuri-Gebiet geführt, ihm immer wieder das Leben gerettet und ihn auch vor Amba, dem Tiger, beschützt. Nach Arsenjews Buch *Der Taigajäger Dersu Uzala* drehte Akira Kurosawa den Film *Uzala, der Kirgise*.

Es schmeichelt mir, dass mein Ulla, der Schlittenfahrer, ein Bruder Dersu Uzalas sein könnte, um so mehr, als ich weder die Reiseberichte Arsenjews noch den Film kannte, als ich die Geschichte geschrieben habe – nur an das Filmplakat erinnere ich mich: es hing Ende der 70er Jahre, ich war etwa zehn Jahre alt, in den Schaukästen des Kinos im Hinterhof unseres Hauses in der Nürnberger Südstadt.

K. L.

© privat

KILIAN LEYPOLD studierte Philosophie, Slawistik und Osteuropäische Geschichte. Der gebürtige Nürnberger arbeitet als Reporter für den Kinderhörfunk und schreibt Hörspiele, Gedichte und Geschichten – oft für Kinder. 1998 wurde er mit dem Literaturpreis der Nürnberger Kulturläden ausgezeichnet.

Mit dem Kunstgriff, die gebrechliche Frau Ohm in den mächtigen Körper eines Tigers zu stecken, gelingt es Leypold, Kinder und Jugendliche für das Denken und Leben einer alten einsamen Frau zu interessieren und gleichzeitig eine spannende Abenteuergeschichte zu erzählen. Der Tiger unter der Stadt ist Leypolds erster Roman.

Inhalt